JN193472

ガキバラ

GAKIBARA

安藤圭助

Keisuke Ando

文芸社

GAKIBARA

［ガキバラ］……造語。「無知で生意気な子供たち」の意。豊日《ほうにち》言葉に準《なぞら》える。

ガキバラ◎目次

一　飛星　7
二　番い　20
三　金闇　36
四　登壇　43
五　月蛍　56
六　夢中　74
七　天文学者　87

八　猿轡　117
九　京夜　126
十　菫売り　140
十一　二人ガキバラ　161
十二　池田屋　168
十三　牢獄　180
十四　花散る　199

一　飛星《とびぼし》

穀草《こくそう》に照《て》らされた風《かぜ》が吹き抜けている。首斬《くびき》り役人邸《やくにんやしき》の低い竹垣根《たけかきね》からは六尺九寸《ろくしゃくきゅうすん》を優《ゆう》に超えるしどね色の柿《かき》の木が大きく西面《にしおもて》を向いて立っている。

南中《なんちゅう》からの落陽《らくよう》を正面に据《す》える方角である。その橙《だいだい》の実《み》は今年も鈴生《すずな》りで、竹垣根はその色を褪《あ》せ、天然《てんねん》の紋様《もんよう》を緻密《ちみつ》に拵《こしら》えていた。

剣振《けんふ》り稽古《けいこ》を了《お》え、湯を浴《あ》んだばかりの与太《よた》は、花喰鳥唐草小紋《はなくいどりからくさこもん》を施《ほどこ》した着物の裾《すそ》と、濡《ぬ》れた総《そう》髪《はつ》を穀草風《こくそうふう》にはためかせ、そう呼ぶには立派《りっぱ》過ぎる小枝の幹元《みきもと》に立って左の掌《て》は主幹《しゅかん》に平衡《へいこう》を預けながら、西方彼方《せいほうかなた》の太陽を凝《じ》っと見つめている。陽日《ようじつ》の色は、金色《こんじき》に似た橙色《とういろ》に輝いている。柿の実と同容《どうよう》である。与太は、この世の主《あるじ》とは、いま眼前《がんぜん》に姿を消そうとしている彼《か》の赤い実のことを云《い》うのだと念《おも》う。穀草風《こくそうふう》が湯上がりの熱を浄化《じょうか》するかに冷《さ》ましてゆく。遍《あまね》くを照らし、巨細《こさい》に暖《だん》を与《あた》え能うる、此《こ》の如《ごと》き存在は彼《か》のもの以外に誰《た》そ彼《かれ》も識《し》らぬ。赤蒸《あかむ》せた鞍馬石《くらまいし》を素材に拵《こしら》えられた沓脱石《くつぬぎいし》の、磨《みが》かれた表平面《おもてへいめん》が陽光《ようこう》に同意してか、ちりちりと映《は》えていた。奥鬱《おううつ》と燻《いぶか》る腐《くさ》れてしまいそうなの心胆《しんたん》有れば、彼《か》の光《ひかり》それのみで、心ならず此《こ》の大幹《おおみき》の如《ごと》く腐心《ふしん》はすきっとして、何処《いず》くも彼《か》の光を浴びた体幹《たいかん》は、生《せい》の歓喜に転換され暖かな波動《はどう》を起こすものよと、与太は凝《じ》っと見つめながらさに想う。

陽光は、辺りを薄いがくきりとした金色《きんいろ》に染《そ》めてある。花喰鳥《はなくいどり》は怨嗟《えんさ》の実《み》らす花が好物らしい。古い年寄《としょ》りが、立派な生地《きじ》に恨《うら》めしそうにかじかんだ掌《て》を擦《こす》り云《い》っていた諫言《かんげん》を与太は念《おも》い起こす。

「うっくしいちゃ。」

ひゅーるりと何処《どこ》からか音が聴こえ届く。鳥《とり》の、風《かぜ》を伐《き》る音であろう。着果過多《ちゃっかかた》の実《み》が、枝傘《えだかさ》の足下に数個転《ころ》がり無惨《むざん》に果肉《かにく》をほころげさせ赤黒《あかぐろ》く光っている。黒点《こくてん》が幾数《いくすう》もはびこる。蟻《あり》らなぞが群《むら》がっているのだろう。落ちた実も、誰彼《だれかれ》を生かす糧《かて》となる。

陽日《ようじつ》の熱放射《ねつほうしゃ》を受けた幹《みき》は、はっきりと体温を上げ、その感触は人の肉体にも近いものだと与太《よた》は感じた。

金色《こんじき》は灼熱《しゃくねつ》の内《うち》に赤く、放出していた熱を此度《こたび》は吸収するかに色味《いろみ》を充填《じゅうてん》させていく。あと数刻《すうこく》もあれば、この日が夜を纏《まと》う。その刻分《こくぶん》の赤は、末期《まつご》を迎えるこの樹木《じゅもく》の果実肉《かじつにく》そのものであると、与太は空幻造《からげんぞう》の如《ごと》き一日に眉《まゆ》をちぢませ、新花芽《はなめ》に実を付けた柿の実を一つ千切《ちぎ》り、小袖《こそで》で磨いて一口かじり嚥下《えんげ》した。

果肉《かにく》は青く、軒天空《のきてんくう》はまだ青く、その味はただ渋《しぶ》かった。

与《よ》太《た》の時代の随分《ずいぶん》前から、公儀御様御用《こうぎおんためしごよう》と云《い》う職制《しょくせい》があった。新しい刀《かたな》の試《ため》し斬《ぎ》りを執政《しっせい》する職制であった。公儀《こうぎ》は遠く東《ひがし》の将軍から伝播《でんぱ》し、今生《こんじょう》、与太の生きるこの土地にも届き、与太の家《か》督《とく》はこのお役目《やくめ》を賜《たまわ》る家格《かかく》であった。刀とは、たたら製鉄法《せいてつほう》を一般に、玉鋼《たまはがね》を精製《せいせい》し打《う》ち延《の》ばし積《つ》み沸《わ》かして鍛接《たんせつ》させ鍛錬《たんれん》し整形研磨《せいけいけんま》を施《ほどこ》して製作される、人を斬るための武具《ぶぐ》である。製造法の詳しくは与太も通じないが、それが人を斬るためのものであるとは、つたえ歩きをはじめた頃より彼《かれ》にも十分認識できた。

刀《かたな》とは武具であると同時に装飾品《そうしょくひん》でもあった。七星剣《しちせいけん》、瓶割《かめわり》、小夜左文字《さよさもんじ》、数珠丸《じゅずまる》、累々《るいるい》の中で意匠《いしょう》は凝《こ》り昂進《こうしん》し、玉鋼《たまはがね》は青透明《あおとうめい》や赤透明《あかとうめい》などを含《ふく》み、分光《ぶんこう》の彩《あや》は虹《にじ》をいろどり、光背《こうはい》の如《ごと》く艶《つや》めきを放つ美品《びひん》であった。けれどいろどり、彩《あやど》るが、人を斬る道具である。その試《ため》しは実対象に近いほどそれは良い。すなわち、実在《じつざい》に人肉《じんにく》を斬ってみてはじめてその善《よ》し悪《あ》しを識《し》るのだ。斬首《ざんしゅ》という刑罰《けいばつ》の一形態《いちけいたい》はそれとひどく理《り》も利《り》も和合《わごう》し、公儀御様御用《こうぎおんためしごよう》と云う職制《しょくせい》はほとんど自生《じせい》した。植物と生物の関係と同様である。生物の吐《は》く息を是《これ》、生き物の吸う息に還元《かんげん》するために植物が自生《じせい》したのか、植物の餌《え》として息を吐く生物が自生《じせい》したのか、今もってそれは定かではない。職《しょく》とは必要を触媒《しょくばい》に自生が常《つね》である。

与太の家系が、この役目を賜《たまわ》ったのは、与太の七代前からである。唯《ただ》、往時《おうじ》の名代の剣《けん》が、藩内で一番の上手《じょうず》であったとの理由のみで往時《おうじ》のお上《かみ》に選定《せんてい》せられたのである。武士でも無い罪人風情《ふぜい》に斬首刑は如何《いか》なものかとの下士《かし》らの反発には、与太の家の家格を浪人格《ろうにんかく》と扱う沙汰《さた》を以《もっ》て事無《ことな》く退《しりぞ》けた。故《ゆえ》に公儀《こうぎ》を賜《たまわ》る役人でありながら、与太の家は浪人格《ろうにんかく》である。与太の属《ぞく》する藩《はん》のお上連《かみれん》中《ちゅう》はその性分《しょうぶん》の血質《ちしつ》であろう、皆火炙《ひあぶ》りや磔《はりつけ》、鋸《のこぎり》挽《び》きの断末魔《だんまつま》の陰惨《いんさん》たる血肉《ちにく》みどれを嫌う腰抜《こしぬ》けであり、死罪《しざい》と云《い》えば与太の家の者が一手《いって》に取り仕切った、世に稀有《けう》な藩であった。

祖父《そふ》は隠居《いんきょ》し今は与太の父が役目を負《お》うている。ほどなく、与太が引き継ぐ事になるとは天地神《てんちしん》明或《めいある》いは田の中の雨蛙《あまがえる》にも明《あき》らかで、与太自身も当然と捉《とら》え、明日《あす》かやれきらぼうしの明日《あした》かと人《ひと》斬《き》りの研鑽《けんさん》を磨《みが》いていた。だがまだ、その対象は巻《ま》き藁《わら》や古畳《ふるだたみ》である。

「祖父上《じじうえ》、人《ひと》の首《くび》と竹節《たけぶし》ならどっちが硬《かた》いじゃろか。」

「祖父上《じじうえ》、罪人《ざいにん》を無痛《むつう》で絶《た》ってやんにはすばしっこさが肝要《かんよう》かや。」

「祖父上《じじうえ》、斬り落《お》っしたつぎも血《ち》いは噴《ふ》き出《で》るもんじゃろかな。」

事あるごとに与太は祖父に教えを乞《こ》う有様《ありさま》で、すっかり誇るお役目と、春空《しゅんくう》を伐《き》って飛ぶ白尾鳥《しろおどり》にも威風堂々《いふうどうどう》を語っていた。

やれおだやかなる盆山《ぼんさん》の線《せん》を、きゅえと嘆《なげ》く牡鹿《おじか》の噎《むせ》びが引き届いていく空《そら》の有様《ありさま》の夕《ゆう》である。

さやが手桶《ておけ》をたずさえやって来た。

「与太《よた》、なんしよんの？」

庭先で古畳《ふるだたみ》を二枚重ねた一寸《いっすん》に満たない隙間《すきま》を、古畳《ふるだたみ》に触れず刀《かたな》を通す動作を飽《あ》きもせず、古《ふる》畳《だたみ》を逆毛《さかげ》立たせる事なく繰り返す与太の姿を認めてさやが聞いた。鬼紋付《おにもんつき》の澄水色《すみみずいろ》の流《なが》しが、橙《だいだい》を越えた藤色《ふじいろ》の静寂《せいじゃく》でふるめいている。

「みりゃあわかるじゃろ。首斬《くびき》りの修練《しゅうれん》じゃ。」

さやは年端《としは》に相応《そうおう》の乳房《ちぶさ》を鬼紋付《おにもんつき》の流しにた揺《ゆ》らせ、籐《とう》で拵《こしら》えられた枝折《しお》り戸《ど》を押し開けて、与太の剣勢《けんせい》にあてられ散《ち》り落ちる木《こ》の葉《は》のきらめきを、そのすみれ草を練《ね》り込んだ飴餅《あめもち》のように澄《す》んだ眼《め》で眺めつつ云《い》った。

「わかるけどさ、あんた鬼《おに》のごとく風貌《ふうぼう》よ。かわいげない。」

鬼紋付《おにもんつき》の紋様《もんよう》は、とても鬼とは判《はん》ぜぬ小花乱《こはならん》の鏤《ちりば》まりの意匠様《いしょうざま》で、さやによく似合い、かわいらしみが踊《おど》ってあった。さやは十三になったばかりの年端《としは》である。与太は来月に十六になる。

「かわいげあってあるもんか。わしは屋号《やごう》をとるんじゃぞ。そなたの首も斬り捨ててやろうかの、土壇場《どたんば》はそりゃ臭《くさ》いぞ。」

まくられた花喰鳥唐草《はなくいどりからくさ》の袖《そで》から覗《のぞ》く与太の二の腕は、筋肉の膨張《ぼうちょう》と落陽《らくよう》の金《きん》に曝《さら》され、いつもより白く光っていた。金桃色《きんももいろ》の陽《ひ》は、藤色《ふじいろ》の天空《てんくう》に宙《ちゅう》を任《まか》せ、誰《た》そ彼《かれ》と遠ざかる。

「やん、知《し》りとないちゃ。あんた、でも、あたしの首は斬りきらんやろ。」

「斬ろうと思《おも》わ、すぐじゃ。」

鬼紋付《おにもんつき》の袖《そで》から覗《のぞ》いた表皮《ひょうひ》を削《そ》いだ白樺《しらかば》の若木《わかぎ》のような左掌《て》で、落陽《らくよう》から吹く後《うし》ろ風《かぜ》にさらわれた髪を梳《す》き流し、さやはぷくりと頬《ほほ》を片方《かたほう》ふくらませ、いじわる、と眉《まゆ》をしめらせた。

「そんなこと云《い》うならね、これあげんからね。」

鬼紋付《おにもんつき》に隠れた右掌《て》を引いて、少し覗《のぞ》く白樺《しらかば》の左掌《て》で手桶《ておけ》を隠し、さやは云う。梳《す》き流した髪が、その動作の勢いで元に垂《た》れた。後《うし》ろ風《かぜ》は吹いていない。

「ぼたもちじゃろ？　さやん母上殿《ははうえどの》んつくるぼたもちを前《まえ》にして、そなたをおめおめ帰《かえ》すわけにゃあいかんよ。」

落陽《らくよう》の残す逆光《ぎゃっこう》に対峙《たいじ》して、二枚の古畳《ふるだたみ》の針穴を通す抜身《ぬきみ》が綺羅《きら》りんりんと戯《おど》けて光る。

「ひゃあ、堪忍《かんにん》やあ。」

戯《おど》けた同じ調子《ちょうし》でさやは手桶《ておけ》を差しだし、被《かぶ》せられた雀枝図紋様《じゃくしずもんよう》の風呂敷《ふろしき》の下には、手桶の面積一杯にぼたもちが敷《し》き詰《つ》められていた。

「いつもすまんな。さや、寄《よ》ってけや。」

手桶を受け取り、与太はお縁《えん》から屋敷《やしき》にあがり、

「祖父上《じじうえ》！　さやからぼたもちをもろうたぞ！　祖父上《じじうえ》！」

と奥間《おくま》に声をかけた。奥間に続く襖《ふすま》の上には通風《つうふう》の欄間《らんま》が嵌《は》められ、そこでは丹頂鶴《たんちょうづる》が口誦《くどき》の丘《おか》で踊っていた。

「応々《おうおう》、毎度《まいど》すまんねおさやちゃん。儂《わし》も与太もこれに目《め》がなくてなあ。どれお上《あ》がりよ。茶を淹《い》れよう。新茶《しんちゃ》じゃ、美味《うま》いぞ。」

奥間から姿をあらわした、柿渋色《かきしぶいろ》の着流《きなが》しに小豆《あずき》を煎《い》ったような色をした袖《そで》のない羽織《はお》りを着た老人は、顔貌《かお》に美味《びみ》を浮かべながら手桶を覗き込みそうと云った。先代《せんだい》の首斬《くびき》りである。総髪は雪《ゆき》兎《うさぎ》の如《ごと》くに真白《ましろ》で、両の顳顬《こめかみ》が切り込んでいるがしっかりと根付いている。

「じじ様《さま》ありがとう、でもね、おかあが届けたら早く帰りなさいって。」

与太に対するのとは異《い》にして、さやはお行儀《ぎょうぎ》良くそうと云う。

「そうかい。残念じゃ。おさやちゃんとおしゃべりするのがこの爺《じじい》の楽しみじゃのに。与太、送ってやれ。」

与太は、右掌《て》に握《にぎ》った刀《かたな》を一度、空空中《からくうちゅう》に滑《すべ》らせたまま鞘《さや》に納《おさ》め、そうじゃな、と云って腰元に帯《お》びた。

水青《みずあお》や紫黄《しおう》に垣根《かきね》をいろどる道端草《みちばたぐさ》が咲く道すがら、辺りは夕闇《ゆうやみ》を纏《まと》って、ひゅーと移住鳥《いじゅうどり》が風《かぜ》を伐《き》って飛んで往《ゆ》く。与太は花喰鳥《はなくいどり》の袖《そで》に両の掌を入れ籠《こ》み、さやと並んで夕風《ゆうかぜ》をうける。二人は、揺《ゆ》れうるように並んで歩く。

不必要に間合《まあ》いの近いさやの腰骨《こしぼね》と肉が、時折《ときおり》に与太の大腿肉《ふともも》の付け根に触《ふ》れる。花喰鳥《はなくいどり》と鬼紋《おにもん》付《つき》が擦《す》れ合い、しゅるしゅると衣擦《きぬず》れの音を生《う》む。

「あんなあ与太、あんたお家《いえ》とるんじゃろ？」

道端の榛樹《はしばみ》から捥《も》いだ果実《かじつ》を、ころころと掌《て》の上で転《ころ》がせながらさやが訊《き》いた。

「当然《とうぜん》じゃろ。おれは独《ひと》り子《こ》ぞ。」

さやが歩《あゆ》みを止《と》めた。連れて与太も歩みを止《と》める。

「怖ないん？」

「首斬りがか？」

「そう。」

「怖くねえち云《い》ったら嘘《うそ》じゃわ。古畳《ふるだたみ》やら巻《ま》き藁《わら》しか斬ったことないきな。」

与太は繕《つくろ》うことなく素直に応《こた》えた。体面《たいめん》を繕《つくろ》わない正直は与太の善性《ぜんせい》で、さやが好《この》む性格であった。自然《しぜん》とさやも繕《つくろ》わない。秋竜胆《あきりんどう》の藪《やぶ》めで清虫《すずむし》がりりんと鳴く。

「あたしな、ちょっとこわいん。」

「なにがじゃ？　そなたが首斬りするんか？」

「ちごうよ、与太がな、凶悪《きょうあく》な相《そう》になるのがな、こわいんよ。」

「俺が凶悪相《きょうあくそう》とはどういう意味じゃ？」

「首斬りする侍《さむらい》さんちさ、みんな凶悪《きょうあく》な面《つら》しとらん？　なんか、こーんなしかめ面《つら》でさ。」

眉間《みけん》を右中指で押し下げながらさやが云う。薄い眉《まゆ》が重《かさ》ね刀《がたな》の風合《ふうあ》いで少し下がるが凶悪さなど微塵《みじん》である。

「父上《ちちうえ》のことか？」

「そう。とと様《さま》こわいもんね。」

「ははっ、ありゃ生来《せいらい》の性分《しょうぶん》じゃ。祖父上《じじうえ》はどうじゃ？　こわいか？」

「じじ様はこわくないよ。優《やさ》しいから大好《だいす》き。」

「じゃろ？　首斬りち云《ゆ》うてもただのお役目《やくめ》じゃ。祖父上《じじ》が云《ゆ》うとったわ、父上《ちちうえ》は優しい奴《やつ》じゃと。父上《ちちうえ》はな、土壇場《どたんば》に及《およ》んでは罪人《ざいにん》の浄土《じょうど》を願《ねご》うて四句偈《しくげ》を念仏《ねんぶつ》するんと。祖父上《じじ》はなんも考えず撥《は》ねとったらしいわ。」

「罪人《ざいにん》なんに浄土《じょうど》にいけるん？」

「どげかのう、俺《おれ》はよくわからん。」

ふたたび歩みを始めた与太は黒布《くろめ》が垂《た》れた天蓋《てんがい》を見上げる。白光《はっこう》する星が微塵《みじん》に拡《ひろ》がり始めている。星《ほし》の光《ひかり》はどこまで届くのかと、見上げ眼《め》に与太は想う。

「そも、浄土《じょうど》なんてほんとにあると思《おも》うちょる？」

ふたたび歩み始めた与太に追いつく為《ため》、ててて と小走《こばし》りに駆《か》け寄り鬼紋付《おにもんつき》を近づけさやが問う。星は明滅《めいめつ》を忘れ、ぎらぎらである。

「みな信《しん》じちょんやん。あるんじゃろうで。」

「ないからみな信じちょんじゃない？　姿《すがた》ないもんのほうが信じやすいもん。」

「そげかの？」

路地《ろじ》に飛び出して咲く棗草《なつめぐさ》が、草履足《ぞうりあし》に優しく触《ふ》れる。

「あっ、星飛《ほしと》んだ。」

与太と逆方《ぎゃくほう》を向いたさやが反射で指差した空《そら》には、幽《かす》かに飛星《とびぼし》の尾《お》が見えた。棗草《なつめぐさ》は地に向けて垂《た》れてある。

「お願《ねが》いしたかや？」

「うん。あたしお願いするの上手《じょうず》やき。それとあれね、常日頃《つねひごろ》考えちょるきね。」

「お願いごとをか？」

「そうよ。」

「がめついやっちゃ。」

「ふふふ、いいじゃろ。」

満足したかにさやは目尻《めじり》を曲げて、玉《たま》のような色粉頬《いろこほほ》をあげて笑う。鬼紋付《おにもんつき》がまた少し花喰鳥《はなくいどり》に触《ふ》れ、此度《こたび》はすささと肉肌《にくはだ》も触《ふ》れ合う音を生《しょう》じた。

触《ふ》れ合いに乗《じょう》じて、夕闇《ゆうやみ》に包《つつ》まれた水田《すいでん》から紫《むらさき》に淡光《たんこう》する光《ひかり》が、ひとつふたつと沸《わ》き立つ。稲穂《いなほ》の豊《ゆたか》を告げるその光《ひかり》を帯《お》びた虫《むし》の如《ごと》きは、稲《いね》と共《とも》に育ち、稲が枯れば死に、稲が盛《さか》えれば共に盛え、稲が絶頂《ぜっちょう》を迎えた刻《とき》、その羽を紫藤《しとう》に、その胴頭《どうあたま》を緑翠《りょくすい》に、淡《あわ》く淡く発光させ、天へと昇る。虫に名は無い。

「やあ、今年も見《み》られた。」

　与太とさやも再び歩みを已《や》め、光虫《ひかり》の昇華舞《しょうかま》いを見届ける。遠くから笛《ふえ》の音色《ねいろ》が届く。音は横笛《よこぶえ》の合奏《ごうそう》で、太鼓《たいこ》の律《りつ》は無い。此《こ》の時期になると、何刻《いつ》沸《わ》くとは計《はか》りは識《し》れぬ光虫《ひかり》の昇華《しょうか》に、笛《ふえ》の音《ね》を和合《わごう》させたい奏者《そうしゃ》達が毎夜集会し待機してあり、光虫《ひかり》舞いに艶色《つやいろ》を加える奏者達は、音《ね》を気に入った天《てん》の主《あるじ》に、光虫《ひかり》と共に連れて往《い》かれぬよう、演奏の折《おり》には黒眼《くろめ》の亡《な》い仮面《かめん》を被《かぶ》り、やれ出《で》た段《だん》になると、斯様《かよう》に美事《みごと》な情景《じょうけい》を奏《かな》でる。光り舞う虫は、どうやら此《こ》の土地に固有種《こゆうしゅ》らしく、噂《うわさ》を聞きつけた情人《じょうにん》達で此《こ》の時季《じき》、土地は幾許《いくばく》活気《かっき》づき、その中には、一国の殿様《とのさま》がお忍《しの》ぶことも有ると云う。ただでさえ、稲の実《みの》りを告げる光虫《ひかり》は、観光者の落とす銭《ぜに》をも呼び込み、此《こ》の土地に段倍《だんばい》の潤《うるお》いを与え、光《ひかり》は尾を帯び、その末尾光《まつびこう》は粉《こな》と化《か》し落ち、稲穂《いなほ》に降りかかりながら昇華する。粉は旨味《うまみ》か、光虫《ひかり》の舞った年の此《こ》の土地の米《こめ》は、他の倍値以上で売れ、故《ゆえ》に土地の人々にとって此《こ》の虫は、潤沢《じゅんたく》と豊洋《ほうよう》を齎《もたら》す神虫《しんちゅう》であった。同時に、人が繁茂《はんも》する現象は、土地人《とちにん》には好ましく無い事《じ》態《たい》でもあり、誰でも美しみは独占したいのであろう、然《さ》れど、強突《ごうつ》く張《ば》りな皆を余所目《よそめ》に置いて、与太とさやは幸運《こううん》に、周囲にはぺんぺん草ばかりの二人時分《ふたりじぶん》で、この情景を慈《いつく》しむことができた。

光虫《ひかり》の昇華を見遣《みや》りながら、この時季に町通りなぞですれ違う観光者達の喋《しゃべ》り口調《くちょう》や衣服の柄《がら》などを見留《みと》めては、与太は、世《よ》は果《は》てしなく広がるのだと識《し》ったガキバラ時分を念《おも》い起こす。遠い土地にも晴《は》れやかな文化圏《ぶんかけん》があって、それは此処《ここ》とは少し異《こと》なってあって、離れれば離れるほどに異なってきて、果《は》てしなく広がる由《ゆえ》、有限《ゆうげん》でもあろう。

此《こ》の土地に舞う光虫《ひかり》は、名も知れず、行《ゆ》く先《さき》告げずに舞い上がる。その放《はな》つ光《ひかり》は淡《あわ》く滲《にじ》んでいるのに余《あま》りに眩《まば》ゆくて、眼を閉じてさえ浮かび上がって、その間空《まぞら》や思念《しねん》は余《あま》りに個的《こてき》で小さく狭《せま》く、であるからこそ無限《むげん》であろう。

さやの鬼紋付《おにもんつき》が腰《こし》に触《ふ》れる。与太は花喰鳥《はなくいどり》の袖《そで》に突っ込んでいた右掌《て》をその腰元にまわし、引き寄せることはせずにぽすんと置いた。与太に気後《きおく》れや恥気《ちき》は微塵《みじん》もなく、ただ掌《て》に伝わるさやの体温を美《うつく》しがった。陽《ひ》の暖《あたた》かみ、生命《いのち》の温《あたた》かみ、温《あたた》かみとは斯《か》くも正直《しょうじき》に世を照《て》らす。

「ねえ与太、きれーじゃねえ。」

「ああ、きれいじゃ。俺《おれ》らなんかしあわせもんじゃな、さや。」

「うん、しあわせもんじゃあ、与太とまたこれ見《み》れた。しかも今年《ことし》はふたりだけじゃね。」

そう云ってさやは、くすんと両の肩をしぼませ、清瀧《せいろう》にひかる眼で光虫《ひかり》の舞い踊りを見つめていた。

鳥《とり》が合間《あいま》を伐《き》って飛ぶ。夜目《よめ》なのに不思議《ふしぎ》と衝突しない。まるでからくりの様《よう》だと与太は念《おも》う。

水田《すいでん》は水面《みなも》に磨《みが》き石《いし》を鏤《ちりば》めたかに光虫《ひかり》の発光《はっこう》を映《うつ》し、泡沫跳《うたかたは》ねたかに灯滅《とうめつ》する。光《ひかり》は眼球《がんきゅう》の隅《すみ》まで沁《し》み込み、瞼《まぶた》は軽く羽のように開いて、横笛《よこぶえ》の音《ね》は已《や》まない。鳥《とり》は層《そう》を増した黒風景《くろふうけい》の奥へと飛び去った。与太はさやの左掌《て》に、腰元から離した自身の右掌《て》を添《そ》え改《あらた》め、ぴくんとした温《あたた》かみに、静かに力《ちから》を込める。真綿《まわた》のような弾力と、生活作業をしてきた証左《しょうさ》の少し乾《か》さついたさやの掌《てのひら》は、滑《すべ》やかなものばかりのそれよりもきっと、ひどく美しいと与太は感じた。光虫《ひかり》は綺羅星《きらぼし》の火天《かてん》に舞い上がり、笛《ふえ》の音《ね》は風景に渦巻《うずま》いて、少しふたりはしかし同時に、世界《せかい》との融和《ゆうわ》をその未だ小さな身《み》に感得《かんとく》した。どこからともなく、ふたりは笑った。

与太は、お家をとるの、と訊《き》いたさやの言葉を念《おも》い起こす。与太にとって、家督《かとく》を継《つ》ぐということは剣《けん》を握《にぎ》ることである。剣を握るとは死を腑《ふ》に落とすことである。死を腑《ふ》に落とすとは、この情景を二度と見られなくなるかもしれないと識《し》ることである。

そういう意味でさやは訊《き》いたのだと、与太は念《おも》う。与太の背負《せお》う役目とは、稀《まれ》には理不尽《りふじん》な報復《ほうふく》をも覚悟しなくてはならぬものであった。罪人《ざいにん》の、事実《じじつ》いのちを、実在の温《あたた》かみを断《た》つのは最後には首斬り役人それなのである。与太の祖父も父も、数度《いくたび》かそのような報復襲撃《ほうふくしゅうげき》を受けたことがあり、度《たび》に返《かえ》り討《う》ちにし返《かえ》り血《ち》を浴《あ》びては気丈《きじょう》に振《ふ》るまいながらもどこか、憂《う》げ憂《う》げしい貌《かお》を見せていたものであった。首斬り役人とは人殺《ひとごろ》しの剣《けん》の上手《じょうず》ではなく、首落《くびお》としの上手《じょうず》であって、辻斬《つじき》り相当《そうとう》の対峙《たいじ》には、一進一退《いっしんいったい》で度《たび》に傷《きず》を負う。与太の祖父は、喰《く》らった襲撃《しゅうげき》の名残《なごり》で、左掌《て》の端二指《はしにし》が上手《うま》く動かない。罪《つみ》とは神《かみ》が定《さだ》めるもので、この世で神とはお上《かみ》であり、神には逆らえず、捩《ねじ》れた怨嗟《えんさ》は為手《して》に降《ふ》りかかる。

故《ゆえ》に与太は、未来永劫《みらいえいごう》を想う。この光虫《ひかり》が、この時天空《ときてんくう》が未来永劫《みらいえいごう》ならば、人と虫とで同じ波《は》調《ちょう》が歩調《ほちょう》を異《こと》ねるならば、さやが笑顔を絶《た》やさぬならば、尺度《しゃくど》よ伸び伸びてこの今《いま》こそが、未来永《みらいえい》劫《ごう》そのものなのだとどうか教えて賜《たも》れと、光虫《ひかり》の遥《はる》か彼方《かなた》の宙域《ちゅういき》を伐《き》って飛ぶ飛星《とびぼし》に、与太はさやの如《ごと》くに願《ねが》いを懸《か》けた。けれども飛星《とびぼし》は、じっと見つめる美人《びじん》のようにまたたかず、彼方《かなた》を伐《き》ったそのままで消え去って、星は満天《まんてん》、空海原《そらうなばら》に輝く侭であった。

光虫《ひかり》たちの昇華舞《しょうかま》いは、まだ未《いま》だ観照《かんしょう》の内《うち》、ちゃんとんしゃんと畢《おわ》らない。与太はさやの掌《てのひら》を握った侭《まま》、光《ひかり》とさやの溢《あふ》る中で、明日飛星《あすとびぼし》にも願いを懸《か》けた。

二　番《つが》い

与太《よた》の父、権兵《ごんへい》はよく笑わない人物だった。祖父が云うには、あれは真面目《まじめ》すぎるのよ、とのことで、然《さ》れど与太は父を尊敬していた。

まず一《ひと》つ、権兵は剣《けん》が非常に上手《じょうず》なのである。それと云うのも、首斬《くびき》りの家柄《いえがら》を早い時分《じぶん》に得心《とくしん》し、罪人《ざいにん》であろうと人を斬る、人《ひと》の生命《いのち》を無慈悲《むじひ》に段階を選ばせず忽《たちま》ちに畢《おわ》らせる役目《やくめ》を負《お》うからには、人より常《つね》に真摯《しんし》でなければ努《つと》める資格は無しと、非道《ひど》く自《みずか》らを律《りっ》して、不乱《ふらん》に剣を振り続けてきた賜物《たまもの》で、その賜物は確実に、権兵が個人の努力で手に入れた栄冠《えいかん》なのであった。土壇場《どたんば》に立つ罪人に、せめて死などの無常《むじょう》なものは安《やす》らかに届けるが為に、弛《たゆ》まぬ自律《じりつ》を戦い抜いて得《え》た賜物《たまもの》は、非道《ひど》く美しいものだと与太は念《おも》うのである。

権兵は与太によく涅槃《ねはん》について説《と》いてきた。

阿弥陀仏《あみだぶつ》の座《ざ》すうてなは水面《みなも》に浮いてあり、その上《うえ》に座《ざ》すとは弛《たゆ》まぬ阿弥陀仏《みだぶつ》の自律《じりつ》と信念《しんねん》が可能にするもの、我《われ》ら人斬《ひとき》りはそれを手本《てほん》にすべし、と与太は幼少時分からよく訊《き》かされ、うてなが浮かぶる条件が仏《ほとけ》の努力なのだという風変《ふうが》わりな思想は、与太に面白く沁《し》み込んだ。

権兵《ごんべい》は真面目な人物だが、世《よ》に対しては諦念《ていねん》と、自創《じそう》した観《かん》と相《そう》を持っており、それは世《よ》や生《せい》と云《い》ったものに先明《せんめい》を経《へ》てみずから獲得したもので、ゆえにその言動には表象《ひょうしょう》しがたい自信と重厚《じゅうこう》を感ずるものがあった。

それが二《ふた》つで、三《みっ》つめには、とにかく人に優しいのだった。殊《こと》に弱者《じゃくしゃ》に優しかった。首斬《くびき》り役人《やくにん》特有の顰《しか》め面を構《かま》えながら、転《ころ》げた童子《どうじ》があればふわりと抱えて土砂《どしゃ》をはたいてやり、物乞《ものご》いあれば竹皮包《たけかわつつ》みごと握《にぎ》り飯《めし》を無言で渡し、泣いた幼子《おさなご》にはぽんと頭に掌《て》のせてまっすぐに理由を尋《たず》ねる始末《しまつ》であった。それでもお人好《ひとよ》しという訳でもなく、金子《きんす》の無心《むしん》などには屹《きっ》と外方《げほう》を向く慥《たし》かさで、その態度は与太に、お家《いえ》にまず肝要《かんよう》は経済観念《けいざいかんねん》と云うことを、形《かたち》を成《な》さぬ訓練として会得《えとく》させていた。

それでも権兵は与太に面と向かっては、人に優しくあれ、などと説《と》いたことは無く、

「人《ひと》に優しくあるんは儂《わし》んもつ私《わたくし》の理《ことわり》じゃ。最《さい》たる忌避《きひ》は私《わたくし》の理《ことわり》に背《せ》を向けることじゃわ。」

と云った調子で、教えるとは無しに与太に人道《じんどう》を教えていた。

それに対して、祖父の久郎衛《くろうえ》は随分《ずいぶん》楽観的であった。ひょいひょいと剽悍《ひょうかん》に罪人の首を斬り、斬ったそのままの足で酒を呑《の》みに出ていたものだと、与太は祖母からよく訊《き》いた。豪放《ごうほう》というか生《い》き死《し》にに無頓着《むとんちゃく》というか、若い時分はとにかく享楽《きょうらく》であったと云うし、今時分でもそうであると与太は念《おも》う。あでやかな羽織《はおり》を好み、有名な家督《かとく》もあって、町通りを歩けば役者者《やくしゃもの》さながらに女衆《おんなしゅう》から声をかけられていたものだとも、与太は祖母からよく訊《き》いた。

死合《しあい》にも通《つう》じる頑迷《がんめい》な権兵《ごんへい》の剣に比べると、久郎衛の剣は首斬り専門のそれであって、斬撃《ざんげき》と血《ち》飛沫《しぶき》が同期《どうき》する権兵の生々《なまなま》しい一刀《いっとう》に対し、久郎衛の一刀は斬撃《ざんげき》から一瞬の静寂《しじま》を加えて血潮《ちしお》がぴゅぴゅっぴゅっと必ず三度《さんど》噴き出して垂《た》れ止まるといった、どこか幽玄《ゆうげん》な微《かす》かを持ち合わせており、その一刀は、忸怩《じくじ》たる土壇場《どたんば》に於《お》いて、ある種《しゅ》芸能の煌《きら》めきを醸《かも》し、名人の業《わざ》であると引退した今でも、公儀人《こうぎにん》のみならず市井《しせい》にも語《かた》り草《ぐさ》であった。

対極《たいきょく》のような六代目と七代目であるが、家族である与太には、良く似た二人であると感ずるとこ

ろがあった。

源流《げんりゅう》は他人であるはずの祖母と母がひどく良く似ているのだ。相貌《そうぼう》も似ている。柔《やわ》く、ふわわかで、どこか頼りなげに、それでもにこにこと家中《かちゅう》を照《て》らし、不機嫌《ふきげん》な貌《かお》や素振《そぶ》りなど表出《おもてだ》したことは与太の記憶では一度も無く、家仕事や家族の生育《せいいく》に一生懸命で、だのによく、米《こめ》の炊《た》き具合や汁《しる》物《もの》の味付けなどに失敗しては、少し錯乱《さくらん》しあわわと家中《いえじゅう》を走り回り、少しべそをかき、ごめんねえ、など云《い》うては、ふわりと謝《あやま》る。

およそ、首斬りと云った陰惨《いんさん》な公儀役目《こうぎやくめ》を賜《たまわ》る家格《かかく》の妻には世評《せひょう》においては相応《ふさわ》しくないように念《おも》えるが、与太にとっても権兵にとっても久郎衛にとっても、祖母と母は掛《か》け値《ね》なしにただ日々を生きるという基礎に於《お》いて、太陽に益《ま》す光《ひかり》であり、与太は今頃は、その姿をさやに重《かさ》ねていた。

さやを送り届けた与太は、軍鶏《しゃも》を炊《た》いた夕餉《ゆうげ》を摂《と》りながら、自心《じしん》の奥《おく》と問答《もんどう》を唱《とな》えていた。その妙問答《みょうもんどう》は彼《かれ》の癖《くせ》で、その癖は、与太の精神昂進《せいしんこうしん》によく寄与《きよ》してあった。

世《よ》は目的を持たない、与太はそう定見《ていけん》を持つ。世は、何か巨《おお》きな巨《おお》きなものに造《つく》られ観察されているのではあるまいか、若《も》しくは何か巨《おお》きなもの、そのものの極小《ごくしょう》のただ一粒《ひとつぶ》に過ぎないのではあるまいか、稲の繁茂《はんも》はその巨《おお》きなものの周期的な発作《ほっさ》のようなもので、不可思議《ふかしぎ》な光虫《ひかり》はそれを鎮《しず》める薬《くすり》であって、繁茂《はんも》した稲を刈《か》り取れと我《われ》らに命令しているのだ、そんな風《ふう》に念《おも》える心地《ここち》がある。

その心地は、役割を与えられた喜色《きしょく》と、繰り返しに生きるしかない空虚《くうきょ》を与えて、同位置同水準《どういちどうすいじゅん》の他《た》に、寄《よ》りかかりたくなる衝動《しょうどう》を起こす。

その、他《た》とは、番《つが》いであると与太は念《おも》う。喜色《きしょく》と空虚《くうきょ》を共有する番《つが》いと生きることが、この世にあって頗《すこぶ》る健全《けんぜん》な意義《いぎ》なのだ。そして我《われ》らの目的は、逢着《ほうちゃく》の有《あ》り様《さま》にあるのではなかろうか。

夕餉《ゆうげ》を終えた与太は、裏庭の柿《かき》の木の側《そば》に立ち、空《そら》を見る。空《そら》は夜を迎えてある。人《ひと》は死《し》す。蟻《あり》も死すし、獣《けもの》も死す。武者《むしゃ》も死すし、百姓《ひゃくしょう》などよく死す。今日喰《く》らうた軍鶏《しゃも》なぞはこのために死んだ。この柿の木も死ぬ時分があるだろう。死は終着《しゅうちゃく》だ。その終着を美しく迎えたい。与太は想う。さやを想う。番《つが》いとともに世を生きて、待っているぞと、番《つが》いに一度告別《こくべつ》を告げて逢《ほう》着《ちゃく》に及《およ》ぶのだ。

美しい告別《こくべつ》を与えたい。自《じ》にも、他《た》にも。それには今この時分まで美しく生きなくてはならぬ、然《そ》う与太は花喰鳥《はなくいどり》の袖《そで》に両の掌《て》を入れ込み、群青《ぐんじょう》に拡がる月夜空《つきよぞら》を見上げ想う。黒布《くろめ》に、砕《くだ》き、意《い》匠成形《しょうせいけい》を整え研磨《けんま》した真珠玉《しんじゅだま》をまぶしたかの夜空は、とても濡《ぬ》れて艶《つや》めきがあった。美《び》の完全《かんぜん》な象《しょう》だ。この世はば、巨《おお》きなものの構成物《こうせいぶつ》の一粒《ひとつぶ》であるなら、我《われ》とていつかはあの月や星にも手が届こう。

逢着《ほうちゃく》を美しく迎えたい、番《つが》いはさやだ、彼女が良い、それより外《ほか》は欲《ほっ》さぬ、それより外《ほか》は与えてくれるな。

そのただひとつの、しかし黒水晶《くろすいしょう》に比肩《ひけん》する深く澄《す》みきった想いを抱《だ》いて、与太は星月夜《ほしのつきよ》を眺め続けた。

星からも月からも応答はなく、それでよいのだ、と与太は嚥下《えんげ》する或《あ》る秋日《しゅうじつ》の夜であった。

ちーりんしんしゃん笛鈴《ふえすず》が鳴り、ぺぺんべんべん弦《げん》が跳《と》び、ぽぽんぽぽぽん鼓《つづみ》が爆《は》ぜる。与太十八歳の終冬《しゅうとう》の宵《よい》である。

「京《きょう》に行かんか？　与太。」

寺子屋《てらこや》での手習《てなら》い時代からの友であり、与太の家道場《いえどうじょう》の古株《ふるかぶ》でもある佳一《かいち》がそう云った。

「馬鹿申《ばかもう》せ。俺はもう土壇場《どたんば》を任《まか》されておるんじゃぞ。」

「罪人《ざいにん》なぞ斬って何《なん》が楽しい。そも吾《わ》れが斬るもんはほんもんの罪人か？」

「どげな意味じゃ？」

「京《きょう》を中《ちゅう》に何《なに》が巻《ま》いとるかは、公儀《こうぎ》を賜《たも》う吾《わ》れがん家《いえ》なら知っちょろうが。」

雪が降り積もっていた。金属が鋭利《えいり》を増す冷たさの中で、月ばかりが白光《はっこう》していた。常《つね》より白く見えるのは、雪のその正体《しょうたい》が空中《くうちゅう》に舞う穢《けが》れであることを想わせる。穢《けが》れが氷結《ひょうけつ》し、地に降り積もっている。それ故《ゆえ》、月が白を増すのだ。

昼時分に童子《わらべ》らが拵《こしら》えたであろう雪のだるまが遊び相手を失い淋《さみ》しく佇《たたず》み、彫《ほ》り込まれた口角《こうかく》は上がっているが、穢《けが》れでしかない自分団子《じぶんだんご》を省り看《かえ》てか、嘆《なげ》いているかに見《み》える。

「知《し》っちょんよ、親父《おやじ》らあもよう話《はな》しちょるしの。」

「時代《じだい》の波《なみ》やわ。乗《の》るんが男《おとこ》じゃ。」

「俺《おれ》はな、佳一《かいち》、己《おのれ》こそ時代《じだい》と、ちと思《おも》うちょる。」

「甘《あま》えた糞《くそ》みてえなこつぬかすなや、与太。なんじゃ吾《わ》れ、須佐《すさ》か何かか？」

「生《い》き方《かた》の問題《もんだい》ちゃ。時代に呑《の》まるんのもいいよ。」

「呑《の》まるんのんじゃねえちゃ、飛び込むんやら。安穏《あんのん》なぞ仏坊主《ほとけぼうず》ののたまう彼岸《ひがん》だけで十分じゃろ。」

「安穏《あんのん》じゃねえんちゃ。」

「ほななんか？」

「さやじゃ。あれを守《まも》りたい。」

大きく銀杏《いちょう》のようにぎらつかせた眼を幾分伏《いくぶんふ》し、少し間を置いて佳一は云う。

「もう忘《わす》れろちゃ。二年近《にねんちこ》う経《た》つ。」

光虫舞《ひかり》いの半年後、桜《さくら》咲きたるすぐであった。さやが乱暴《らんぼう》に遭《あ》った。

与太の家に、常《つね》のごとくぼたもちを届けた帰り道であった。

その日、与太はいよいよに決まった土壇場《どたんば》登上に奮《ふる》え、桜花見《さくらはなみ》はそっち退《の》け、朝晩かけて稽古剣《けいこけん》を振り、お暇《いとま》を告げるさやには、送ろう、と声を掛けはした。

「いーよ、大事《だいじ》なときじゃけねえ与太、しっかりね。」

然《しか》しそうと云って励《はげ》みを加える言葉に甘《あま》えた与太は、その小さな、しかし薄夕《うすゆう》に仄《ほの》かに映《は》える美しい小背《こぜ》を見送るのみで剣振りを続けた。門戸《もんこ》の先《さき》には、借景《しゃっけい》の桜花《おうか》が艶《あで》やかに闇《やみ》を迎えていた。光虫《ひかり》舞いを二人時分で見られたとおり、与太の家からさやの家までの道中《どうちゅう》は、田やれんげ草ばかりが咲き誇り、人目《ひとめ》を帯《お》びず、光虫《ひかり》舞いを終えた休耕地《きゅうこうち》には、稲束《いなづか》が三角標《さんかくびょう》に編《あ》み上げられ、ずらりと列《れつ》を整えていた。稲束《いなづか》の三角標《さんかくびょう》は下膨《しもぶく》れで、しゃがみ込む或《あ》いは寝そべる人間の姿態《したい》なぞには悠々《ゆうゆう》と目隠《めかく》しと相成《あいな》るもので、いわんや夕闇《ゆうやみ》であった。さやを乱暴した下手人《げしゅにん》はいまだ行方《ゆくえ》知れない。

朝方《あさがた》、定例散歩《ていれいさんぽ》に通りがかった与太の祖母が、稲束《いなづか》の三角標《さんかくびょう》の隙間に、朝陽を反光《はんこう》し真白《ましろ》く光る人の脚《あし》のようなものを見留《みと》め、近寄ってみると、さやが衣服をほぼほぼ纏《まと》わず、明《あき》らかに死んでいるかに仰向《あおむ》いていた。祖母はそのまま取り返し、家の男衆《おとこしゅう》を呼び戻り、韋駄天《いだてん》に駆けつけたは与太であった。

桜舞うとはいえ未《いま》だ肌寒い朝である。さやの躰《からだ》は雪の固まりかに冷えきっており、左頬《ほほ》と左眼は太く腫《は》れ上がり、口と鼻の孔《あな》には凝固《ぎょうこ》した流血《りゅうけつ》がどす黒《ぐろ》く固着《こちゃく》し、非道《ひど》く曳《ひ》かれたのであろう右顳《こめ》顬《かみ》辺りの髪は悉《ことごと》く千切《ちぎ》れ禿《は》げており、股《また》からはさや自身の血《ち》と他人の体液が、固まらずこびり流《なが》れていた。

与太は正絹《しょうけん》の花喰鳥《はなくいどり》を脱ぎ掛《か》け、さやの上半身を抱《だ》き上げて、襟口《えりぐち》で鼻孔《びこう》と口元を拭《ふ》き、裾先《すそさき》で丹念《たんねん》にその股《また》を拭《ぬぐ》った。絹糸《きぬいと》ばかりの純粋な布面《ぬのめん》は滑《なめ》らかにさやの肢体《したい》を包《つつ》み、抱き上げた拍子《ひょうし》に、朝靄《あさもや》に緑色のぬめりを映《は》やした雨蛙《あまがえる》が小便《しょうべん》を撒《ま》き散らし逃げ跳んだ。

左掌《て》でさやの小さな首根《くびね》っこを支えながら、与太は恐《おそ》る恐《おそ》る、さやの頸動《けいどう》に軽く右掌《て》の親指中指を当てた。表面の皮膚は冷えきっていたが、その内奥《ないおう》に幽《かす》かに脈動《みゃくどう》を感じた与太は、生《い》きちょる、と大きく号《ごう》と発《はっ》し、さやをその背におぶり、祖母に花喰鳥《はなくいどり》を綴織《つづりおり》の白鶴《はくつる》をあしらえた帯《おび》で留《と》めさせ、大急ぎで家へと駆け戻った。さやは気絶《きぜつ》状態でなく亡失《ぼうしつ》の精神《せいしん》であった。おぶられ、与太の体温をゆっくりと感じたさやは、かじかんで身震《みぶる》う唇《くちびる》を間《ま》開いて、幽《かす》かに言葉を発した。

「与太《よた》ぁ、来《き》てくれたんじゃねえ。」

「気《き》いついたんか。黙《だま》っちょれ。すぐ温《あった》めちゃるき。」

「うん、与太ぁ、そろそろお役目《やくめ》じゃねえ、大変《たいへん》じゃねえ、でも安心《あんしん》しないよぉ、あたしが一緒におるきねぇ。」

「そうじゃ。お前《まえ》がおらな俺は人斬りなんぞ敵《かな》わんわ。」

「でも、ごめんねぇ、あたし汚《きたな》らし、なっちゃったんやわぁ、ごめんねぇ、ごめん、ねぇ、与太ぁ。」

与太の首元に力無く預けられたさやの眼は、虚空《こくう》に低空《ていくう》ばかりを彷徨《さまよ》っていた。与太は弾《はず》み良く言葉を返した。言葉だけがさやを救《すく》えるかと念《おも》え、言葉しか与え能《あた》うものが見つからなかった。

「何云《なにゆ》うちょる。あげなとこで寝《ね》っくさっちょったら汚《きたな》らしなるわ。けんがそげなもん湯《ゆ》で洗《あら》わあすぐ取れるちゃ。」

「違《ちご》う、んよ、与太、あたしねぇ、」

亡失《ぼうしつ》のさやの瞳《め》から、一筋《ひとすじ》の涙が飛星《とびぼし》のように伐《き》って流れた。願いは届かない。さやが犯《おか》されたことは明《あか》ら様《さま》であった。

「違《ちご》わん。さやがおらないかんのんちゃ。じゃき違《ちご》わん。」

「与太、だめなん、あたしね、云《い》わされたん、おねだり、せえって、怖《こわ》かった、きね、あたしね、自分から、云うたんよ。」

言霊信仰《ことだましんこう》の厚い土地であった。幼少より皆、与太もさやも佳一《かいち》も、言葉の放《はな》つ剛力《ごうりき》を刷《す》り込まれて育ってあった。其《そ》の為《ため》か、さやの言《げん》にも嘘偽《うそいつわ》りはない筈《はず》であった。けれど与太は、嘘を吐《は》いた。

「違《ちご》うちゃ。さや、昨日《きのう》はあまり寝てねえ云《ゆ》うちょったじゃねえか。お日様《ひさま》貯《た》めた稲《い》束《ね》があったかくてつい寝入《ねい》ったんじゃ。それは違《ちご》わん。」

「あたしね、与太、自分から、云うたんよ、見たじゃろ、お股《また》、濡れちょったじゃろ。」

躰《からだ》が温《あたた》まった為《ため》にか、地獄念仏《じごくねんぶつ》の如《ごと》きさやの放言《ほうげん》は増し、与太は早く家に着けと、己《おのれ》の心《しん》の臓《ぞう》を右掌《て》で肋骨《ろっこつ》とともに握り締めながら能《あた》う限りの全力で駆けた。綴織《つづりおり》の白鶴帯《はくつるおび》のおかげで、左掌《て》だけの留《とど》め置きで、細《さざ》れきさやの躰《からだ》は留《とど》め能《あた》うた。与太は駆けた。

「そりゃさっき雨蛙《あまがえる》が小便散《しょんべんち》らしよったきそれじゃろ。さや、もう黙っちょき。な？　すぐ家《うち》に着くき。着いたら母上《ははうえ》に風呂《ふろ》に入《い》れてもらお。ほんでちょっと眠《ねむ》れ。あげなとこじゃちゃんと寝れんかったじゃろ？　布団《ふとん》用意してもらうき。特別《とくべつ》じゃ、俺も寝添《ねそ》うちゃる。」

「ごめん、ね、あたしな、与太の、お嫁《よめ》さんに、なるん、望《のぞ》みじゃったん、祖父様《じじさま》や、父様《ととさま》と、祖母様《ばさま》と、母様《かかさま》と、仲良《なかよ》う、暮らしてな、子《こ》をこさえてな、望《のぞ》みじゃったん。」

「ああ、そうせい。そうせい。」

「眠《ねむ》る前《まえ》、なんかもな、よう、想《おも》いしよったんよ、でもだめじゃね。」

「だめなわけあるか。俺《おれ》の望《のぞ》みもそれじゃ。そうせい。」

「だめじゃよ、みんな、云《ゆ》うきね、あっこん嫁《よめ》じょは、姦通《かんつう》もんじゃ、みんな、云《ゆ》うよ。」

「そげなん云《ゆ》うやた俺《おれ》が叩《たた》っ斬《き》っちゃる。」

「だめよ、与太。」

「だめなことあるか。そうせい、いいかさや、そうせい。」

しどねの柿の木が屋敷奥《やしきおく》に見え迫《せま》り、安心を与え能《あた》うように吃度《きっ》と、清澄《せいちょう》にそうと発する与太の眼からはしかし、幾筋《いくすじ》も飛星《とびぼし》が流れ、運動対流《うんどうたいりゅう》に押されて玉《たま》となり、後方《こうほう》に散《ち》らばり、其《そ》の内《うち》の一《ひと》粒《つぶ》が、無垢《むく》な侭《まま》のさやの右頬《ほほ》で、音も無く弾《はじ》けた。

与太の落涙《らくるい》を識《し》ったさやは、そのまま、眠るように意識を消失《しょうしつ》した。

さやが目覚めたのは、それから八日《ようか》の後であった。八日《ようか》の間に渡りいずれも摂取《せっしゅ》していない躰《からだ》は、意識を消失したままであったが、母と祖母が、おぶせ戻ってきたそのままに二人掛かりで冷《ひ》えた一廻《ひとまわ》り痩《や》せ細り、白美《はくび》の奥深さを増し、しかし瞳《め》には、微塵《みじん》の生気《せいき》も窺《うかが》えなかった。

さやを湯に入れてくれ、その泥《どろ》ついた体表《たいひょう》と、届く内臓《ないぞう》を丁寧《ていねい》に洗い磨いてくれたおかげで、目覚めの少女は、清潔《せいけつ》さを溌剌《はつらつ》とさせていた。だがその瞳《め》は死人《しにん》で、冥府《めいふ》に繋《つな》がれたままであった。穴《あな》が小《ち》さいけんか姦通《かんつう》はしとらんみたいじゃ、けんが股《また》をえらく甚振《いたぶ》られて火脹《ひぶく》れんごつなっちょる、痕《あと》が残るかんしれんの、とは祖母の見立《みた》てであったが、与太は頷《うなず》くこともできなかった。

さやの家には、湯に入れると同時に久郎衛《くろうえ》が使用人の吉助翁《きちすけおう》を送り、事《こと》の顚末《てんまつ》を簡素《かんそ》に伝えるよう手配《てはい》した。

さやの生家《せいか》は、蜆《しじみ》小売り商《しょう》を営《いとな》んでおり、家格《かかく》は、公儀《こうぎ》を賜《たまわ》る与太の家とは、段《だん》の違いがあったが、快活《かいかつ》なさやを鎹《かすがい》にして、また酒豪《しゅごう》の権兵、久郎衛の薬にと、毎度蜆《しじみ》を買い通っていた間柄《あいだがら》もあって、両家は一家で親しみ深い付き合いであった。それ故《ゆえ》、吉助翁《きちすけおう》と共に、客間《きゃくま》に飛び込んできたさやの両親と長兄が、まるで葬送《そうそう》のように大きく呻《うめ》き声を上げ噎《むせ》ぶ姿は、与太の家中《かちゅう》一切《いっさい》をもの憂《う》げな悲哀同調《ひあいどうちょう》で覆《おお》い、与太は、潰《つぶ》されまいと必死に胡座《あぐら》前に立て置いた刀《かたな》の柄《え》を握りしめた侭、その握力《あくりょく》の隙間《すきま》からは、はっきりと鮮血《せんけつ》が溢《こぼ》れる有様《ありさま》であった。

その年の明けすぐに張《は》り替えたばかりの、藺草《いぐさ》に沁《し》み込んだ与太の鮮血が乾かぬ内《うち》に、さやは長兄の小兵太《こへいた》におぶられ家に戻った。

与太は、忸怩《じくじ》くと体環《たいかん》を巡《めぐ》る悪霊《あくりょう》を振り払うかに剣を振り、乾く間も無い掌《て》は、熟《じゅく》しすぎた柿《かき》の実《み》のように紅《あか》く燃えていた。

さやが目覚めた事は小兵太《こへいた》がいの一番《いちばん》に知らせてくれた。振り剣を払い捨て、韋駄天《いだてん》に見舞《みま》った与太は、縁側傍《えんがわそば》の、ぽつぽつと咲き始めた卯木《うつぎ》が揃《そろ》った裏庭を、襦袢《じゅばん》姿のまま、しかし見るからに清潔《せいけつ》な、白松《しろまつ》が意匠《いしょう》された白布《はくふ》の木綿布団《もめんぶとん》の上に起き上がったさやを認めた。

「おお、さや。起《お》きたかや。」

与太はそう声を掛けたが、与太自身、自《みずか》らの発声《はっせい》が無かったかに念《おも》えるほど、さやは、空宙《くうちゅう》に虚《うつ》ろな視線を漂《ただよ》わせるばかりで、ぴくりとも動作しなかった。

さやの母のお乱《らん》が、はこべらを散らした白粥《しらかゆ》を木匙《きさじ》で掬《すく》い、十分に冷《さ》ましてさやの口元に押し当てると、さやは僅《わず》かに口を開き、舐《な》めるような口頬《くちほほ》の動きを見せ、呑《の》むように嚥下《えんげ》した。さやの白《はく》磁《じ》の肌は、お乱《らん》からの授《さず》かりである。二つ並んだ白磁《はくじ》は、卯《う》の花《はな》の緑《みどり》に彫《ほ》り立ち、完膚《かんぷ》無く悲しいばかりの筈《はず》の光景に、美《び》を挿話《そうわ》していた。

「なんじゃ、さや。母上《ははうえ》に食《く》わせてもらいよるんか。赤子《あかご》みたいじゃの。」

与太は、努《つと》めて明るくそう云ったが、さやは微塵《みじん》も反応を示さなかった。

「ごめんね、与太さん。この子、起きてからずっとこんなんなんよ。」

お乱《らん》はそう恐縮《きょうしゅく》としながらも、赤子《あかご》に退行《たいこう》した我が子を慈《いつく》しみに見つめ、少しばかり粥《かゆ》のこぼれた口元を、白《しろ》桔《き》梗《きょう》霰《あられ》の紋様《もんよう》を誂《あつら》えた袖口《そでぐち》でゆるりと拭《ぬぐ》い、その行為は少し与太を安堵《あんど》させた。

赤子《あかご》に退行《たいこう》した商家《しょうか》の長女を、商家は厄介者《やっかいもの》と幾許《いくばく》かは扱うのではと、さやの姿を認めてすぐ、心ならずもそのような考えが過《よぎ》ったが、その心配は愚《おろ》かな杞憂《きゆう》そのものであると、大人白磁《おとなはくじ》の労《いたわ》りに与太は、自《みずか》らをつまらぬ奴《やつ》めと大きく恥じた。

「お乱《らん》さん、かわいげかや？」

与太は、子供白磁《こどもはくじ》の赤子《あかご》仕草《しぐさ》と、大人白磁《おとなはくじ》の慈《いつく》しみに、飛麒麟《とびきりん》の彫《ほ》り抜かれた欄間《らんま》の隙《すき》から、柱《はしら》となりて差し込む陽《ひ》光の暖《あたた》かみを可視《かし》した心地《ここち》になり、奇妙《きみょう》だが、素直な問いを掛《か》けた。

「かわいいわあ、ほんと赤《あか》ちゃんに戻ったみたいねえ。」

お乱はそうと云い、目尻《めじり》と口角《こうかく》を対《つい》に曲げ、さやの栗髪頭《くりかみあたま》の頂《てっぺん》をゆるりゆるりとさすってあった。お乱の髪も栗色で、黒色を成《な》す色《いろ》の素《もと》が性質的に薄いのであろう、角度を上げた唇《くちびる》に引かれた桜桃紅《おうとうべに》が、白光《はっこう》の中で豊かに煌《きら》めいていた。

「お乱さん、さやを嫁《よめ》にくれちゃ。」

突飛《とっぴ》だが、明確に言葉の音《おん》を発《はっ》しそうと云う与太に、お乱はゆるり手を停《と》め、与太を顔正面に見やって云った。

「この子、こんな風《ふう》よ、与太さん。」

それはさやの状態では無く、事件の顚末《てんまつ》に対した言《げん》であり、出身《しゅっしん》を異《い》にするお乱に言葉の国訛《くになま》りは無かった。

「俺《おれ》がん責《せき》ちゃ。俺が治《なお》す。」

「ふふ。じゃあもらってもらおうかしらねえ。この子も望んでいたしねえ、でもね。」

お乱は白椿《しろつばき》が落とす花肉《かにく》のように微笑《ほほえ》み、続けた。卯《う》の花《はな》が春風《はるかぜ》に吹かれ、弾《はず》み良く、はいはいと揺れていた。

「貴方《あなた》のお家《いえ》はお侍《さむらい》さんよ。許《ゆる》されないわ、与太さん。お家《いえ》のことも考えないといけません。」

春一番《はるいちばん》の突風が、開け放《はな》した障子戸敷居《しょうじどしきい》を越えて、与太の総髪《そうはつ》を一息《ひといき》揺らした。突風は不吉な不《ふ》穏《おん》を現すが、その温度は涼冷《りょうび》えを少し超えて、温《あたた》かかった。

「身分《みぶん》は浪人《ろうにん》ちゃ。ほな父上《ちちうえ》が良《よ》しとしたら是《ぜ》じゃの。」

与太は、その性来《せいらい》の美質《びしつ》を発揮《はっき》し、そうと云った。与太は、いづれに当たっても、その負相《ふそう》を負相と捉《とら》えない。吃《きつ》と、負相を穿《うが》とうと正面相対《しょうめんあいたい》す。

「そうねえ。それは是《ぜ》ね。」

お乱は、そんな事は有り得ないと、納得しながらもそう吐《は》いた。

「簡単《かんたん》なこつ。否《いな》な云《い》おうもんなら叩《たた》っ斬《き》りゃいいんちゃ。」

「お父上様《ちちうえさま》を？」

「そうじゃ。」

曇《くも》り無い眼《まなこ》でそうと応《こた》える与太が、冗談《じょうだん》なのか真剣《しんけん》なのか判読《はんどく》できず、お乱は、目尻《めじり》と口角《こうかく》を一《ひと》際《きわ》大きく対《つい》に曲げて、ころころと笑《わろ》うた。

「無茶《むちゃ》でしょう、与太さん。お父上様のほうがお強《つよ》いでしょう？」

「親は子に本気《ほんき》になれん。逆《ぎゃく》はできるちゃ。」

にかと笑い、快活《かいかつ》にそう云う与太に、いよいよ面白可笑《おか》しくなり、お乱は、生来《せいらい》初めて、悲しみと面白《おもしろみ》味の混じり込んだ笑い涙というものを経験した。目尻に溜《た》まった液体を、蚕幼虫《かいこようちゅう》のような人差し指で拭《ぬぐ》いながらも、与太は殆《ほとん》ど本気なのだろうと念《おも》うお乱には、こんなにも白痴《はくち》の如《ごと》き娘《むすめ》を想うてくれるものがあるかと、笑い涙は嬉し涙なのかもしれなかった。

卯《う》の花《はな》は、ゆうるりと花信風《かしんふう》を受けとめて、衣桁《きぬげた》の鬼紋付《おにもんつき》が衣擦《きぬず》れの音を鳴らし、裏塀垣《うらへいがき》を越えた借景《しゃっけい》の桜《さくら》びらが縁床《えんどこ》まで届いて花道《はなみち》のようで、桜花道《さくらはなみち》を眺めてばかりのさやの面《つら》に、桜の桃《もも》色が幾分《いくぶん》取り憑《つ》き、さやも少し笑うたかに見得《みえ》た。

「約束《やくそく》じゃきの、お乱さん。」

与太は花喰鳥《はなくいどり》の袖《そで》に両の掌《て》を忍《しの》ばせて、再びにかとそう云って、笑った。

三　金闇《きんやみ》

「父上《ちちうえ》。話《はなし》があるんちゃ。」

二人《ふたり》白磁《はくじ》の蓮台《れんだい》白松間《しろまつま》から自家《じか》に戻った与太《よた》は、夕暮れまでは剣振《けんふ》りをこなし、公儀《こうぎ》から帰宅した権兵《ごんへい》に声を掛《か》けた。

沓脱石《くつぬぎいし》で腰を掛け、草鞋《わらじ》を解《と》いていた権兵は、背方《せほう》からの声に振り向かず、なんじゃ、と応《こた》えた。

権兵は今日、三名の咎人《とがにん》の首を斬った。

「さやじゃ。あれを嫁《よめ》にもらう。いかんか？」

与太は、臆《おく》すことも詫《わ》びることも無く、明瞭《めいりょう》に尋《たず》ねた。権兵は、有事無事《うじむじ》隔《へだ》てぬその言《げん》の真正《まっすぐ》さに、自《じ》の息子ながら、無頼《ぶらい》の勇《ゆう》の頼もしさを感じた。

「家《いえ》はどうする。」

「継《つ》ぐ。」

「首斬りは酷《こく》な生業《なりわい》ぞ。内助《ないじょ》無しでは狂《くる》うちまうがの。」

「内助《ないじょ》はさやじゃ。」

「壊《こわ》れたち聞いたぞ。」

さやの心身状態は、与太の家中《かちゅう》は皆存《ぞん》じてあった。小兵太《こへいた》が慎《つつ》ましく周知《しゅうち》してくれていた。

「壊《こわ》れちょらせん。寝ちょるだけじゃ。」

「執心《しゅうしん》じゃの。」

「俺《おれ》ん責《せき》じゃき。」

草鞋《わらじ》は解《と》き終えたが、振り向かず権兵は、恵風《けいふう》に戦《そよ》ぐ柿の新緑葉《しんりょくば》と、夕光《ゆうこう》の眩《まぶ》しさに右目尻《みぎめじり》をくしゃませ云《い》った。

「のう、与太。儂《わし》は首斬りは嫌《いや》じゃてのう。首斬った肉《にく》ん感触《かんしょく》が嫌《いや》で嫌でのう。」

「そうなんか。」

「そうちゃ。常《つね》に表筋《ひょうきん》しかめちょらな崩《くず》れっしまいそうでおおじいわ。首だけんなった肉体《にくたい》が飛びついてくる夢なぞ幾度《いくど》見たことかしれん。胸糞《むなくそ》わりいもんじゃぞ。」

「そうかえ。父上《ちちうえ》も祖父上《じじうえ》も、へいちゃらでやっちょるもんじゃと思《おも》うちょったわ。」

「祖父《じじ》は、ありゃ根《ね》っからの享楽《きょうらく》もんじゃ。おまけに漂泊《ひょうはく》もんじゃて。天職《てんしょく》て。けんが、儂《わし》は根が真面目《まじめ》くさいからのう、罪人《ざいにん》の心情《しんじょう》にまで己《おのれ》ん射程《しゃてい》伸ばして考えてしもうんちゃ。罪人とも近《ちこ》うなるんやわ。」

与太は、黙《もく》したまま、しかし両の拳《こぶし》は硬く握《にぎ》りこぶって権兵の次言《じげん》を待った。そろそろ恵風《けいふう》が小《さ》夜風《よかぜ》に代わり始める刻分《こくぶん》であった。

「ほじゃけどの、母《かか》や吾《わ》れがあるじゃろ、それを想《おも》うとの、気合《きあ》いが入《はい》るんちゃ。儂《わし》がきちんとしちょられるんは、吾《わ》れと母《かか》のおかげじゃき。」

権兵は、薄闇《うすやみ》に瞬《また》き出した一番星《いちばんぼし》を細《ほそ》め眼《め》で眺めながらそうと云った。恵風《けいふう》は、一息《ひといき》さんで小夜《さよ》風《かぜ》に代わった。

「じゃきの、与太。おさやちゃんが吾《わ》れにとってんそれなら、儂《わし》は良《い》いと思うちょる。家《いえ》んことも大事《だいじ》じゃが、儂《わし》は吾《わ》れん方《ほう》が大事《だいじ》ちゃ。儂《わし》がん言《げん》がきちと得心能《とくしんあた》うならよ、吾《わ》れん好《す》いたごつせいや。」

小夜風《さよかぜ》は、昼と夜の境界《きょうかい》に滞留《たいりゅう》していた暖気《だんき》を連れて、沓脱石《くつぬぎいし》から与太にかけて、一息《ひといき》大きく過ぎ去った。一番星《いちばんぼし》は、決して飛び落ちることなく瞬《またた》いてあった。

「父上《ちちうえ》、恩《おん》に着るわえ。」

「精進《しょうじん》せい。祖父《じじ》には儂《わし》から云《い》うちょく。」

そう云うと、板間《いたま》に上《のぼ》り与太の右肩に左の大きくふしくれ瘤立《こぶた》った掌《て》をぽすんと置き、権兵は与太の右側を過ぎた。

与太は、沓脱石《くつぬぎいし》に揃《そろ》えてあった草履《ぞうり》を、掛《か》け足袋《たび》無しに履《は》き、小夜風《さよかぜ》むせぶ前庭に歩《ほ》を進め、一《ひと》茎植《くき》えられた織部燈籠《おりべとうろう》に詰《つ》めた綿火口《わたほくち》に、上州吉井《じょうしゅうよしい》の火打金《ひうちがね》石で火を燻《くゆ》らせ、それを、丁度小夜《ちょうどさよ》風《かぜ》に乗り何処《どこ》からか流れてきた松付木《まつつけぎ》に移し、燈籠《とうろう》に立てられた燭《しょく》に火を灯《とも》した。かちかちと、上《じょう》州吉井《しゅうよしい》の焼き入れ鋼《はがね》と玉髄《ぎょくずい》が交わる快音《かいおん》が小夜風《さよかぜ》に漂《ただよ》い、その音色《ねいろ》は夕闇《ゆうやみ》に和合《わごう》し融《と》け、一番星《いちばんぼし》が音調《ねいろ》に惹《ひ》かれるかに煌《きら》めいてあった。

与太は、右肩にじんじんとした重みを感じ、煌《きら》めく一番星《いちばんぼし》をきらきら睨《にら》み、さやを想った。

目覚めてから二週の後に、さやの身柄《みがら》は与太の家へと移された。彼女の瞳《め》は相《あい》も変わらず腑抜《ふぬ》けてあった。

与太とさやは正式な夫婦《めおと》と成《な》った訳で無く、無論祝言《むろんしゅうげん》など執《と》りも行わず、権兵と与太の母である昴《こう》、それとさやの父と母お乱《らん》の話し合いの末、回復を願《ねご》うて身柄《みがら》を権兵たちが預かる事に決めた。薄弱《はくじゃく》な商家《しょうか》であり、さやに一日中付ききれる者の捻出《ねんしゅつ》をし難《がた》い蜆屋《しじみや》には、この申し出は申し分無く有り難《がた》かった。

与太の家には、昴《こう》母も祖母もあり、また家中《かちゅう》を手伝う女中《じょちゅう》も一名あったので、誰かしら手隙《てすき》の者がさやの看病《かんびょう》をとる事は容易《ようい》であった。と云《い》うのも、腑《ふ》抜《ぬ》けたさやの心身実《しんしんじつ》を識《し》る皆、ともすれば自死《じし》でも至《いた》しかねないと、口には出さぬ危惧《きぐ》があった。

　さやは、朝に陽《ひ》と鶏《とり》と共に起き、夜に月と星と共に寝てばかりを繰り返し、近頃は、天《あま》の河《がわ》がうすらぼんやり浮かび始めていた。けれどさやは、新月《しんげつ》の日には徹《てっ》して眠らなかった。稲束《いなづか》の先《さき》に見上げた空《そら》に、ぼんやりとも月が見えなかったせいであろうと、

「あんときも新月《しんげつ》じゃったきじゃろうねえ、寝転《ねころ》びとうないんよ。」

　と云ったのは祖母だった。与太の家中《かちゅう》はあの日の新月を憂《うれ》い、月の出ない日は誰かはさやの傍《そば》に付ききり寝ずに、哀《あわ》れな姫《ひめ》が念《おも》い出さぬよう、あれこれとつまらぬ声を掛《か》け、看守《みまも》っていた。

　食物は粥《かゆ》のような柔らかいものを呑《の》むように食《は》み、排泄《はいせつ》は、腑抜《ふぬ》けていても身体反応か、近くの者の袖《そで》をくいと儚《はかな》げに曳《ひ》き、それを合図《あいず》として廁《かわや》までおぶさり連れると、偉《えら》いものでさやは勝手にきちんと用《よう》を足《た》した。しかし袖曳《そでひ》きが初めての際には、袖《そで》を曳《ひ》かれた昂母《こうはは》が、訳《わけ》がわからず然《しか》しさやの自発《じはつ》に回復の兆《きざ》しを期待して、どうしたん、と赤子《あかご》に対するかに優しく尋《たず》ねても、くいっくいっと袖《そで》を曳《ひ》くばかりで、結局さやは白菖蒲《しろあやめ》の布団の中内《なかうち》に小便《しょうべん》を漏《も》らした。

「あんたん番《ばん》のときじゃないで良かったわ。袖曳《そでひ》きは廁《かわや》ん合図やけんな。」

　と、昂母《こうはは》は笑ってそう云い、

「袖《そで》ん曳《ひ》き方《かた》がな、えらしいんよ、あたしがおらないかんち気にさせてくれるんちゃ。あんたは赤《あか》子んころからなんでん自分《じぶん》でしよったきね。」

　と、ころころと連《つら》ねた。与太は一人子《ひとりこ》である。

それを聞いた与太は、ほんに赤子《あかご》じゃのう、さや、と快活《かいかつ》に声を掛けたが、さやは変わらず空宙《くうちゅう》を見据《みす》え、微動《びどう》だにしなかった。

さやは、日にその肌白磁《はだはくじ》を増してゆき、摂取《せっしゅ》するものの幽《かす》かな故《ゆえ》にか、脂《あぶら》も浮かばず、さらりとした新雪《しんせつ》のようであった。

もの云《い》はぬ人形《にんぎょう》の如《ごと》きに面白がった昴《こう》母や祖母や女中《じょちゅう》は、その人形に赤梅黒川《あかうめくろかわ》や風袋奈子《かぜなこ》の単衣《ひとえ》羽織《はお》りを着させ、少女宜《よろ》しくに喜んだり、人形の豊かな栗色の髪を、貴爛《きらん》な垂髪《たれがみ》や華《はな》けばしい伊達《だて》兵庫《ひょうご》、或《あ》いはおぼこな桃割《ももわ》れ、割《わ》り鹿《か》の子《こ》といった具合《ぐあい》に廻廻《くるくる》ると変身《へんしん》させては弄《もてあそ》び、終《しま》いには、花簪《はなかんざし》や薬玉《くすだま》、瑪瑙笄《めのうこうがい》やらの値《ね》の張《は》る髪飾《かみかざ》りまでを新調する有様《ありさま》であった。

廻廻《くるくる》ると飾られる内《うち》にも与太は、後ろ髪を高い位置に黄玉《おうぎょく》の玉簪《たまかんざし》で根挿《ねざ》し、前面は真中で櫛割《くしわ》りに流した下げ髪姿の彼女が、一等《いっとう》好みであった。明快《めいかい》なさやには、閃閃《きらきら》の黄《こ》の檗色《はだいろ》が良く似合ってあった。

青嵐《あおあらし》の爆《は》ぜる午後、遠くで巨大《きょだい》に聳《そび》える白雲《はくうん》にも手が届くばかりの晴天《せいてん》に、剣振りを終えた与太が、さやの番《ばん》についた。さやの住処《すみか》は、外衆《がいしゅう》の目に付かぬよう、それでも外界《がいかい》の空気に当たるよう、坪庭《つぼにわ》を臨《のぞ》む一室が充《あ》てがわれていた。欄間《らんま》の意匠《いしょう》は青枝雀《あおしじゃく》で、その日も青嵐《あおあらし》がすうるりと流れ込んだように、その室《へや》の気流《きりゅう》は摑《つか》め能《あた》う程《ほど》に温《あたた》かかった。その室《へや》で青枝雀《あおしじゃく》からの気流を見つめる与太は、意匠彫師《ほりし》はその作品に、熱《ねつ》どま込めたのであろうかと想うた。

「風《かぜ》が温《あたた》こうなってきたの。」

さやは、くすりとも反応しないが、縁側《えんがわ》で坪庭の葛《かずら》の花を見やり、応答無しに構《かま》わず与太は言葉を連《つら》ねた。

「なあさや、俺《おれ》のう、風《かぜ》を受けるんが好《す》いちょる。」

さやは微動《びどう》だにせず、唇《くちびる》は真一文字《まいちもんじ》であった。

「春《はる》ん風《かぜ》は良《い》いのお、生《い》き物《もの》や植物《しょくぶつ》ん産《う》まるんしっちゃか混《ま》じった匂《にお》いがするちゃ。」

さやは、温《あたた》かく撫《な》で抜ける風《かぜ》の優《やさ》しいに感づいたか、首だけを木末葛《こぬれかずら》の裏風来《うらかぜきた》る方角に向けた。

坪庭に向いて縁板間《えんいたま》に立つ与太は、さやの挙動《きょどう》に気づかずあった。

「こげな優しい風《かぜ》を、俺《おれ》らあとどんくらい受《う》けらるっかのう。」

さやの視点は、坪庭で翻《ひるがえ》った葛《かずら》の白梅鼠《しらうめねず》の辺りで彷徨《さまよ》ってあった。

「人《ひと》の生《せい》の栄華《えいが》なんざ、こん風《かぜ》をどんだけ受けられたかどうかじゃな。」

同意するかに、さやの口角《こうかく》は厘単位《りんたんい》で幽《かす》かに上がった。

「それをお前《まえ》と受けれたき。俺は幸福者《しあわせもん》ちゃ。」

そう云って振り返った与太は、さやの幽《かす》かな変化《へんか》を認め、雪晒《ゆきさら》しの終えた花喰鳥《はなくいどり》に忍《しの》ばせた両の掌《て》を解《ほど》き、白菖蒲《しろあやめ》に行儀《ぎょうぎ》良く両の白掌《しらて》を揃《そろ》えて置くさやの目線に合わせてしゃがみ、のう、と発《はっ》して、後頭《うしろあたま》の張り出た小作《こづく》りな頭をくしゅくしゅと撫《な》でた。

「のう、さや。俺が守《まも》っちゃるきの。」

再び幽《かす》かに上がった口角《こうかく》に満足し、与太は、同じ白菖蒲《しろあやめ》に腰《こし》を下《お》ろし、惜《お》しげも無くさやと寄り添《そ》った。

そのまま飽《あ》く事無く時経過《ときけいか》を共に過ごし、訪《おとず》れたその日の夕闇《ゆうやみ》は、非道《ひど》く美しい鉄紺《てっこん》で、それは穏《おだ》やかに二人《ふたり》を包《つつ》み込んだ。金色《きんいろ》の一番星《いちばんぼし》が、鉄紺《てっこん》の空《そら》で幽《かす》かに震えていた。

四　登壇《とうだん》

そのまま二年の年を越した。さやは十五に、与太《よた》は十八になった。

企画《きかく》されていた、与太の土壇場《どたんば》への登壇《とうだん》は、久郎衛《くろうえ》、権兵《ごんへい》の計《はか》らいで無期延期《むきえんき》となっていた。登壇の取消《とりけし》を知らされた際、与太は、そげか、とのみ云《い》った。修練《しゅうれん》の成果《せいか》を、自身の剣力《けんりょく》や胆量《たんりょう》を早く計《はか》りたいと切望《せつぼう》していた与太であったが、それには素直《すなお》に受諾《じゅだく》した。久郎衛と権兵は与太の心身《しんしん》を慮《おもんぱか》り、与太は初《はつ》の首斬《くびき》りの後、どう変動《へんどう》するか識《し》れぬ自心《じしん》が若《も》し、悪気《あっき》の岸《きし》へと向かってしまえば、さやに邪悪《じゃあく》を遷《うつ》してしまうかもわからぬと自信《じしん》が無く、三名の意《い》が和合《わごう》したのであった。

以来も与太は、増々剣振《ますますけんふ》りに磨《みが》きをかけ、今となっては重《かさ》ね古畳《ふるだたみ》の三分《さんぶ》の隙《すき》を百発百中に無触《むしょく》で刃《やいば》を通す程《ほど》であった。権兵でも三度に一度は刃腹《はばら》が触れる。久郎衛に至《いた》っても十度に一度は刃先《はさき》が触れる。それを与太は、百度に一度も無触《むしょく》なのである。それは明白《めいはく》に、天晴《あっぱれ》な研鑽《けんさん》の賜物《たまもの》であった。

月白《つきしろ》に光るなごり雪の残った年末の曙《あけぼの》に、雪晴れの光芒《こうぼう》が刺さる中、久郎衛と権兵は新しい年の明け早々《そうそう》に、沙汰《さた》の決まった斬首役目《ざんしゅやくめ》を、いよいよ与太に任《まか》せる事に決めた。さやの心地《ここち》は相《あい》も変わらずであったが、もはや与太に邪悪の入る隙は微塵《みじん》も無しと、先代らは判然《はんぜん》と視《み》てとったのだ。

首斬り刑《けい》の執行《しっこう》は、一日の内《うち》に三名から五名を纏《まと》めて執《と》り行った。刑罰《けいばつ》の執行が確定した罪人は、数日の留置《りゅうち》期間が与えられ、その内《うち》に死と相対《あいたい》す。大体《だいたい》、当主《とうしゅ》の権兵が二名、通《かよ》い詰《つ》めの高弟《こうてい》らが一名ずつ役目を分担《ぶんたん》し執《と》り行うのが常《つね》であった。

その年明けには四名の斬首が確定していた。権兵はその内《うち》の、強盗殺人《ごうとうさつじん》を犯《おか》した男の刑執行《けいしっこう》を与太に任せることに決めた。罪人の咎内容《とがないよう》は、自然《じねん》と懇意《こんい》となった同心衆《どうしんしゅう》より情報を集めた。これは権兵に特有の形《かたち》で、久郎衛は罪人の内情を知ろうとはしなかったものだが、権兵はそれらを合わせて呑《の》み砕《くだ》き、一刀《いっとう》を振り下ろす事が、命《いのち》を滅《めっ》するせめてもの手向《たむ》けであると考えていた。

この時代の刑罰《けいばつ》は苛烈《かれつ》であった。強《ごう》の字《じ》の付く犯罪は、問答無用《もんどうむよう》で死刑《しけい》であり、また、いかな内《ない》情《じょう》が有ろうとも、十両《じゅうりょう》より上の盗人《ぬすっと》も問答無用であった。ただし、与太の所属する藩《はん》は日《ひ》の本《もと》にも珍しく、罪人の身分《みぶん》に関わり無く、斬首が死刑の基本であった。

実《じっ》の所《ところ》、斬首は最も慈悲深《じひぶか》い刑罰である。執行人《しっこうにん》の腕《うで》が確かならば、罪人は苦しむ事無く一念《ひとおも》いに果《は》てる事ができるのであって、多くの藩では、斬首刑は武士階級《ぶしかいきゅう》のみに赦《ゆる》されてあった。

何故《なにゆえ》、与太の所属藩が斬首刑を基本とするかは先《さき》にも記《しる》した。復習《さら》いをするなら、先《ま》ず第一に、与太の家の存在がやはり大きかった。刑罰と云《い》えども、誰も、直接に直手《じかて》で人間を斬る悲惨《ひさん》さは、太平《たいへい》の長く続いた時代には、忌避《きひ》したいものであった。それを、代々《だいだい》進んで上手《じょうず》に執《と》る存在があるのだ。これを使わぬ手《て》は、もの柔らかな主《あるじ》ばかりが続いた藩にはなかった。もの柔らかな藩主《はんしゅ》らはまた、鋸挽《のこぎりび》きや磔《はりつけ》、獄門《ごくもん》の悲惨《ひさん》を嫌ったのだ。

強盗殺人の者を与太に任せるに決めたのは、いかにも悪人《あくにん》らしい咎人《とがにん》で在った故《ゆえ》で、咎人《とがにん》の中にはおよそ悪人らしく無い者もやはり在って、そのような者を首斬る事は、権兵にも未《いま》だ馴《な》れ親しまぬ物騒《ぶっそう》であった。

こんな噺《はなし》がある。それは、玄武甲《げんぶこう》流れる去《さ》る神無《かみなし》の月《つき》であった。或《あ》る女が五粒《ごつぶ》の丸薬《がんやく》を盗《ぬす》んだ疑《うたが》いで同心《どうしん》に捕《とら》えられた。丸薬の円長《えんちょう》は僅《わず》か二分《にぶ》ほど、重量は五粒で三匁《もんめ》にも満たなかった。女は容《よう》疑《ぎ》を認め、しかしその内情に憐憫《れんびん》を貰《もら》える様《よう》、切実にまさに瀬戸際命《せとぎわいのち》を懸《か》けて弁明《べんめい》した。

女には二人の子があった。上《うえ》の子は男子《だんじ》で、十歳に成《な》る前に労咳《ろうがい》に罹《かか》りあっけなく死んだ。労咳《ろうがい》が不治《ふじ》の病《やまい》であった時代である。女は幼いその子に何をもしてやることができなかった。女はこの世《よ》の終わりを嘆《なげ》いた。嘆いたが下《した》の女子《じょじ》を頼りに、嘆いてばかりはおられぬとその際《さい》は持ち堪《こら》えた。持ち堪《こら》えながらも、苦しむ我《わ》が愛《いと》しい御子《みこ》に何一つも希晴《きせい》を与え能《あた》わなかった絶亡《ぜつぼう》に、黄昏時分《たそがれじぶん》の独《ひと》り場《ば》では、あけあけと後悔にのみ明け暮れた。三年半の後、そろそろ兄が能《あた》わなかった十の歳に成《な》ろうかという女子が、一つ嫌な咳《せき》をした。

女は、ぎくりとした。時《とき》は大きなお味方《みかた》で、三年半の月日は女から絶亡《ぜつぼう》の念《ねん》を幾分融《いくぶんと》かしてくれていた。その分、一つの咳《せき》のぎくりは、暗く重く、死霊《しりょう》の鎌《かま》となって女に冷《つめ》たくのしかかった。女の亭主《ていしゅ》は、維新《いしん》がなんだ、尊王《そんのう》がどうだとお上《のぼ》りの途《みち》に嵌《は》まり込み、女には生きているかも死んでいるかも識《し》れなかった。女は、夢想《むそう》の無為《むい》を追う夫を、ただ純粋に馬鹿《ばか》らしく念《おも》うばかりで、子がおればと、何の頼りにもしていなかった。当然《とうぜん》女に金は無く、金は無いが女は、人胆丸《じんたんがん》を巨《おお》きく欲した。人胆丸《じんたんがん》とは、人《ひと》の肝臓《かんぞう》や脳漿《のうしょう》、胆嚢《たんのう》といった内腑《ないふ》を原料とした、当時唯一《ゆいいつ》、労咳《ろうがい》に効能《こうのう》有りと評判の丹薬《たんやく》であった。原料が甚《はなはだし》く特殊で、また唯一無二《ゆいいつむに》の丹薬《たんやく》であった人胆丸《じんたんがん》には、黄金《おうごん》と同価値の一粒二両《ひとつぶにりょう》という巫山戯《ふざけ》た値《ね》が市場《しじょう》には付けられていた。そして、その丹薬《たんやく》を製造していたのは、首斬りの任《にん》の見返りに、死体の身請《みう》けを自由にできた与太の家であった。首斬りの役目自体には知行《ちぎょう》は無く、形式的には浪人《ろうにん》身分であった与太の家の裕福《ゆうふく》は、実はこの薬《くすり》の製造と製法の秘密に、理屈《りくつ》があった。

女は肉感的《にくかんてき》であった。天《あま》つ乙女《おとめ》の美しさは持たなかったが、どこか情欲《じょうよく》をそそる肢体《したい》を有《ゆう》していた。上の男子の後悔を、是《ぜ》が非《ひ》でも避回《ひかい》したかった女は、その肉感溢《あふ》れる肢体《したい》を使って、観るからに好色《こうしょく》な薬小売《くすりこう》り屋の亭主《ていしゅ》を幾度《いくど》も誑《たぶら》かし、漸《よう》く隙《すき》を見つけ人胆丸《じんたんがん》を五粒《ごつぶ》盗み、薬小売り屋の唾《だ》液《えき》の残る肌《はだ》そのままに女子に一粒《ひとつぶ》を与えた。誑《たぶら》かされたとはいえ、女の肉《にく》を存分《ぞんぶん》に堪能《たんのう》したはずの薬屋は、盗人被害にたちまち気付き、己《おのれ》の畜生行為《ちくしょうこうい》は棚《たな》に上げたまま、取り急ぎ奉行所《ぶぎょうしょ》に訴《うった》え出た。同心衆《どうしんしゅう》は女の家に踏み入るや否《いな》や、すぐさまに人胆丸《じんたんがん》を見付け、その入手経路を女に詰問《きつもん》した。女の心根《こころね》は正慎《せいしん》であった。嘘吐《うそつ》く事はせず、女は罪を認めた。伏《ふ》していた女子は、苦しみばかりが覆《おお》う世《よ》に、何が起きたか判別できず、然《しか》し、泣き叫《さけ》びながら恐《おそ》ろしげな男衆《おとこしゅう》に強引《ごういん》される母親の姿ばかりを見続けさせられ、言葉を発する事態わず《あた》、ひくひくと涸《か》れるとも知らぬ涙を流すばかりであったという。孤独《こどく》の淵《ふち》に陥《おちい》る幼子《おさなご》ほど、惨《みじ》めで哀《あわ》れなものは無い。

先程《さきほど》も記した通り、苛烈《かれつ》な時代であった。安寧期《あんねいき》に増えすぎた人間の多さも一因《いちいん》であったろう。一粒二両の人胆丸《じんたんがん》を五粒盗んだ女は、合計十両盗みの罪で死罪を申し付けられた。二両を五粒小分けに保管していた妙技《みょうぎ》は薬屋の術数《じゅっすう》で、人胆丸《じんたんがん》を盗む者がより一粒でも所望《しょもう》するは明らかで、五粒十両で死罪になるとの勘定《かんじょう》は、猛《たけ》った頭を巡《めぐ》る訳も無いという、己《おのれ》の利《り》を掻《か》っ攫《さら》う者は死んでしまえと云った薬屋の、当然と云えば当然の、無情《むじょう》と云えば無情の理《ことわり》であった。

土壇場《どたんば》の白洲《しらす》が冬午前《ふゆごぜん》に流光《りゅうこう》の粒《つぶ》を翻《ひるが》した。継《つ》ぎ接《は》ぎの単衣《ひとえ》を纏《まと》い、後手《うしろて》に両の掌《て》を麻縄《あさなわ》で搦《から》められた女は、終《つい》に全《まった》くの希望叶《かな》わぬ絶望と、或《あ》いは逆行《ぎゃっこう》して、死んだらどうなるかしらと生人《せいじん》には有《ゆう》し能《あた》わぬ死人《しにん》の突き抜けた期待の諦観《ていかん》の中で、その青白仄《あおじろほの》く細《ほそ》い静脈《じょうみゃく》の浮き立った首を差し出し垂《た》れていた。死していずくにかは誰《た》そ彼《かれ》と知らず、麻縄からは大麻《おおあさ》の、鎮静《ちんせい》を促《うなが》す香《か》が少し溢《あふ》れてあった。

唄《うた》が聴こえていた。女の唄っていた。幼子《おさなご》を寝かすあやし唄であった。奉行所《ぶぎょうしょ》は、おい、と嗜《たしな》めの声を掛けたが、権兵は、構《かま》いませぬ、と発し、きらり抜身《ぬきみ》を天《てん》に挿《さ》し、涅槃経《ねはんぎょう》の四句偈《しくげ》を一句念仏《ねんぶつ》し、煌《きら》めく一刀《いっとう》を任せるように振り下ろし、呪詛《じゅそ》の如くあやし言葉を綴《つづ》り続ける女のその細首《ほそくび》を落とした。継《つ》ぎ接《は》ぎの単衣《ひとえ》を召《め》した女の首から、びゅっびゅっと血潮《ちしお》が噴《ふ》き出して、座位《ざい》したままのその襟首《えりくび》に垂《た》れかかり、白洲《しらす》の光被《こうひ》にひらめく女の死体は、赤《あか》の前掛《まえか》け下《さ》げ垂《た》れた首無《くびな》し地蔵《じぞう》を想わせた。

何《なに》か善《ぜん》、何《なに》か悪《あく》、己《おの》が役《やく》、己《おの》が罪《つみ》、いずくにも判別穫《と》れず終《じま》いに役目を終えた権兵は、門弟《もんてい》らに女の死体は丁重《ていちょう》に扱うよう指示を残し、曳《ひ》かれた死体は、まだ温《ぬく》い内《うち》に丁寧にその胆《きも》を黄金《おうごん》に変えた。何とも居たたまれず、詮無《せんな》き事とは弁《わきま》えど、権兵は家の者用に除《よ》けてあった人胆丸《じんたんがん》を一包《いっぽう》摑み、女の家を尋《たず》ねてみた。然《しか》し、そこは伽藍堂《がらんどう》が渦巻《うずま》くばかりで、近所の者の語るには、女の捕《と》えられた翌朝に、女子は哀《かな》しく死んであったと云う。余《あま》りに酷脆《ひどもろ》く、自手《じて》にも地獄《じごく》の光焔《こうえん》揺らぐを幻想《げんそう》した権兵は、見知らぬ女子のその成仏《じょうぶつ》を切《せつ》に願い、何も無い倒景《とうけい》の空《そら》に独《ひと》り、いろはうたの四句偈《しくげ》を念仏した。

権兵には、四十七字の四句偈《しくげ》を咎人《とがにん》の為《ため》に念《ねん》じたは其《そ》れが初めての事であった。

与太の初立《しょだち》に、悪人《あくにん》らしい悪人を選定《せんてい》したのは此《こ》のような経験が在ったからであり、彼《か》の心地は、九十九《つくも》を超えて首斬りを重ねてきた権兵にとっても悪々《あくあく》としたものであった。初めて落とす首としては、手に負《お》えるものではない。

初立《しょだち》の朝、明け方昴《すばる》が未《いま》だ明滅《めいめつ》を続ける内《うち》に与太は起きた。起きたなりに剣《けん》を握《にぎ》り、星《ほし》の入東風《いりこち》抜ける前庭に出て、袷襦袢《あわせじゅばん》の寝着《ねぎ》のまま、一等《いっとう》に煌《きら》めく昴《すばる》に向けて剣先《けんさき》を構《かま》えた。そして、そのまま ひとつ大きな呼吸をした。

冷気《れいき》が、布団の暖《だん》で腑《ふ》抜けた腔内《くうない》の粘膜《ねんまく》をちぢこませ、通気《つうき》の拡がった鼻腔《びくう》には、冷気の中に僅《わず》かだが土《つち》の香りが感ぜられた。

辺りは、霜《しも》が一面に咲いていた。その霜の下にも土は確かに生きてあると与太は想った。幾間留《いくまと》めた息をふうと幽《かす》かに喉《のど》を震《ふる》わせ吐《は》き出すと、吐く息の白《しろ》が、炭香《すみか》の無い白樺《しらかば》の焚《た》き火《び》煙《けむり》のように少し漂《ただよ》い、空気《くうき》へと消えた。

前庭は東方《とうほう》に向いている。明け方昴《すばる》を押しのける様に、朝日が地縁《ちへり》に貌《かお》を覗《のぞ》く。ひとたび覗いたらあとは韋駄天《いだてん》で、霜《しも》の花は朝日の陽光《ようこう》を受け、一面を光彩陸離《こうさいりくり》に染《そ》め上げる。今日も生《せい》が始まった。それを見届け、与太は剣先を下《お》ろし、くるりと家の中へと戻った。

土壇場《どたんば》に上がったのは午前の内《うち》だった。家を出立《しゅったつ》する刻分《こくぶん》となると、もう霜はその花を枯らしていた。

与太は、平常《へいじょう》前面へ流《なが》し放《はな》しの総髪《そうはつ》を掻《か》き上げ、白袴《しらばかま》に藤花《ふじばな》の家紋《かもん》を四《よ》つ箇所《かしょ》刺繍《ししゅう》した漆黒《しっこく》の小袖《こそで》を纏《まと》い、掻《か》き上げた総髪が乱《みだ》れぬ様《よう》、椿油《つばきゆ》で薄く濡《ぬ》らした。総髪は束《たば》ねるほどに長くは無く、肩衣《かたごろも》を付けた裃《かみしも》は、剣振りにはやや窮屈《きゅうくつ》との理由で、白袴《しらばかま》に黒《くろ》の小袖《こそで》が代々《だいだい》身に着けてきた土壇場用の様式《ようしき》であった。

まず権兵が土壇場に立った。与太の家の首斬りには一つの特殊な作法《さほう》があった。咎人《とがにん》が曳《ひ》き連れられる前に行うもので、一方が人間大《にんげんだい》ほどの長尺《ちょうじゃく》の薄和紙《うすわし》を正面に構《かま》え、もう一方が執行人の抜刀《ばっとう》した抜身《ぬきみ》に御手洗柄杓《みたらいひしゃく》で水を掛ける。執行人は、水滴《みずしたた》る刀《かたな》を薄和紙《うすわし》めがけて宙《ちゅう》を斬り和紙に水飛沫《みずしぶき》を飛ばす、その一連《いちれん》の所作《しょさ》を必体《ひったい》行うが倣《なら》いであった。和紙に飛んだ水飛沫《みずしぶき》の並《なら》びで、執行人は自《じ》心《しん》の状態を量《はか》るのである。飛沫《しぶき》が直列に並べばすなわち指先にも僅《わず》かな震えも無く万全《ばんぜん》で、飛沫《しぶき》の列が崩《くず》れれば些か《いささか》の迷いがあると、首斬り直前の自己を判別するのである。然《しか》し、飛沫《しぶき》の列が乱れているから今日は已《や》めといった具合《ぐあい》を採《と》る訳にはいかず、その判別自体は無為《むい》ではあったが、累々《るいるい》代《だい》を重ねる内《うち》に、この所作自体が心身《しんしん》を万全《ばんぜん》に持ち込む術《すべ》と変わり、今では必定《ひつじょう》の作法となったのである。

権兵が水飛沫《みずしぶき》を直列に並べ、剣勢極《けんせいきわ》まる二刀《にとう》の下《もと》で恙無《つつがな》く役目を終えた刻分《こくぶん》、土壇場に敷《し》かれた白洲《しらす》の一部分が、人間の血でどす黒く染まっていた。主《おも》に血を拾うのは咎人《とがにん》を乗せた筵《むしろ》で、その筵《むしろ》は首を落とした後、敷いていたそのままに死体をくるみ隠すものであった。咎人《とがにん》の首より溢《あふ》れ出る鮮血《せんけつ》はそのくるみを汚《よご》すばかりで、余《あま》り白洲を汚《けが》さなかったが、より遠《とお》きを求めるにか、筵《むしろ》の敵《かな》う範囲を超えて、宙空《ちゅうくう》に飛び出すばかりに静寂《しじま》のみ舞い、地《ち》に着地する血潮があった。生き物《もの》の血は、空中《くうちゅう》では鮮《あざ》やかな猩猩緋《しょうじょうひ》を呈《てい》するが、地に墜《お》ち土《つち》や石《いし》と混じった瞬間、その色を黒く葡萄色《えびいろ》に変え、じとりと地脈《ちみゃく》へと浸透《しんとう》する。その血潮の吹雪《ふぶき》の様《さま》を見つめていた与太は、混《ま》じり気《け》というものが、血の赤《あか》を生物《せいぶつ》の死黒《しぐろ》へと変えるのかと念《おも》った。

　土壇場を下りた権兵は、与太の右肩に、人の首を斬ったばかりほやほやの右掌《て》をぽすと落とし、言《げん》を発《はっ》す事無く座《ざ》へと戻った。与太の準備は万端《ばんたん》である。

　土壇場側《そば》に立った与太は、まず刀《かたな》を抜いた。抜いて、刀先《はさき》を下方《かほう》へ下《さ》げ下ろし、門弟《もんてい》の禊水《みそぎみず》の掛かるを待った。水が十分に掛かり終えると、薄和紙の拡《ひろ》げられたその正面に直《なお》り、上段に構《かま》え、無《む》呼吸《こきゅう》のまま一刀宙《いっとうちゅう》に、振り下ろした。達人《たつじん》な権兵の飛沫《しぶき》は縦一列《たていちれつ》に並んだ。しかし、与太の飛沫《しぶき》は列を成《な》さず、只一点《ただいってん》に集中し、薄いというが和紙を穿《うが》った。和紙を構えた門弟から、僅《わず》かな呻《うめ》き声が聞こえた。飛沫《しぶき》が打撃《だげき》と化《か》したのである。通常、刀《かたな》が宙《ちゅう》を斬る様《さま》とその音《おと》とは同期《どうき》する。しかし与太の場合に関しては、その音が、遅れた。与太が刀《かたな》を振り下ろした際《きわ》に起こった、ほんの幽《かす》かな静寂《せいじゃく》を追うように、宙《ちゅう》が斬れる音が鳴り、慌《あわ》ててか、その音に縋《すが》るが如《ごと》く縦分裂《たてぶんれつ》するはずの水飛沫《みずしぶき》は、一本の矢《や》と成《な》り和紙の同一点を連続に突き、いよいよ穿《うが》ったのである。

奉行所《ぶぎょうしょ》の連中は不可思議《ふかしぎ》そうに阿呆《あほ》うな表情ばかりを見合わしていたが、門弟らは、その見事《みごと》具合《ぐあい》に美しささえ感じ、権兵に至《いた》っては、武芸者《ぶげいしゃ》にとっての桃源美《とうげんび》とも云える与太の境地《きょうち》を、すでに敵《かな》わぬという畏《おそ》れと、自《みずか》らの跡取《あととり》であるとの誇《ほこ》らしさに、歓喜《かんき》に似た薄笑《うすわら》いを浮かべる始末《しまつ》であった。

与太が登壇《とうだん》した。

白洲《しらす》の隅角《すみかど》に植えられた白梅《はくばい》が、尼情事《あまじょうじ》を覗《のぞ》く猫《ねこ》の目玉《めだま》のような赤透明《あかとうめい》で光ってある。

登壇するや、白木綿布《しろもめんふ》で目隠《めかく》しをされ、後ろ手に両の掌《て》を縛《しば》られた強殺者《ごうさつもの》が曳《ひ》かれてきた。強殺者はぶつぶつと辺《あた》りを呪《のろ》うに呟《つぶや》いていた。畜生道《ちくしょうどう》の文言《もんげん》があかぎれ割《わ》れた口唇《こうしん》から、つぶつぶと吐《は》き散《ち》らかされているが、何言《なにごと》も与太には届かなかった。

強殺者は巨軀《きょく》であった。しかし、その体軀《たいく》に似合わぬ従順《じゅうじゅん》で、導《みちび》かれるそのままに筵《むしろ》に上がり、正座《せいざ》しその頭《こうべ》を垂《た》れた。血《ち》の気《け》の消え失せた口唇からは変わらず畜生言《ちくしょうげん》が発せられていた。

恐怖間《きょうふま》を置かず、与太は火《ひ》に構《かま》えた。鍔鳴《つばな》りなど当然起こらない。強殺者の木綿布《もめんふ》は、与太の構《かま》えの光《ひかり》を遮断《しゃだん》して、畜生言《ちくしょうげん》を増進《ぞうしん》する。与太は、鼻で一息空気を吸い込んだ。冷気が腔内《くうない》の熱《ねつ》を丁度《ちょうど》の塩梅《あんばい》に冷《さ》まし、朝の霜《しも》が甘味《かんみ》を足したか、仄《ほの》かに甘い白梅《はくばい》の香《か》が与太に満ちた。

白梅《はくばい》の香《か》が消え去らぬ内《うち》に、与太は、強殺者の顎先《あごさき》を標的《ひょうてき》に、一刀《いっとう》を振《ふる》った。宙《ちゅう》では無く、確かに物体《ぶったい》を斬ったその一刀は、此度《こたび》は音が諦《あきら》めたか、踏《ふ》み込んだ与太の右の草鞋《わらじ》が白洲を割るじゃり音ばかりが辺りに鳴るのみで、斬撃《ざんげき》自体《じたい》は無音《むおん》であった。逐《お》って、落下《らっか》した強殺者の首が筵《むしろ》越しに白洲を割《わ》る音が続き、冷《ひ》え固まったかに念《おも》わせる程《ほど》、一時《いっとき》の狭間《はざま》を置いて支えるものを失《うしな》った首から血潮《ちしお》がびゅびゅと噴《ふ》き出し、直《す》ぐに已《や》んだ。畜生《ちくしょう》の血潮でも、出《で》がらしは白梅《はくばい》よりも紅《あか》いのだと与太は半軽《はんかる》く驚き、清《きよ》め役《やく》の刀身《とうしん》の清めたを目認《もくにん》し、一振《ひとふ》り払《はら》って朴《ほお》の白鞘《しろさや》に納《おさ》めた。

一連《いちれん》の所作《しょさ》の美事《みごと》な流れは、奉行所内を感嘆《かんたん》の嘆息《たんそく》で満たした。少しでも剣《けん》に覚えのある者は、与太の位置する高座《こうざ》の幻視《げんし》に、淪落《りんらく》の悋気《りんき》を騒《さわ》がすほどであったと云う。

当《とう》の与太は、平常《へいじょう》変わらぬ風合《ふうあ》いで、続いて行われるはずの、高弟《こうてい》が執《と》る執行の介添《かいぞ》え準備をすべく、御手洗柄杓《みたらいひしゃく》に寒《かん》の籠《こも》った清水《しみず》を汲《く》み、刀先《はさき》の差し出されるを片膝《かたひざ》突《つ》きに待っていた。先《さき》の驚嘆《きょうたん》に心《こころ》震わせながらも、高弟は恙無《つつがな》くその役目を果《は》たした。

帰りの途《みち》、午後の気流《きりゅう》は穏《おだ》やかで、陽光の愛日《あいじつ》が白妙《しろたえ》の余白《よはく》を旗《はた》めかす中、権兵が一言《いちげん》発した。

「見事也《みごとなり》じゃのお、与太。これほどやるとは思うちょらんかったわ。」

首斬り役人共《ども》は皆、漆黒《しっこく》の小袖《こそで》を白妙《しろたえ》のそれに変えていた。その着替えは、首落《くびお》としの邪《じゃ》は黒衣《こくい》に吸わせ、深紫《しんし》の風呂敷《ふろしき》でそれを包《つつ》み込み隠し、市井《しせい》に邪《じゃ》を振りまかぬよう配慮《はいりょ》された思想《しそう》の為《ため》であった。

「俺《おれ》も驚《おどろ》いちょる。あげえ上手《じょうず》にいくとは思わんかったちゃ。」

さっぱりと与太は応《こた》える。首斬り役人共《ども》は、その素頓狂《すとんきょう》な調子に、白妙《しろたえ》を振《ふ》るわし笑い合った。

「末《すえ》も安泰《あんたい》ですな、当代《とうだい》。」

四人目の咎人《とがにん》を落とした高弟がそう云った。

「安泰《あんたい》どころか。極《きわ》みじゃわ。のう？」

首をもたげ、不可視《ふかし》のはずの愛日《あいじつ》の光波《こうは》が、首斬り終えた今刻分《いまこくぶん》に可視能《かしあた》う妙《みょう》と、冷《れい》の中にも温《おん》を伴《ともな》って吹き抜け続く白梅風《はくばいふう》の優しみに、これだけで十分じゃが、と心中《しんちゅう》呟《つぶや》いて、

「おう。任《まか》せちょき。」

と、与太は臆面塵《おくめんちり》も無く応《こた》えた。相槌《あいづ》つかに、遍路《へんろ》の紅梅《こうばい》に座《すわ》る小休止《しょうきゅうし》の目白《めじろ》が、一声《ひとこえ》大きくちゅちゅちゅと鳴いた。

「お役目《やくめ》終えてきたわ。」

与太が、坪庭《つぼにわ》に臨《のぞ》んで座《すわ》り、そう報《しら》せた際《さい》も、さやは行儀《ぎょうぎ》良く両掌《て》を白菖蒲《しろあやめ》の掛布団《かけぶとん》に落とすばかりで、塵《ちり》も反応はしなかった。

帰到《きとう》するや与太は、昴《こう》母の沸《わ》かしてくれていた湯を浴《あ》んで、穢《けが》れをさっぱりと払《はら》った。強殺者《ごうさつもの》の垢《あか》すら、与太の体表《たいひょう》には届いてはいなかったが、邪気《じゃき》は、色無明透《しょくむめいとう》の煙《けむり》のようにこびりついてくるものだとは、与太も信心《しんじん》してあった。

「風《かぜ》が気持ちいいな。これだけでいいちゃ。」

　湯上がりの与太に、午後の冷風《ひやかぜ》は丁度《ちょうど》の具合であった。昼過ぎ早々の湯浴《ゆあ》みは、心体《しんたい》に快適《かいてき》を加え、油垢《ゆあか》の落ちた体表へ、日光《にっこう》は侵沁《しんしん》するかに注《そそ》いでいた。

「ちっとも怖《こわ》くねかったわ、さや。」

太虚《たいきょ》のさやは、瞳《ひとみ》を落とし、小さく細《ほそ》く呼吸をしていた。

「俺《おら》あどこか狂《くる》うちょるんかの。」

坪庭の白松《しろまつ》に、先程《さきほど》のか、目白《めじろ》が一羽ちゅちゅと在る。陽光を受けたその翠玉色《すいぎょくいろ》の羽毛《うもう》は、白《しろ》松《まつ》の緑《みどり》よりも一段濃く、幽《かす》かに光沢《こうたく》を有《ゆう》していた。その辺《あた》りから、白松濤《しろしょうとう》が一陣《いちじん》吹いて、さやの髪を鈴《りん》と揺らした。愛桃《あいとう》のように薄い赤色をした唇《くち》に髪がかかり、僅《わず》かだかの湿《しめ》り気《け》に、こびりついて離れない。

「はは、髪《かみ》ん毛食《けく》うちょるぞ、さや。」

両膝《りょうひざ》突きの摺《す》り足で与太は、純白《じゅんぱく》の敷布団《しきぶとん》にまで乗り込み、右の指腹《ゆびばら》で留《とど》まった髪束《かみ》を梳《す》き、その俁《まま》さやの左頬《ほほ》に、首斬り終えたばかりの掌《て》を充《あ》てがった。さやの頬《ほほ》は冷《ひ》やりと冷《つめ》たく、正絹《しょうけん》よりも滑《なめ》らかで、茱萸《ぐみ》の実《み》よりも遥《はる》かに弾《はず》んだ。

落とし瞳か愛桃《あいとう》の唇《くち》か、いずれかを見つめる与太の眼《め》は、ひどく優《やさ》しみを帯《お》びてある。

「やっぱ狂《くる》うちょるの俺は。お前がこんままでもいいいち思うちゃ。」

玩具人形《がんぐにんぎょう》のようになされるが俁のさやに向け、言《げん》は傍《かたわら》には非道《ひどう》に聞こえども、然《しか》し与太は眼と同《どう》様《よう》、ひどく優《やさ》しくそう云った。さやの落とし瞳《め》が、ほんのわずか、かかる睫毛《まつげ》を持ち上げた。

「でんがやっぱ、笑《わろ》うたんがまた見てえちゃ。」

充《あ》てがった右掌《て》の親指を、さやの愛桃口角《あいとうこうかく》の端《はし》に宛《あ》て、人力《じんりき》に与太はそれを薄く引き上げた。片方《かたほう》だけが上がったさやの相貌《そうぼう》は、笑っているというよりも、皮肉冷笑《ひにくれいしょう》な面《つら》を見せていた。

「あっはは、かわいいかわいい。」

与太はそう快活《かいかつ》に吐《は》いて、今度は左も同様に動作させ、両輪《ふたわ》の口角の上がったさやの瞳《ひとみ》は、人力《じんりき》の無理《むりじ》強い無いのに幽《かす》かにその目尻を垂《た》れ下げて、少し笑っているかに見えた。坪庭《つぼにわ》に塗《まみ》れた紫苑《しおん》の青《あお》が、純白《じゅんぱく》の午後に色味《いろみ》を与えて風《かぜ》に揺れていた。

五　月蛍《げっけい》

先《さき》に佳一《かいち》が苦言《くげん》を呈《てい》したのは、与太《よた》が初登壇《はっとうだん》を了《お》えた年の春先《はるさき》の頃であった。春先には既《すで》に、五度の首斬《くびき》り役目《やくめ》を与太は了《お》えており、全《すべ》ての回に全《まった》く美事《みごと》を振《ふ》り撒《ま》いて、市井《しせい》にも近頃は評判者《ひょうばんもの》となってあった。

「しかし評判《ひょうばん》じゃのう、与太。気《き》い良《よ》かろうが。」

　春先と云《い》えど雪の残る中、室《へや》の火鉢《ひばち》の暖《だん》に佳一は、浅縹《あさはなだ》の着流《きなが》しの袖《そで》を隆骨肘《りゅうこつひじ》までたくし上げ、酒の注《つ》がれた水流一文字《すいりゅういちもんじ》の猪口《ちょこ》を立《た》て膝《ひざ》に持ち堪《こら》えながら、なじるかの風《ふう》はとんと見せずに与太に云う。浅縹《あさはなだ》には、飛燕崩《ひえんくずし》の紋様《もんよう》があしらわれていた。

「首斬《くびき》りが評判になんぞなってどげすっかや。」

　同じく水流一文字《すいりゅういちもんじ》の猪口《ちょこ》をくいと上げながら、与太は応《こた》えた。十八歳時分に酒を呑《の》めぬは、少々の恥《はじ》と見做《みな》されてあった。

　揚屋《あげや》ではあるが、与太と佳一の座《ざ》す室《へや》には、禿《かむろ》ほども女衆《にょしゅう》はいない。金山《きんざん》に翠玉松《ひすいまつ》を拵《こしら》えた絢爛《けんらん》な襖戸《ふすまど》の欄間《らんま》には、木鷺《きさぎ》の意匠《いしょう》が彫《ほ》り貫《ぬ》かれ、他室《たしつ》の三味線《しゃみせん》や和琴《わごと》、小鼓《こつづみ》や横笛《よこぶえ》の瑠璃音色《るりねいろ》が充満《じゅうまん》し、座《ざ》しているだけで浮揚《ふよう》した心地《ここち》を誘っていた。

「じゃき惜《お》しいんちゃ。吾《わ》れほどどん腕《うで》なら国返《くにがえ》しの働きもできるんに。」

「国返しちゃなんかや？」

「知らんか？　京《きょう》で評判なんちゃ。こん国《くに》ん有《あ》り様《さま》をひっくり返そうっち連中《れんちゅう》が大挙《たいきょ》しよるんち。今《いま》あ、まさに国変《こくへん》の刻《とき》よ。」

「そげか。」

「そげかちなんかや。男じゃろう、心躍《こころおど》らんかや、与太。」

　小鼓も三味も琴も已《や》み、横笛の独奏《どくそう》ばかりが欄間《らんま》をすり抜けて届いた。賑《にぎ》やかな喧噪《けんそう》も良いには良いが、比ぶれば静謐《せいひつ》な穏《おだ》やかのほうが、やはり五臓《ごぞう》に沁《し》み込み六腑《ろっぷ》を揺らすものだと与太は念《おも》った。

「国なぞでかいこつ云《い》うのお、佳一《かいち》。」

横笛の朧音色《おぼろねいろ》が、中庭《なかにわ》の端間《はしま》に散らばる瑠璃虎《るりとら》の尾《お》の茎《くき》を揺らす。花柳揚屋《かりゅうあげや》は二階層造《にかいそうづく》りで、中庭は縁廊下《えんろうか》の四方《しほう》いずくからも望《のぞ》める造りになっていた。雨の日には、庇《ひさし》を越えて杉板《すぎいた》の端《はし》こを濡《ぬ》らすが、日々の精進的《しょうじんてき》な清掃《そうじ》の御陰《おかげ》さまで、杉板は幾分《いくぶん》濃く変色するのみで腐食《ふしょく》や黴《かび》は陰《かげ》も見当たらなかった。

「でかいこつあるか。己《おのれ》が生《い》くる国じゃぞ。己《おのれ》と同義《どうぎ》じゃわ。」

水流一文字《すいりゅういちもんじ》の猪口《ちょこ》をぐいと上げ、佳一はそろそろ短くざんばらな総髪《そうはつ》を掻《か》き上げた。飛燕崩《ひえんくずし》の袖《そで》が隆骨《りゅうこつ》から垂《た》れる。

成《な》る程《ほど》な事を云うものだと、与太は念《おも》った。人が国で、国は人そのものであるのだろう。

「俺《おら》あまだ己《おのれ》もようわからん。」

閉じられた金山翠松《きんざんすいまつ》の襖《ふすま》に隔《へだ》てられた中庭の姿は、二人には幽《かす》かも見えない。横笛の独奏に加わって、小鼓がぽぽぽんとゆうるり律《りつ》を始める。丁度《ちょうど》同じに、木鷺《きさぎ》の欄間《らんま》から吹花擘柳《すいかはくりゅう》が、縁廊下《えんろうか》と中廊下《なかろうか》の欄間間《らんまかん》を吹き通り、そろそろ蒲公英《たんぽぽ》でも奈辺《なべ》かに芽覚《めざ》め始める頃かと、与太は風《かぜ》を見送った。雪団子《ゆきだんご》の嘆《なげ》きは、春の息吹《いぶき》の仕業《しわざ》である。

「嘘吐《うそつ》けちゃ。己《おのれ》がわからんであげな見事《みごと》な剣《けん》が振《ふ》れるかや。」

「見たんか？」

「見たわ。親父《おやじ》に頼んで、こそっとのう。」

斬首刑《ざんしゅけい》の執行《しっこう》は、権有者《けんゆうしゃ》の観覧《かんらん》は無法《むほう》としても、基本、一般の人目《ひとめ》を制して行われる。然《しか》し、剣を識《し》ろうとする者あれば、正式な手続きと、ある程度の金子《きんす》さえ奉行所《ぶぎょうしょ》に献《けん》ずれば、傍目《はため》からの見物《けんぶつ》は許されていた。傍目《はため》とは、執行人《しっこうにん》には見えない位置の処《ところ》である。手広く呉服商《ごふくしょう》を営《いとな》む佳一の家には、相応《そうおう》の縁故《えんこ》と金《かね》が十分に有った。呉服商の次男坊らしく、佳一の着流《きなが》しは珍奇《ちんき》で洒落《しゃれ》た浅《あさ》縹色《はなだ》であった。

「俺《おれ》やあ、どげな面《つら》して首斬りしよったかや。狂《くる》うた面《つら》あしちょらんかったか？」

「なに云《い》うちょんかちゃ。平常《へいじょう》変わらん涼《すず》しい面《つら》してからや、そんなりあげ見事な芸当《げいとう》見せおってからに。嫌味《いやみ》かや？」

「ちごうちゃ。自分でもよお、恐《おそ》ろしさなんかとくと感《かん》じんでのう、俺《おら》あ狂《くる》うてしもうちょるんじゃねえかち思いよったんちゃ。」

「傍目《はため》にはなんも変わらんぞ。じゃけえ惜しい云《ゆ》うちょろうが。あげな平常心身《へいじょうしんしん》で人斬《ひとき》れる奴《やつ》あ京《きょう》でも重宝《ちょうほう》もんじゃろうちゃ。」

「そげか。」

「惚《ぼ》け野郎《やろう》が。」

ちっ、と舌《した》を舐《な》めて佳一は云う。

「すまんの、佳一。」

そう云うと与太は、水流一文字《すいりゅういちもんじ》の猪口《ちょこ》をくいと上げ、畳《たたみ》に直《じか》に置いて立ち上がり、金山翠松《きんざんすいまつ》の襖《ふすま》をぴしゃんと開け放《はな》ち、縁廊下《えんろうか》の杉板間《すぎいたま》の縁《えん》に据《す》わった朱赤漆《あかうるし》の塗られた高欄《こうらん》に両の掌《て》を突き、目下《もっか》の中庭をじいと眺めた。

小鼓《こつづみ》の律《りつ》がゆるやかに続いてある中、中庭の小池《こいけ》の辺《あた》りには、蒲公英《たんぽぽ》の蕾《つぼ》みが僅《わず》かにその黄色の花弁《かべん》を瞳《ひとみ》に化《か》え、融《と》けかけた雪霜《せっそう》の隙間《すきま》からこちらを覗《のぞ》いてあった。

佳一は恬淡《てんたん》したかに、黙って猪口《ちょこ》を上《あ》げていた。

蒲公英《たんぽぽ》の蕾《つぼ》みが花開き、綿毛《わたげ》が種子《しゅし》を飛ばし終え、五月雨《さみだれ》過ぎた夏疾風《なつしっぷう》の走る頃、佳一は同志《どうし》の者ら四人と共《とも》に京《きょう》へと上《のぼ》った。同志の者らは佳一よりも年長《ねんちょう》も年若《としわか》もあったが、揃《そろ》えて見るに皆一様《みないちよう》の憤懣《ふんまん》に身を任《まか》せているかに与太には念《おも》えた。皆、行《い》く宛《あ》てが無いのだ。

当時、公儀《こうぎ》無しに京《きょう》に上《のぼ》る、すなわち所属藩《しょぞくはん》を脱《だつ》するを企《くわだ》てる事は、重く罰則《ばっそく》が課《か》せられていた。が然《しか》し、時勢《じせい》である。どの藩も形式上、脱藩者《だっぱんもの》は捕《と》らえ仕置《しおき》するよう触《ふ》れ書《が》きを発行はしていたが、実行隊《じっこうたい》を部隊《ぶたい》する余裕も意思も無茶に感ずる程《ほど》に、趨勢《すうせい》は相次《あいつ》いでいた。変革《へんかく》や革命《かくめい》といった時代の気勢《きせい》が集約《しゅうやく》され、塊《かたま》り、幻惑《げんわく》の龍《りゅう》と化《か》して京《きょう》を中央眼《ちゅうおうめ》に国上空《くにじょうくう》の相空《あいぞら》に渦巻《うずま》いていた。

与太の家から二里半《にりはん》ほど、さやの家への方角とは逆方《ぎゃくほう》に、国境《くにざかい》の山を目宛《めあて》に歩くと、山の三里《さんり》ほど手前に大きな柳《やなぎ》の木が、山からの細流《さいりゅう》の土手際《どてぎわ》に在《あ》った。誰か植《う》えたのか、自生《じせい》に根付《ねづ》いたのかは知らぬ、樹齢《じゅれい》三百とも四百とも云われる大柳《おおやなぎ》であった。

脱藩決行《だっぱんけっこう》の夜、佳一ら同志連中はその大柳《おおやなぎ》を合場《ごうば》として集結《しゅうけつ》する段取《だんど》りであった。佳一に直接に聞き及《およ》んでいた与太は、黄昏《たそがれ》かかる少し前刻分《まえこくぶん》から、大柳《おおやなぎ》を支えて余《あま》りある、大地《だいち》が下《さ》がる土手《どて》の斜《しゃ》へと腰を下ろし、細《さざ》れ流《なが》るる用水路《ようすいろ》の如き小川《おがわ》の、水面流《すいめんなが》れに反光《はんこう》する夕映《ゆうばえ》をしらしらと眺めていた。

「与太か。」

その内《うち》、背中から声を受けた。すくっと立ち上がった与太は、声の発元《はつもと》が佳一であることは姿を目認《もくにん》せずとも認め、振り向き、影に向かって声を発《はっ》した。

「見送《みおく》りきたわえ。」

「そげか。すまんの。」

そう云った佳一は、変わらずの飛燕崩《ひえんくずし》の浅縹《あさはなだ》を纏《まと》い、手には大蜜柑紋様《おおみかんもんよう》の包《つつ》みと、腰には一本差《いっぽんさ》したばかりであった。

「随分《ずいぶん》また身軽《みがる》じゃの。」

「重荷背負《おもにせお》うと自由に動けんくなっきの。誰かさんのごつ。」

さやを暗喩《あんゆ》して、佳一はからっと云う。皮肉《ひにく》めいて聞こえるが、与太にはそうは感じなかった。

「叩《たた》っ斬《き》るぞ、こんがきゃあ。」

寸先《すんせん》、鯉口《こいぐち》を切る風《ふう》をする与太に、飛燕崩《ひえんくずし》に両の掌《て》を潜《くぐ》らせたまま、佳一はにやりと笑った。

「もう、戻らんきの。与太。」

「ああ。」

「吾《わ》れがん、平穏《へいおん》の道《みち》選んだを後悔《こうかい》させちゃるけえ、京《きょう》の評判に耳年増《みみどしま》しちょけよ。」

「ああ、楽しみんしちょく。」

「首斬《くびき》りが平穏ち、吾《わ》れん道《みち》もだいぶ鬼道《おにどう》じゃけどの。」

「そうじゃな。」

宵闇《よいやみ》の冷《ひ》えを連れ忘れた白南風《しらはえ》が温《ぬる》く、飛燕崩《ひえんくずし》と花喰鳥《はなくいどり》の裾《すそ》をはためき、両の腓《こむら》まで優しく撫《な》でた。

「ほな行《い》くき。」

「ああ。」

佳一は、大柳《おおやなぎ》に振り返り、二言《にごん》は無くざくざくと歩《ほ》を進めた。その背に向けて、与太は清明《せいめい》な言《げん》を掛《か》けやった。

「佳一。達者《たっしゃ》での。」

一寸《いっすん》停止し、佳一はひらっと右の掌《て》を肩先僅《わず》か下方《かほう》でひらめかせ、またざくざくと歩き出した。

向かい風《かぜ》に変わった白南風《しらはえ》が、彼らの彼岸西風《ひがんにし》たれと、輝き始めた宵月《よいづき》に、与太は所作《しょさ》無く無形《むけい》の祈願《きがん》をした。

僅《わず》かに届いたか、向かい風《かぜ》が何かに衝《あ》たり翻《ひるがえ》り、一時《いっとき》、風《かぜ》の停《と》まり場《ば》の中に若者衆《わかものしゅう》は包《つつ》まれた。


「さや。入《はい》っていいかや。」

陽《ひ》が落ちきって、辺りをとっぷりと闇《やみ》が包《くる》んだ中に、大柳《おおやなぎ》から帰宅《きたく》した与太は、坪庭《つぼにわ》を臨《のぞ》む室《へや》で、平常《へいじょう》これ程《ほど》のとっぷり闇の内間《うちま》には、布団《ふとん》の中に眠るとも無く横たわっているはずのさやに向け、襖《ふすま》越しに声を掛けた。坪庭に出る方角とは対面《たいめん》に据《す》えられた襖《ふすま》には、金糸《きんし》を散《ち》らした緑松《りょくまつ》が意匠《いしょう》されており、襖《ふすま》越しからの返答は無かったが、否《いな》の反応も与太は微塵《みじん》と感じなかった。えらいもので、近々《きんきん》ではさやの否応《いやおう》の反応を、与太は霊感応《れいかんのう》で察知《さっち》できるように成《な》っていた。

緑松《りょくまつ》の襖《ふすま》をすうっと開くと、横たわらずに行儀《ぎょうぎ》良く両の掌《て》を掛《か》け布団にぽすと折り畳《たた》んでいるさやの姿を、与太は認めた。室内《しつない》は、三刻《さんこく》でほどよく朽《く》ち果《は》てるよう調度《ちょうど》された無地和紙《むじわし》の燭台《しょくだい》の灯《ひ》で、仄《ほの》かに橙色《とういろ》を籠《こ》めて、浮かぶ様《よう》に照らされていた。掛けの布団は白菖蒲《しろあやめ》のそれから、白無垢地《しろむくじ》に緑水仙《みどりすいせん》を拵《こしら》えた意匠《いしょう》に変化《へんげ》していたが、さやはといえば相変《あいか》わらず、与太の掛け声に反応して起きたのか、はたまたは与太の出現《しゅつげん》を予感して起きていたままだったのかは、判別能《はんべつあた》わなかった。然《しか》し、声掛けの後《あと》の衣擦《きぬず》れもない無音《むおん》の静寂《せいじゃく》を念《おも》うと、後者《こうしゃ》であるかと、与太はほのかに喜色《きしょく》ばんだ。

「庭《にわ》の襖《ふすま》、開けていいかや？　風《かぜ》が気持ちいいき。」

物云《ものい》わず、蠟《ろう》の灯《ひ》の橙《だいだい》の中でびしょ濡れたかの風合《ふうあ》いを湛《たた》えた睫毛《まつげ》を深く瞳《め》に掛け下《さ》げたままのさやに、与太は応《おう》の感応《かんのう》を察《さっ》し、緑松《りょくまつ》と同じ調子《ちょうし》で庭側の襖《ふすま》をすうと開《ひら》いた。

宵闇《よいやみ》にも、さやが寂《さび》しくないように、坪庭には二棟《にとう》の灯籠《とうろう》が久郎衛《くろうえ》の手で予《かね》てより据《す》えられており、灯袋《ひぶくろ》の中では、無地和紙《むじわし》のよりも烈《れつ》な灯《ひ》が、初夏《しょか》の闇《やみ》の中、灯籠型《とうろうがた》に象《かたど》られた万成《まんなり》の御影石《みかげいし》に生《む》した苔《こけ》の抹茶《まっちゃ》を健《すこ》やかに燃やし、揺れていた。

開け広げた襖《ふすま》からは、何処《どこ》からか、音々《ねね》々《ね》と虫の鳴る音《ね》が届き、気の早い清虫《すずむし》もあるものかと、秋を想わするその音調《ねいろ》に、与太は少し吃《きっ》とした。

「蛍《ほたる》どもも、まだ飛びよろうにの。」

さやに向けてでは無く、艶《つや》掛けの黒夜空《くろよぞら》に与太がそう呟《つぶや》き掛けたと同期《どうき》して、一匹《いっぴき》の蛍《ほたる》が、尻《しり》を緑《みどり》から伏黒《ふっこく》へと明滅《めいめつ》させながら、灯籠《とうろう》の陰日陰《かげひかげ》から沸《わ》き立った。己《おのれ》の発声《はっせい》では無く、清虫《すずむし》の音《ね》に呼《こ》応《おう》して沸き立ったのであろうと与太は念《おも》った。

「云《い》うちょら蛍《ほたる》じゃ。ほれ、さや見てみぃ。」

不意《ふい》の清音《きよね》と梅雨《つゆ》緑光《りょくこう》に嬉しく念《おも》い、与太は快活《かいかつ》な面《つら》でさやに呼び掛けた。返応は無いが、呼び掛けて振り返り見たさやの口元には、沸き立ったのとは個体《こたい》を異《い》にする蛍《ほたる》が一匹、水蜜《みずみつ》でも探《さぐ》るかに明滅の間隔《かんかく》を細《ほそ》く、留《と》まっていた。

「はは、いいもん着《つ》けちょんの、さや。」

口元で忙《せわ》しく明滅する蛍火《ほたるび》も意《い》に介《かい》さず、さやはただ深いだけの瞳《ひとみ》を、変わらず緑水仙《みどりすいせん》に落としている。粥《かゆ》しか食《は》まぬはずであるのに、金糸《きんし》に重色《かさねいろ》を塗《ぬ》ったか如《ごと》きその髪は、たっぷり豊かに肌身《はだみ》にまとわり、灯明《ひあ》かりと蛍火《ほたるび》に煌《きら》めいてすら見《み》ゆるその白磁《はくじ》は、伏《ふ》して以来増々《ますます》の美事《みごと》を重ねていた。

「こしょこしょ痒《こそばゆ》ないか？」

その光景に一時見惚《いっときみと》れた与太は、蛍《ほたる》のもぞもぞ動くを認めてそう云い、坪庭の方向に向き返し、言《げん》を繋《つな》げた。

「今日《きょう》なあ、佳一が行ってしもうたよ。」

口元の蛍《ほたる》が白磁《はくじ》に滑《すべ》ったか、ぽつりと緑水仙《みどりすいせん》に落ち、白無垢《しろむく》を黄緑《きみどり》に染め始める。

「もう戻《もど》らんのち。」

蛍自身《ほたるじしん》は、自《みずか》らの落下したに気づいていないのであろう、明滅間隔《めいめつかんかく》を乱《みだ》すこと無く、変わらず光《ひかり》鳴《な》いてあった。

「京《きょう》で評判になるんじゃち、大言吐《たいげんは》いて行きおったわ。」

坪庭越しに、彼方《かなた》遠くの水田《すいでん》からか、緑風《かぜ》に乗って、牛蛙《うしがえる》の鳴く声が聞こえてくる。

「でんがほんとにそげなったら御出世《ごしゅっせ》じゃのう。京《きょう》で評判なんち云《ゆ》うてから、田舎《いなか》ん首斬り浪人《ろうにん》には手も足も敵《かな》わんのう。」

牛蛙《うしがえる》の暗緑色《あんりょくしょく》は、月光《つきあか》りに陰影《いんえい》を描《えが》く稲苗《いなびょう》のそれとよく似ている。

「なんかのう、佳一ん姿《すがた》見送ってからのう、なあんかこう心根《こころね》がもぞもぞするんちゃ。やっかみかのう。」

さやが放《はな》ったか、緑水仙《みどりすいせん》の蛍《ほたる》が羽搏《はばた》き一閃《いっせん》、花喰鳥《はなくいどり》の袖元《そでもと》に飛び留《と》まった。一時間隙《ひとときかんげき》を入れて、再びゆっくり、緑色《みどりいろ》の明滅《めいめつ》を始める。与太は緑光《りょくこう》に浮かんでは消える口角《こうかく》をふっと幽《かす》かに持ち上げ、さやを見遣《みや》る。

「嘘《うそ》じゃら。俺《おれ》はどっこん行かん。ずっとお前《まえ》んそばにおるよ。」

そう云った与太は、袖元《そでもと》の蛍《ほたる》をそっと右の掌《て》で包《くる》み、彼《かれ》が落下《らっか》せずきちんと飛び能《あた》うるように、中空象り包《ちゅうくうかたど》《くる》んだ掌《て》を紐解《ひもと》いて、気流《きりゅう》を守り助走《じょそう》となるよう、優しく上方《じょうほう》へ躰《からだ》の芯《しん》をもたげ上げた。

蛍《ほたる》は明滅を忘れ、薫風《くんぷう》に負けじと正《ただ》しく気流を摑《つか》み、灯籠《とうろう》を越えた玉石砂利《たまいしじゃり》の地面へと着地し、念《おも》い出したかにまた、明滅を始めた。

ちちちと銅鉱《どうこう》を燃やした火花《ひばな》のような星剝鳥《ほしむくどり》の鳴き声が重奏《じゅうそう》する。月《つき》は三日月《みかづき》から大きく膨《ふく》らみ、臨月《りんげつ》の妊婦《にんぷ》のような妖《あや》しさで八光《やこう》を撒《ま》き散らし夜空《よぞら》に浮かんでいた。

「でんが、寂《さみ》しなるなあ。」

首斬り姿を鑑《かんが》みるに、精神頑強《せいしんがんきょう》が権化《ごんげ》したかに生《い》き様《ざま》を為《な》して映《うつ》る与太の口から、およそ弱々《よわよわ》しくもある人間臭《にんげんくさ》みの言葉が意識無く滑《すべ》り出る。さやの睫毛《まつげ》がぴくと上がる。

「寂《さみ》し思うんは仕方《しかた》ねえちゃ、さや。」

月《つき》の白光《ひか》りが眩《まばゆ》いか、花喰鳥《はなくいどり》に両の掌《て》を潜《くぐ》り込め、上空《じょうくう》、斜道《しゃどう》が続くかに輝く月《つき》を、片眉顰《かたまゆひそ》め眼《め》を細《ほそ》めながら見やる与太の貌皮《かお》が、月光《つきあか》りの白《しろ》に染まり、若衆《わかしゅう》らしく瑞々《みずみず》しく光《ひか》る。

「うん、寂《さみ》しい。正直《しょうじき》にあろうや。」

緑光《りょくこう》の明滅を続けていた砂利地面《じゃりじめん》の蛍《ほたる》が、ぶらぶらと沸《わ》き浮き上がり、上空の月斜道沿《つきしゃどうぞ》いに上昇を始めた。月《つき》の歪《いびつ》な丸光《がんこう》の内《うち》に、緑光《りょくこう》の明滅が吸い込まれるかに昇ってゆく。与太は、さやのそばに歩み寄り、敷《し》きの布団の縁《ふち》すぐに寝転《ねころ》がって、片肘枕《かたひじまくら》でそれを見つめる。高位置に仕立《した》てられた鴨居《かもい》を抜けて、寝転がれば室内からも月の全体が見渡し能《あと》うた。緑《みどり》の明滅光《めいめつ》は、月白《つきしろ》に負けず、白《はっ》光《こう》の中でも慥《たし》かに緑《みどり》に瞬《また》いて、夜空の鋭鋒《えいほう》、月の船へと飛翔浮揚《ひしょうふよう》を続けている。

「蛍《ほたる》さん、月《つき》に向かいよら。」

与太は、さやの方《ほう》は見やらずにそう云い、敷きの布団の上の、さやの腰元に片肘枕《かたひじまくら》を遷《うつ》した。腰元から片肘へ、さやの体温と与太の体温が繋《つな》がり合う。

「どんどん向かいよるけんが、届くんかのぅ。」

灯籠《とう》と同調度《どうちょうど》に据《す》えられた、万成《まんなり》の御影石《みかげいし》を長方《ちょうほう》に彫刻《ちょうこく》した沓脱石《くつぬぎいし》の壁伝《かべづた》い、錆鉄納戸《さびてつなんど》の体皮《たいひ》色《しょく》をした一匹の守宮《やもり》が、狐狸《こり》の皮で磨《みが》かれた石の表面に座《すわ》り、小龍《しょうりゅう》を念《おも》わせる長い首をもたげ、与太と同様、月に向かって飛翔《ひしょう》する蛍《ほたる》の明滅《めいめつ》光を、緊張《きんちょう》でも感じているのか、引《ひ》っ切《き》り無しに瞬《まばた》きを連続し見つめていた。

「今晩《こんばん》は月がえらい遠《とお》くに感《かん》じるちゃ。」

蛍《ほたる》は迷い無く、飛翔上昇を続ける。与太にも未《いま》だ見え能《あた》う。守宮《やもり》もじいっと見つめている。

「彼《かれ》には近《ちこ》う見えちょるんかの。」

月白《つきしろ》に緑点《りょくてん》は未《いま》だ浮かぶ。守宮《やもり》は顰《ひそ》めるかに、少し瞬《まばた》きの間隔を長《なが》にする。緑点《りょくてん》は月白《つきしろ》に重なり遠ざかるが、その緑《みどり》は未《いま》だ緑《みどり》に見える。

「逢着《ほうちゃく》すっといいなあ、がんばれ、がんばれ。」

与太には奇妙に、遠くに向かえば向かうほど、蛍《ほたる》の影は膨《ふく》らんで、ちっぽけに掌《て》に包《くる》んだはずの彼《かれ》が、大きく、頼もしく、勇《いさ》ましく、そして、羨《うらや》ましく見えた。

己《おのれ》からの距離と月からの距離、何方《いずく》が遠近《えんきん》や、与太には識《し》れなくなった。暫《しばら》く言葉無く蛍《ほたる》の飛翔を見つめた与太は、片肘《かたひじ》寝《ね》を解《と》いてすくっと上半身を起き上げ、さやの正面に向き座り、耳をすっぽり隠して簾《すだれ》掛《が》かった彼女《かのじょ》の栗髪《くりかみ》を掻《か》き上げ、両の掌《て》で白く仄《ほのか》ったさやの両耳《りょうみみ》に蓋《ふた》をした。

「ちっと聞《き》かんじょっての。俺《おれ》もな、ほんとはな、京《きょう》に行《い》ってみてえっち思ったんちゃ。産声《うぶごえ》上げた時分《じぶん》から剣振《けんふ》りしてきたきの、己《おのれ》がどこまでの達者《たっしゃ》か日《ひ》の本《もと》ん中《なか》での、確かめてみてえ気《き》は沸々《ふつふつ》あるんちゃ。でんがの、大丈夫《だいじょぶ》か？　聞《き》こえちょらんか？」

そう云うと与太は、空気振動《くうきしんどう》の微塵《みじん》も入り込まぬよう、掌《て》で拵《こしら》えた蓋《ふた》に力《ちから》を籠《こ》め直し、さやの耳《みみ》穴《あな》を密封《みっぷう》した。氷魚《ひお》の如《ごと》きの軟骨《なんこつ》の感触が、掌骨《てぼね》に伝わりさらついた。

「でんがの、天秤《てんびん》かけたらよ、こっちん方《ほう》がだいぶ重《おも》てかったんちゃ。お前《まえ》なんちゃ。剣振《けんふ》りに生きる男にしちゃ、もなみっともねえじゃろ、情《なさ》けねえ奴《やつ》っちゃち佳一にもよう云われたわ。でんがの、俺にはお前なんじゃ。剣より友より己《おのれ》より、お前なんちゃ。ちゃんと聞《き》こえちょらんじゃろうの？　聞《き》こえちょったらよう、恥ずかしいでこたえんぞ。」

云い終わるや与太は、両の掌《て》を耳から放《はな》しぽふぽふと、瞳落としを続けるさやの頭《こうべ》を一息撫《ひといきな》で、そのまま月へと向き直り、背を、さやの右肩に軽く寄らせ、蛍《ほたる》の姿を探した。遠近《えんきん》の比率《ひりつ》は変えてはいたが、未《いま》だ緑光《りょくこう》を月白《つきしろ》に灯《とも》らせながら昇る点姿《てんすがた》を視認《しにん》した与太と、落とし続けるさやの体温は繋がり続く。

此《こ》れ程《ほど》までに、緑明滅《みどりめいめつ》を続ける彼《か》の蛍《ほたる》は、妖《あやかし》の類《たぐ》いか迦具夜《かぐや》の従者《じゅうしゃ》かではどうかと、そう考えるに与太は少し、多愛《たあい》無《な》く想えて笑った。

「蛍《ほたる》が昇《のぼ》りよんのか、月《つき》が下《くだ》りよんのか、わからんのう。」

縮尺《しゅくしゃく》の変わらない緑明滅《みどりめいめつ》に、与太がそう呟《つぶや》き吐《は》くと、くいくいと花喰鳥《はなくいどり》の袖《そで》を曳《ひ》く、さやの合図があった。

「おや、小便《しょんべん》かや、さや。」

与太の当番に、さやは小便《しょうべん》の外《ほか》は催《もよお》した例《ためし》が無かった。

与太は、寄せ掛けた背のまま、後ろ掌《て》にさやの右腕を摑《つか》み自身の右肩へと掛け垂《た》れ下《くだ》し、釣《つ》られて曳《ひ》き寄った左腕を左肩へとまた掛《か》け垂《た》れ下《くだ》し、それらを立ち上がっても滑《すべ》り転《ころ》げぬよう自《じ》の胸前《むねまえ》で交差させ、垂《た》れ下《さ》がったままの右の掌《て》で左の手の首を結ばせて、さやの捻《ひね》った腰元の両の端《は》に優しく掌《て》を充《あ》てがい、中腰《ちゅうごし》にすわっと起き上がった。曳《ひ》き上げられたさやは、足首面《あしくびめん》が畳地《たたみじ》を擦《す》る妙《みょう》な宙《ちゅう》ぶらりの格好で、力無《ちからな》く与太の両肩に宙《ちゅう》ぶらる。与太は、力無いさやが滑《すべ》り転《ころ》げぬよう、一気の加勢《かせい》で腰元から尻根子《しりねっこ》に両掌《て》を遷《うつ》し、股力《またぢから》のみで自身を持ち上げる。張《は》り抜《ぬ》き石か鶫《つぐみ》の羽か程に軽いが、骨の外《ほか》は水肉《みずにく》のように柔らかなさやの躰中《からだじゅう》から、幽《かす》かに底冷《そこび》えする初夏の夜には適度な熱《ねつ》と、この二年余《あまり》で確《しか》と女らしく成り立った艶《つや》が伝わり、与太の天秤《てんびん》は一際《ひときわ》大きく傾いた。

さやは、与太の背に右頰《ほほ》を預《あず》け放《はな》し、瞳《め》は相《あい》も変わらず落ちていた。

与太が、露《つゆ》ほども負《お》ぶってなどいないかに、身軽《みがる》と六《ろっ》こ歩《ほ》を進め、庇《ひさし》が視界の上隅《うえすみ》へと逃げた頃、与太の足裏が縁側《えんがわ》の楠板間《くすいたま》を一声軋《ひとこえきし》ませたと同期して、さやが再びくいくいと袖《そで》を曳《ひ》いた。月の白《はっ》光《こう》は輝度《きど》を増やし、的礫光《てきれきひか》る歪《いびつ》なうてなは、四界全土《しかいぜんど》にその触腕《しょくわん》直線を伸ばし、夜世《よよ》を掌握《しょうあく》していた。

「どげしたかや、さや。小便《しょんべん》じゃろ？」

まだ視得《みえ》る蛍《ほたる》は、櫂漕《かいこ》ぎの上達者《じょうたつしゃ》でも乗船したかにゆったりと、然《しか》し確《しか》と月船斜道《つきふねしゃどう》を進んでおり、ざっぷりちゃっぷり水《みず》を掻《か》くかの音《ね》を幻奏《げんそう》するその斜道《しゃどう》は、人に普請《ふしん》された月への水道《すいどう》に想えた。

さやが、またくいくいと花喰鳥《はなくいどり》を曳《ひ》く。与太は、霊感《れいかん》で否《いな》の返応と得心《とくしん》し、背を反《そ》らし、膝《ひざ》を弾《はず》ませ、さやの体斜角《たいしゃかく》を弾《はず》み上げた。

「月《つき》さん見たいんか？　蛍《ほたる》かや？　見てみい、昇りよろうが。」

落ちていたさやの瞳《ひとみ》が、眼球《がんきゅう》の中だけでくうるりと向き位置を変え、釣られて睫毛《まつげ》も水道上《すいどうじょう》に平行《へいこう》を向いた。

与太は、左斜《ひだりなな》め後ろへと能《あた》う限り振り向き覗《のぞ》いたさやの貌面《かお》の白光《しろひか》りと、焦点《しょうてん》は死にながらもひしと月蛍《つきほたる》を捉《とら》えようと、直向《ひたむ》く瞳《め》から散る甘葛《あまずら》を撒《ま》いたような佳味《かみ》の微風《びふう》を覚え、眼球ばかりが上を向き、外《ほか》の肢体《したい》は垂《た》れ下《さ》がれたままの泥人形《どろにんぎょう》の如《ごと》き彼女《かのじょ》の、一瞥《いちべつ》には間抜《まぬ》けて見ゆる面《つら》を愛《いと》しく感じ、少しにやけて月蛍《つきほたる》へと向き直った。

うてなの直線光芒《ちょくせんこうぼう》は、拡《ひろ》がりを無視して二人に届く。魔障《ましょう》にでも中《あ》てられたかに、二人は惚《ほう》けてそれを見つめている。室入口《へやいりぐち》の北隅外《きたすみそと》へと据《す》えられた結燈台《ゆいとうだい》の灯《ひ》が揺《ゆ》らめ、室内の床《とこ》の間《ま》に掛軸《かけじく》された吉祥天《きっしょうてん》すら惚《ほう》けて見えた。

「あん先《さき》にはなんがあるんかの。天晴《あっぱれ》な天宮殿《てんきゅうでん》でもあろうか。それか、なんにも無《な》かろうか。どげかのう、さや。」

国境《くにざかい》の高峰《こうほう》からか、打《う》ち下《お》ろされたかの天狗風《てんぐかぜ》が刹那《せつな》、二人を掠《かす》め、結燈台《ゆいとうだい》の灯《ひ》を盗み、月光《つき》の白《しろ》に一段上《いちだんうえ》の的皪《てきれき》を増やした。

風《かぜ》は、海水《かいすい》にも沈むほどの紫檀《したん》で編《あ》まれた結燈台《ゆいとうだい》を大きく浮かし、がたりがたと音《おと》を生成《な》したが、与太といえば、微塵《みじん》たりとも崩《くず》れなかった。

「なにが在《あ》ろうが無《な》かろうが、目指《めざ》しよる姿は美《うつく》しいのう。」

昼熱《ひるねつ》を吸い続く、初夏夜《しょかよ》の風《かぜ》に中《あた》るといけないと、室入口南隅《へやいりぐちみなみすみ》に据《す》わった結燈台《ゆいとうだい》に打ち掛けてあった紫匂《むらさきにおい》を与太は手に取って、前屈《まえかがみ》に一息しゃがんで、支え手無しにさやを支え、自身が羽織《はお》るかに両の掌《て》で大きく半弧《はんこ》を描《えが》き、そのまま背に預かるさやの肩口《かたぐち》へと打ち掛けた。そのまま襟口《えりくち》をたぐり合わせ、転《ころ》げぬようさやの半開《はんひら》いた掌《て》の中《なか》に差し込むと、赤子《あかご》が親の一指《ひとゆび》を、その全指《すべて》で握《にぎ》るかの、か細《ぼそ》い力《ちから》が布に籠《こも》った。

与太は、紫匂《むらさきにおい》のかぶさる下《した》に掌《て》を差し込めて、再びさやの尻根《しりね》を支え、霞《かすみ》ほども背負わぬかに無重《むじゅう》の感《かん》で立ち上がった。床《とこ》の間《ま》の吉祥天《きっしょうてん》の足もとには、隣藩《りんぱん》の端島《はじま》から仕入《しい》れたという檳榔《びんろう》が三房《さんふさ》、和紙《わし》燭台《しょくだい》の灯影《ひえい》の中に、天狗風《てんぐかぜ》の残風《ざんふう》を受け幽《かす》かに震《ふる》えていた。

ゆったりと小夜更《さよふ》ける中、月白《つきしろ》の光を受けた紫匂《むらさきにおい》は、闇と相似色《そうじしょく》でありながらも、その明紫《めいし》をひらめかす。

「あんのう、さや、祖父《じじ》がよう云《い》うことなんじゃがの。」

赤子《あかご》をあやすかに、無意識の内《うち》に膝《ひざ》を起点《きてん》と律《りつ》を取る与太は、弾《はず》む度僅《たびわず》かにめり込むさやの尻肉《しりにく》の柔触《にゅうしょく》を受けながら蛍《ほたる》の姿を探す。航海《こうかい》続ける蛍《ほたる》は、ようやく小さな黒点《こくてん》ばかりになっていた。

「己《おのれ》の敵《てき》は己《おのれ》じゃ云《ゆ》うての、よう諭《さと》されたんじゃけんが、俺《おれ》、いまいち直感《ちょっかん》いかんかったんよ。でんがの、その意《い》がようわかったわ。」

遠くの林泉《りんせん》を揺らした風《かぜ》が、さざ波のような音色《ねいろ》を此方《こなた》へ届ける。音《ね》は、一息《ひといき》も二息《ふたいき》も前に起こった音《おと》であろう。

「彼《か》の蛍《ほたる》も彼《か》の為《ため》に月《つき》なぞに無謀《むぼう》向かいよる。佳一も、己《おの》が為《ため》に出立《しゅったつ》したんじゃ。それを羨望《せんぼう》したりよ、ごちゃごちゃ云《い》ったりするんは誰《だれ》の為《ため》かや。全部《ぜんぶ》俺が安堵《あんど》したいけんちゃ。」

漕《こ》ぎ往《ゆ》く蛍《ほたる》も旅立つ友も、きらりとその瞳《ひとみ》や姿が輝いて見えたのは、全《すべ》て与太自身の幻膨《げんぼう》であって、彼《か》の虫も、彼《か》の人も、彼《か》の内奥《ないおう》では哭《な》いているかと識《し》れはしない。

「俺《おれ》は首斬《くびき》りちゃ。ほんで、お前ん亭主《ていしゅ》じゃ。ただんそれだけやわ。なあ？」

そう云うと与太は、月《つき》の眩《まぶ》しさに片眼を顰《ひそ》めたまま笑い、左斜《ひだりなな》めに振り向いてさやの月瞳《つきひとみ》を落とし目で見つめ、ぽんぽんとその柔らかく温かい尻根《しりね》をはたき、また月面《つきおもて》を向いた。月方面《つきほうめん》に合わないさやの焦点《しょうてん》が、少し与太の方《ほう》へと傾き、紫匂《むらさきにおい》の襟口《えりくち》は、赤子《あかご》の精一杯《せいいっぱい》の剛力《ごうりき》でほんの幽《かす》かに皺《しわ》を増やした。

与太の自白《じはく》に殺《そ》がれたか、檳榔《びんろう》の震《ふる》えは已《や》み、吉祥天《きっしょうてん》は惚《ほう》けた面《つら》を復《もど》し、結燈台《ゆいとうだい》は煤《すす》の臭《くさ》みさえ醸《かも》さなかった。

初夏夜風《しょかよかぜ》がふるりと舞い、少しひしゃげた与太の月見面《つきみづら》と、仄《ほの》かに赤色《せきしょく》ばんださやの彼見面《かれみづら》が、足下《あしもと》から光《ひかり》を受けるかに、月明《つきあ》かりの中で浮かんでいた。

辺《あた》りは深《しん》と静まり返り、蛍《ほたる》の姿は、月に呑《の》まれたか、或《あ》るいは月にも届き得《え》たか、もう見えなくなっていた。

六　夢中《むちゅう》

蛍《ほたる》の消失《しょうしつ》したと一緒にか、与太《よた》の背で、さやは死した如《ごと》くに寝息さえ起こさず、呼吸も致《いた》しておらぬかのよう背胸《せむね》の拍動《はくどう》無しに寝入った。

赤子《あかご》を弄《もてあそ》ぶと等《ひと》しく、寝入《ねい》り子《こ》を起こさぬよう、摺《す》り足でゆるりと緑水仙《みどりすいせん》の寝具揃《しんぐぞろえ》へと歩み戻った与太は、くるり貌《かお》を坪庭方《つぼにわがた》へと向け、やおらに腰を落とし、自身の胸前《むねまえ》で結ばれた、さやの儚《はかな》い結《むす》び掌《て》をすると解《ほど》き、その躰《からだ》を掛けの布団の内《うち》へと滑り込ませた。初夏の夜には、かる鴨羽毛《がもうもう》を詰めた掛けの布団一役《ひとやく》で十分快適、それであった。

戌亥《いぬい》の夜五《よるいつ》つ半《はん》、さやの寝姿《ねすがた》を見入った与太は、音《おと》も無く、力《りき》みも無く立ち上がり、坪庭へ出る襖戸《ふすまと》を閉め、室《へや》を渡り中廊《ちゅうろう》へ出る襖戸《ふすまど》から自室《じしつ》へと戻った。

床間《とこのま》に刀《かたな》、角隅《かどすみ》に絵机《えづくえ》のみの寂光土《じゃっこうど》広がる室《へや》に、白面一色《はくめんいっしょく》の寝具揃《しんぐぞろえ》を敷き揃《そろ》え、さやの被《かぶ》ると同じくかる鴨《がも》羽毛を詰め込んだ掛けの布団に、胸より下半身を忍《しの》ばせて、闇《やみ》ばかりの天井蓋《てんじょうがい》に、与太は自《じ》を思案《しあん》した。

「自《じ》とは何《なん》じゃ？　なし俺《おれ》は此処《ここ》に在る？」

天井蓋《てんじょうがい》は否応《いなおう》とも応《こた》えない。黒三蔵《くろさんぞう》の彫《ほ》り貫《ぬ》かれた欄間《らんま》から、夜風《よかぜ》が悄悄《すごすご》吹き抜ける。

「滅《めっ》してどうなる？　世《よ》は続くかや？　俺は畢《おわ》るかや？」

黒闇《くらやみ》の天井蓋《てんじょうがい》が、蜷局渦《とぐろうず》を巻いて此方《こなた》へと墜《お》ちてきそうに目を眩《くら》む。微動《びどう》もしておらぬはずは識《し》れるであろう。

「生《せい》に味《み》はあるんか？　散《ち》った萬桜《よろずざくら》は、何処《どこ》に回帰《かいき》するや？」

瞑《つむ》った瞼《まぶた》の裏に、与太は、鏤刻《るこく》されたかに浮き立つ何者《なにもの》かの眼《め》を見る。獣《けもの》か人《ひと》か、判別《はんべつ》は難《かた》い。

「死《し》は輪廻《りんね》か？　只《ただ》ん断裂《だんれつ》か？」

滅木滅気《めきめき》と、欅《けやき》の梁《はり》が収縮《しゅうしゅく》か膨張《ぼうちょう》かで風鬼《ふうき》の音《おと》を沸《わ》かす。

「生命《いのち》が生命《いのち》を殺《ころ》してなんとなる？　生き永《なが》らえる理《ことわり》は？」

突如《とつじょ》に繁《しげ》く、湿《しめ》り気《け》を呈《てい》した暖風《だんふう》が黒三蔵《くろさんぞう》をすり抜けて、火通《ぽっ》火通《ぽっ》と夜雨《よさめ》が降り始めた。

「人を死なす、我《われ》はなんぞや？」

煩悶煩悶《はんもんはんもん》、与太の心に黒沁《くろじ》みが巣窟《そうくつ》を為《な》す。消滅してしまうが楽《らく》ではないか。

「永久土《えいきゅうど》は出久《いず》く？　辿着《てんちゃく》するに価値《かち》や有らん？」

娑婆娑婆《しゃばしゃば》、夜雨《よさめ》は烈《はげ》しさを殖《ふ》やす。白面《はくめん》の褥《しとね》には、凍土《とうど》を詰《つ》めたの錯覚《さっかく》が在る。

「我《われ》は無虚《むこ》、無虚《むこ》は我《われ》や。」

夜野犬《よやけん》の、毘茶毘茶《びちゃびちゃ》と土途《つちみち》を逃げる姿が惑《まど》う。低階合唱《ていかいがっしょう》の誦経《ずきょう》が幻聞《きこ》える。

「一燈照隅《いっとうしょうぐう》。万燈照国《まんとうしょうこく》。」

広野《ひろの》師の詩句《しいく》を唱《とな》えども、瞼《まぶた》は九螺九螺《くらくら》、闇が降《ふ》る。

夜野犬《よやけん》が吐瀉《としゃ》を撒《ま》き散らし、夜茶猫《よるちゃねこ》がそれを凝《じっ》と見つめる。憐憫催《れんびんもよお》す夜猫《よるねこ》の尾には、樋《とい》より墜散《おち》らす瀑雨《ばくう》の力《りき》が、奴慕奴暮奴菩《どぼどぼどぼ》と撃《う》ち掛かる。

「暗黒《あんこく》は生死《せいし》の源《みなもと》。偏明《へんめい》は円寂《えんじゃく》の本《もと》。」

真魚《まお》師の詩歌《しいか》を唄《うた》えども、割《わ》れ無く宛《あ》て無く闇のみ続く。

斯様《かよう》に真夜中《まよなか》の曲芸《きょくげい》ほどに、心の黒沁《くろじ》みが、与太の精《せい》を呑《の》み込んでしまうかの達地寸前《たっちすんぜん》、風精霊《かぜせいれい》の吹いたのか、一息《ひといき》の噴出孔《ふんしゅつこう》が、与太の瞼《まぶた》の裏に咲《さ》いた。

咲いたと一緒にその孔《あな》からは、蒔絵《まきえ》に費《つい》やす金《きん》の箔《はく》をまぶした極細《ごくさい》な金剛砂共《こんごうしゃとも》ばらが、水底《みなそこ》にて地泉圧《ちせんあつ》に、花吹雪紙吹雪《はなふぶきかみふぶき》かに巻き上げられて廻《めぐ》った。金剛砂共《こんごうしゃとも》ばらの集合は、双葉《ふたば》の葉芽《はめ》吹きの象《しょう》を象《かたど》って、金綺羅黄金《きんきらきん》と果《は》てると知らず、循環《めぐ》り循環《まわ》り、地泉《ちせん》の呼息《こいき》に金燐《きんりん》の、輝き止《と》め処無《どな》き光景が、与太の精神を神槍《かみのやり》と鋳抜《つらぬ》いた。

その幻絵姿《えすがた》の真央《しんおう》に、与太は、赤金《あかね》だんだらを羽織《はお》り纏《まと》い、銀杏《いちょう》結びの髪を瞳《め》に打ち掛けたさやの、笑顔《えがお》幻想の此方《こなた》を見遣《みや》るを見つけ出し、件羅刹百鬼縋《くだんらせつひゃっきすが》り巻いた、その心はすうと軽くなり、一緒に無由《むゆう》の暖《あたた》かみが、心の黒沁《くろじ》みを瑪瑙《めのう》と剝《は》がして、暖《だん》のじわとの浸透《しんとう》が、身中《からだじゅう》に巡《めぐ》りめき、その素晴らしき力動《りきどう》に与太は、唯《た》だ言《こと》の葉《は》のみで識《し》ってあった、或《あ》る物種《ものだね》を感じ得《え》た。其《そ》れは慥《たし》かに、愛ではなかったか。

万顧《ばんこ》の憂《うれ》い、消えて無く去《さ》り、いつの間にやら知らぬ間に、与太は睡《ねむ》り落ちていた。夜雨《よさめ》は一緒に降り已《や》んで、美しく冷《ひ》えた地熱《ちねつ》が、真夜《まよ》の空《そら》へと昇っていった。

睡《ねむ》りに落ちた与太は、さやの幻姿《すがた》を映した金剛砂泉《こんごうしゃせん》に変えて、何処《どこ》かに在ったであろうか、佳一《かいち》と自身の幼いガキバラ同士《どうし》の、野《の》に駆け川を渡り、山を踏《ふ》み木剣《ぼっけん》を振《ふ》るった、旧懐《きゅうかい》の光景を夢に見始めた。夢と云《い》えども、佳一の姿はその瞳孔《どうこう》の音色《おんしょく》までも歴々《れきれき》とし、その瞳《ひとみ》には、常備《じょうび》に点《とも》る一天《いってん》の火焔《かえん》がガキバラ時分《じぶん》、既《すで》に今日《こんにち》と変わらず燃えているのを、夢中《むちゅう》に与太は慥《たし》かに見た。何をするにも最優《さいゆう》である事を誉《ほま》れと捉《とら》え、為《ため》に精進《しょうじん》し、敗《やぶ》れども食《く》いしばり、更努力《さらどりょく》を励《はげ》むその友のおかげで、首斬りにしか滋味《じみ》は無いが、奉行連中《ぶぎょうれんちゅう》さえ唾飲《だいん》させ能《あた》う程の剣振《けんぶ》りの妙技《みょうぎ》を獲得し得たものと与太は、夢中《むちゅう》に在る幼い体軀《たいく》の自《みずか》らに、青年の自心《じこころ》を憑依《ひょうい》させ、赤《あか》みの綿紗《めんしゃ》を洒落意《しゃれい》と帯紐《おびひも》に垂《た》らしながら、眼の前で灯々《あかあか》と木剣《ぼっけん》振りを続ける友の、羨望《せんぼう》沸かす姿を見留《みと》めた。

「なあ、与太。俺《おれ》らあ、なんで生きちょるんかの？」

木剣《ぼっけん》振りを続けながら、一瞥《いちべつ》も此方《こなた》を見遣《みや》らず夢中《むちゅう》の佳一は云う。

「どげかの。わからん。」

甲高《かんだか》い、ガキバラらしい声調《こえ》で、両の掌《て》は当時の丈短《たけみじか》しの花喰鳥《はなくいどり》の袖《そで》の中《なか》で与太は応《こた》える。ガキバラ時分から、花喰鳥《はなくいどり》の紋様《もんよう》を好んだことを、小さな体軀内《たいくない》に与太は想い起こす。

「何《なに》かするかや？　吾《わ》れは何《なに》を為《な》すかや？」

幼い佳一の振る木剣《ぼっけん》は、剣《けん》に見立てた椿《つばき》の白枝《しらえだ》で、夢中《むちゅう》の中にも空気の伐《き》れる乾いた音が響いてある。鴉櫛《あぐし》の程《ほど》に、黒く艶芯《つやしん》の罹《かか》る長総髪《ながそうはつ》を振り乱しながら佳一は、椿剣振《ちんけんふ》りを已《や》めず更問《さらどい》する。

この頃は、長総髪《ながそうはつ》が流行《はやり》であったと、与太は飛《と》び脳《のう》で念《おも》い起こす。

「問《と》われてん、わからんちゃ。」

如露《にょろ》と消えては如電《にょでん》と現わる佳一の、火花の如《ごと》き幻影《すがた》の灯滅《とうめつ》を、出現地《しゅつげんち》を先読みながら、じくとは見遣《みや》らず与太は云う。彼《か》の友が幻影《すがた》の出現地なぞ、無由《むゆう》ではあるが、与太には容易《たやす》く先読めた。

「つまらんの。」

初更幾許《しょこういくばく》過ぎたかの、闇《やみ》のような薄灯影《うすとうえい》を、帷《とばり》の奥に隠し持った暗闇《くらやみ》の内《うち》に、佳一の如電《にょでん》の如《ごと》き幻光《すがた》は、澄月光《すみげっこう》の光《ひかり》を醸《かも》す。彼《かれ》の出現した周囲には、少し明るく帷《とばり》が開く。与太は云《い》う。

「吾《わ》れは何《なに》か為《な》すかや？　佳一。」

如露《にょろ》の友は、夢中《むちゅう》の中、初めて与太の方を見遣《みや》り、不能《あたわず》とでも云うかに少し嗤《わら》った。彼《かれ》の振るう椿剣《ちんけん》は、露《つゆ》知らぬ間《ま》に、枯竹《かれたけ》のそれに変わっていた。

緻密《ちみつ》な蒔屏風絵《しびょうぶえ》の、一点一点の人物画《じんぶつえ》の浮かぶかに、佳一の姿は現れては消え、消えては現れるを繰り返す。

「俺《おら》あ、吾《わ》れに克《か》ちてえ。」

そう云いながら佳一の振《ふ》るった、枯竹《かれたけ》の笹《ささ》うらが突襲《とっしゅう》とめくれ上がり、初更闇《しょこうやみ》ばかりの背景に、一面《いちめん》、莫迦《ばか》な程《ほど》の青芒《あおすすき》の群生《ぐんせい》が、大波調子《おおなみちょうし》で沸《わ》き出でた。何故《なぜ》か当座《とうざ》の光景と腑《ふ》に落とし、夢中《むちゅう》の与太は云う。

「小《ちい》せくねえか？」

次の点灯《てんとう》には、十《とお》ばかりかの体軀《たいく》へと変化《へんげ》した佳一は、鴉櫛《あぐし》を結《ゆ》い束《たば》ねた、くっきりの眼《まなこ》で与太をじくと見遣《みや》り、剣を振るう。枯竹《かれたけ》の剣は、既《すで》に波打ち白波《しらなみ》の真剣《しんけん》へと変わっていた。

「小《ちい》せえこつあるか。己《おのれ》ん敵《てき》は己《おのれ》じゃ。」

青芒《あおすすき》の青光芒《あおこうぼう》が、何かの劇《げき》の世にあるか、大きく揃《そろ》えて風摺音《ふうしゅうおん》を打ち鳴らす。

「俺《おれ》じゃち云《ゆ》うたじゃねえか。」

波の右端《みぎはし》から起こった風摺音《ふうしゅうおん》は、左端《ひだりはし》に届くと同時に、境《さかい》を狂《くる》りと翻《ひるがえ》す。

「そうじゃ。己《おのれ》ん敵は己《おのれ》じゃ云《ゆ》うてもようわからんじゃろ？　じゃき、俺《おれ》ん敵は吾《わ》れちゃ。」

青芒《あおすすき》が打ち直《なお》った刻時分《ときじぶん》、ぴたと已《や》んだ芒《すすき》の背景に、佳一はくっきり眼《まなこ》を見遣《みや》り続く。与太は云う。

「どげな理屈《りくつ》かや。」

眼《まなこ》はぴたと止水《やみ》ながらも、白刃《しらは》剣振りを已《や》めずに、振り抜き様音《ざまね》と共に佳一は、発音無しに哄《こう》笑《しょう》し、邪気《じゃき》無しに云った。

「吾《わ》れも俺《おれ》も、おんなじようなもんじゃろ。」

青芒《あおすすき》の大波《おおなみ》が、佳一のそう発した途端《とたん》に、梅《うめ》の咲き乱《みだ》る背景へと転《てん》じ、その歪《いびつ》な節《ふし》くれに、美《び》悦《えつ》の趣《おもむき》を捉《とら》え、与太は云う。

「生《う》まれも育ちもお師《し》さんもおんなじやけの、おんなじ云《い》えるかん知《し》れんの。」

与太と佳一は、六つになる年の初梅《はつうめ》始まる雪残りの季《とき》に、与太は権兵《ごんへい》に、佳一は父の千秋《ちあき》に連れられた寺子屋《てらこや》で初見《しょけん》し、以来、同地《どうち》で同食《どうしょく》を喰らい、同師《どうし》に学び同流《どうりゅう》の剣を振るってきた。佳一は剣術指南《けんじゅつしなん》を、与太の家に通《かよ》ってあった。

「見てみいや、これどもの間《あいだ》と似《に》ちょるわ。」

佳一がそう云《い》うや、背景の梅の半分が、吉野山目《よしのやまめ》の桜満開へと変化《へんげ》し、その色と、咲き誇る具合《ぐあい》は慥《たし》かに非道《ひど》く、よく通似《つうじ》して見えた。夢中《むちゅう》の与太は黙り、夢中《むちゅう》の佳一は続ける。

「梅は咲いたか桜はまだかちのう、みな桜を待ちたがんちゃ。梅は前座《ぜんざ》での、節《ふし》の形《かたち》も歪《いびつ》じゃち、気味悪《きみわり》いとも思うもあるんじゃろのう。常《つね》だって桜が一等《いっとう》で、梅な二等《にとう》ちゃ。おんなじ時季《じき》に咲いて、おんなじ色《いろ》しちょんにのう。」

背景の桜は、風神吹《ふうじんかぜ》の吹いたにか、さらさら舞っては、はらはら散り散り、対して梅は、その身《み》重《おも》にか、歪《いびつ》な枝と一緒に、ゆらゆら地《じ》揺《ゆ》れと揺れるばかりであった。

瞬《また》き間《ま》に、誰《た》そ彼《かれ》知らず、両艶花《りょうつやばな》の背景両端《りょうたん》の、桜側には梅の花を、梅の側には桜の花をあしらった、一対《いっつい》の雪洞《ぼんぼり》が種油《たねゆ》の臭《におい》を醸《かも》さず、両端《りょうはし》を灯《あか》り灯《とも》していた。雪洞両脚《ぼんぼりりょうきゃく》共に、天蓋半球《てんがいはんきゅう》は水《すい》青晶《せいしょう》に桃色《ももいろ》から階調《かいちょう》を漸次緩《ぜんじゆる》やかに調《ととの》えており、与太は、夢中《むちゅう》の背景に空《そら》が昇ったと想った。

「吾《わ》れに克《か》つんが、己《おのれ》に克《か》つちゅうこつか。」

夢中《むちゅう》の空《そら》に、俄《にわか》に村雨《むらさめ》の降《くだ》り、不束《ふつつか》に已《や》んでは雪洞《ぼんぼり》の灯《ひ》は消えた。

「そうじゃ。じゃきよ、吾《わ》れはつまらんなんなよ、与太。」

佳一にとっての桜は与太で、与太にとっては佳一が桜で、双方己《おのれ》を梅と為《な》し、双方彼方《かなた》を桜と見《み》做《な》す。

故《ゆえ》に、夢中《むちゅう》に輝《き》らりと咲くは、両天秤《りょうてんびん》の平衡《へいこう》を描《えが》く、二花《にか》の競演《きょうえん》なのであろう。

「俺《おれ》は梅《うめ》でん桜《さくら》でん、どっちもうっくしいとは思うけんどの。」

村雨《むらさめ》已《や》んだ晴金《せいきん》の空気に、今度は十四ほどの容姿に変貌《へんぼう》していた佳一は、剣振りを已《や》めて、その顎首《あごくび》を正面に保ち、只《ただ》、空《そら》を仰《あお》いでいた。だらりと下《さ》がった右掌《て》の白刃《しらは》から、反光光《はんこうひか》る村雨《むらさめ》の雫《しずく》が、一個ぽつりと落ちた。

「のう与太。俺《おれ》らあ何《なん》の為《ため》に生《い》きちょるんかのう。」

村雨雫《むらさめしずく》の反光が眩《まばゆ》いか、眼を嚬《ひそ》める佳一の面《つら》にも、村雨《むらさめ》の雫は点《とも》り、その流動《りゅうどう》は、少し落涙《らくるい》のそれに見えた。

「わからん。けんが、じゃき吾《わ》れがおるとも云《い》えるんかもの。」

梅も桜も、互いを見留めてやっと散って往《ゆ》くのかもは、誰《た》そ知れぬ。

「かん知れんの。」

嚬《ひそ》め眼《め》を流し、哄笑《こうしょう》の面《つら》でそう云う佳一は、先立《さきだ》っての十八大人《おとな》の姿で笑っていた。夢中《むちゅう》とは、止《と》め処《どころ》無い。

花狂風《はなきょうふう》に綸子《りんず》の飛燕崩《ひえんくずし》が一時戦《ひとときそよ》ぎ、いつの間にやら灯《とも》り戻していた雪洞《ぼんぼり》の火に中《あ》てられて、その表面が、水銀和金《あまるがむ》の鍍金相《めっきそう》を鈍《にぶ》く、重く呈《てい》しているのを与太は見留《みと》め、それが非道《ひど》く佳一に伸《の》し掛《か》かっているように見えた。

「佳一、死ぬなや。」

目線下から歪《いびつ》に上向く梅花《うめばな》を撫《な》で遣《や》りながら、空虚《くうきょ》を見るかに佳一は云う。

「俺が死んだら、吾《わ》れが咲きゃいい。」

刹那《せつな》に、梅の花は皆すがらぼつりと落とし、桜の花は悉《ことごと》く、紅《べに》づいた塩粉《しおこ》が一面《いちめん》を為《な》すかに、夢《む》中《ちゅう》の黒地面《くろじめん》の上に湖成《みずうみな》して拡がった。

「吾《わ》れも俺も、おんなじなんじゃねえんか?」

桜びらは、風《かぜ》に吹かれて湖面《こめん》の位相《いそう》をそっくり遷《うつ》す。

「生《い》き死《し》には別《べつ》ちゃ。見い。」

くいと顎先《あごさき》上げた佳一の示した先景《せんけい》に、全落《ぜんらく》した桜を対《つい》として、梅の花の一点、点《とも》るように残っていた。佳一は満足気に嗤《わら》って云った。

「あん残滓《ざんし》が吾《わ》れじゃ。俺《おれ》んが桜《さくら》じゃったごたるの。ざまあみい。」

飛燕崩《ひえんくずし》はそう云って、悉《ことごと》く散った桜びらを踏みしめながら、雪洞《ぼんぼり》消えた夢中《むちゅう》の奥闇《おくやみ》に、滅金《めっきん》するかに姿を隠した。それを合図か、合図は現世朝《うつしよあさ》の枝雀《しじゃく》の唄音《こえ》か、残滓梅《ざんしうめ》の何故己《なにゆえおのれ》を指《さ》すかは解《げ》せぬ侭《まま》、与太は眼を覚《さ》ました。

睡《ねむ》りと夢中《むちゅう》から覚めた与太は、比重《ひじゅう》の軽い液体の伝《つた》う感触《かんしょく》よりも、心の燃えてある感を即妙《そくみょう》覚え、自らの落涙《らくるい》してあるに気づいた。

「情《なさ》けねえやっちゃ。」

心中《しんちゅう》でそう自吐《じと》して、起き上げた室《へや》には、黒三蔵《くろさんぞう》の欄間《らんま》から、朝日の光矢《ひかりや》が早くも差し込んであり、幽《かす》かに藺草《いぐさ》の焼けるかの様容《ようよう》だった。

昨夜、腰抜けの自念《じねん》を吐露《とろ》した相手はどうしてあるかと、灰緑《はいみどり》の珪藻土壁《けいそうどかべ》を右掌《て》に中廊《ちゅうろう》を進み、緑松《りょくまつ》の襖《ふすま》前で室内に向け与太は声を掛けた。

「さや、入《はい》るぞ。」

室内からの返応は無い事を前提に、問掛《といかけ》ではなく表徴《ひょうちょう》だけの声掛《こえかけ》で与太は襖《ふすま》を優しく開いた。

「あら、与太、お早《はよ》う。」

開くと其処《そこ》には、朝餉《あさげ》の粥《かゆ》を木匙《きさじ》で食《く》わす昴母《こうはは》の姿があった。呑《の》むように食《は》むさやの栗髪は、綺《き》麗《れい》に梳《す》かれ済んでおり、少し寝坊のし過ぎたかと与太は念《おも》った。

「母上《ははうえ》、今日《きょう》は婆《ばば》が蜆《しじみ》を取りに行く日じゃき忙《せわ》しないじゃろ。代わるわ。」

腰抜け自念《じねん》を吐《は》いた相手が、平常《へいじょう》と変わりなきかを確かめたくて、三日置きの祖母の習慣を利《り》して、与太は云った。

「あんた、剣振《けんふ》りはいいの？　今朝《けさ》はまだしとらんじゃろ？」

剣振りの朝稽古《あさげいこ》を、与太は六《むっ》つの時分より一日と欠かした事が無い。

「後《あと》ですっきいいよ。ちっとさやに聞きてえこつがあるんちゃ。」

与太は何も包《つつ》まず、ぺてんもせず云う。

「ほなあんたもここで食べり。持ってきちゃるわ。」

呆心《ほうしん》のさやに聞くなぞの、恍《とぼ》けた文言《もんげん》にも昴《こう》は、幽《かす》かにも訝《いぶか》しがらずからりと云って、吉野檜《よしのひのき》の膳《ぜん》に載《の》せた茶碗共《ちゃわんども》をかちゃかちゃ鳴らし、湯気立つ朝餉《あさげ》を揃《そろ》えてくれた。

膳《ぜん》には平時《へいじ》の如《ごと》く、白米《はくまい》と味噌汁《みそしる》に三菜《さんさい》の漬《つ》け物《もの》が調度《ちょうど》されてあった。与太は、木匙《きさじ》に小盛《こも》りと粥《かゆ》を掬《すく》って、さやの口元に押し付ける。粥温《かゆおん》は丁度《ちょうど》の塩梅《あんばい》で調《ととの》えられている事は、湯気の少なさから簡明《かんめい》に窺《うかが》えた。さやは、僅《わず》かの吸気力《きゅうきりき》を込め、白粥《しろがゆ》をそのか細《ぼそ》い体軀内《たいくない》へと摂《と》り込む。二年前より骨格が伸びた分、相変わらずの肉は削《そ》がれ、成長するに連れさやは、立派《りっぱ》な華奢綿棒《きゃしゃめんぼう》となってあった。

「食《く》うんは達者《たっしゃ》じゃの、偉《えれ》えぞ。」

垂《た》れ零《こぼ》すこと無く、お行儀《ぎょうぎ》良く粥《かゆ》を吸い食《は》むさやに与太は、朝露《あさつゆ》も干涸《ひから》ぶかの声《こえ》調で、優しく云う。昴《こう》と代わって七度《ななど》の酌《しゃく》で、黒漆《くろうるし》の茶碗に白《しろ》は、底溜まりの液《えき》だけになった。

さやの食事の片付いた与太は、さやと平行に姿勢を並べ、未《いま》だ湯気立つ膳《ぜん》を間近《まぢか》に少し曳《ひ》き、一念念《いちねんねん》じ汁《しる》を啜《すす》った。汁の具《ぐ》は蜆《しじみ》の殻肉《からにく》と小葱《こねぎ》の微塵《みじん》で、幽《かす》かな貝の旨味《うまみ》と葱《ねぎ》の香味《こうみ》が鼻孔《びこう》に哮《たけ》り、その温熱《おんねつ》は胃臓《いぞう》を中継《ちゅうけい》し、だんだんと身体に巡《めぐ》るのを与太は感じた。次《つ》いで、白菜《はくさい》の浅漬《あさづ》けをしゃりと食《は》みながら、湯気立つ白米を一息放《ほう》るように口中《くちなか》に押し込むと、醤《しょう》で調味《ちょうみ》された白菜の塩気《しおけ》と、古米《こまい》であろうにほんのりとした白米の甘味《あまみ》の程《ほど》よく和合《わごう》した栄養が口中に拡がり、素朴《そぼく》だが素直な有難《ありがた》みに、与太は丁寧に感謝して、やや無作法《ぶさほう》に食事を続けた。一時《ひととき》は、ずずっと汁を啜《すす》る音と、ぼりぼりしゃりと沢庵《たくあん》白菜青菜《あおな》で揃った三菜《さんさい》の砕《くだ》ける愉快な音が、静寂《せいじゃく》の室内に響くばかりの、少し遅い朝であった。

丁寧に一汁三菜《いちじゅうさんさい》と一つ茶碗の白米を頰張《ほおば》り了《お》えた与太は、吉野檜《よしのひのき》の膳《ぜん》を坪庭臨《のぞ》む閾《しきい》の端《はし》へと滑《すべ》り移し、一息《ひといき》大きく両腕を重ね上げ、その場で一つ伸びをした。坪庭越えて届く朝光《あさひ》に照らされたその伸びた体軀《からだ》は、肥大《ひだい》を絞《しぼ》ると云うよりは、修練《しゅうれん》の積み重ねで筋《きん》が肥大したと云った言例《げんれい》が適切に念《おも》うほど、一見遠目《いっけんとおめ》に見遣《みや》ると、さやとほどほど変わらず念《おも》えた。

開け放《はな》たれた襖戸《ふすまど》からは、坪庭の小区画《しょうくかく》に小隊《しょうたい》の如《ごと》く濛々《もうもう》とした鬼羊歯《おにしだ》の青草味《あおくさみ》が朝戸風《あさとかぜ》に曳《ひ》かれて、清廉《せいれん》な健勝《けんしょう》香りを打ち流し、満腹《まんぷく》した胃臓《いぞう》や腸臓《ちょうぞう》もそれに喜ぶか、与太の腹《はら》の内《うち》からきゅうるりと空気圧縮《くうきあっしゅく》の音が立った。

「おほ、腹《はら》も喜《よろこ》んじょるわ。」

独《ひと》り吐《は》きで与太が云うや否《いな》、背方《せほう》の掛けの布団の内《うち》からも、きゅうるりと立つ空気圧縮の音が聞こえ、与太はその音を聞き初《そ》めるや、伸びた姿勢の侭《まま》さやの方《ほう》へと振り返った。

「はは。さや、吾《わ》れのもか。」

腹鳴《ふくめい》の気恥ずかしさなぞ微塵《みじん》も覚えない与太であったが、仄《ほん》のり幽《かす》かに赤《せき》ばむさやの白頰《しらほほ》に、内《うち》なる彼女はやれ気恥ずかしさなぞ感じておるんかと、黙《だま》り人形《にんぎょう》の如《ごと》き彼女に合図無く不意《ふい》と起こった変容《へんよう》に、与太は微《かす》かではあるがしかし慥《たし》かな心の回復《ふく》を得心《とくしん》した。目留《めと》めた回復《ふく》に、やにわに嬉《き》色《しょく》が込み上げて、表白《ひょうはく》しきれぬ想いが与太の口から滑《すべ》り出た。

「良《よ》かったのう、さや。」

素頓狂《すっとんきょう》は果《は》てしなく、当てずっぽうは打ち壁《かべ》わからぬ言《げん》ではあるが、放《はな》つ与太の表貌《ひょうぼう》は、それはそれは静謐《せいひつ》で、全《まった》くを包《つつ》む月桂《げっけい》の樹木《じゅもく》のそれを想わせた。

「生《い》きちょる証左《しょうさ》じゃき。恥《は》ずかしがらんでいいちゃ。」

言《げん》を重ねられれば重ねらる程《ほど》、気恥ずかしは増すものよとの、与太には気配《けはい》能《あた》わぬ乙女心《おとめごころ》の妙《みょう》なにか、さやは増々白頬を桃《もも》に変調《へんちょう》させて往《ゆ》くが、見咎《みとが》めるものも、見盗《みぬす》むものも無い、水松《いちい》も涼しい、六月の朝であった。

七　天文学者《てんもんがくしゃ》

渋川春海《しぶかわはるみ》の流脈《りゅうみゃく》の途《みち》に、猪飼《いかい》と云う一代限りの天文方《てんもんがた》を輩《はい》した家格《かかく》が在った。寛保《かんぽ》の年に初代の逝去《せいきょ》してすぐに、公式の記録からはその名姿《なすがた》を消してはいたが、その命脈《めいみゃく》はお江戸《えど》に遠く、此処《ここ》与太の所《しょ》する藩内で、密密《みつみつ》と息吹《いきぶ》いていた。表方《おもてがた》の役目は、奉行所白洲《ぶぎょうしょしらす》の保全《ほぜん》の役《やく》を負うており、専《もっぱ》ら踏み荒らされた、鮮血《せんけつ》の蔓延《はびこ》る白洲砂利《しらすじゃり》を、何事も無かったかに、こごしい均衡平《きんこうへい》へと全《まっと》う復元するを役目とする、八方《はっぽう》見ずとも、閑暇《かんか》な事この上無きの役目であった。無論《むろん》本来の役目は外《ほか》に有り、猪飼家《いかいけ》は、天空《てんくう》の動脈《どうみゃく》を読み解き明かし、日食《にっしょく》や月食《げっしょく》と云《い》った、云うなれば至極明快《しごくめいかい》な神聖《しんせい》発現《はつげん》を、恰《あたか》もお上《かみ》への神託侍《しんたくはべ》りかの風合《ふうあ》いで市井《しせい》民々に先触《さきぶ》れし、藩の威厳《いげん》や正当《せいとう》を全《まっと》うに保つを主目的に設置された天文方《てんもんがた》の家格であった。白洲《しらす》も藩も、全《まった》くを保つとは同意であるらしい。

その猪飼《いかい》の家に、寿介《じゅすけ》と申す、年の端《は》は権兵《ごんへい》よりも四《よっ》つか五《いつ》つか若年《じゃくねん》程で、与太《よた》よりも十七か十八か壮年《そうねん》程の、散切《ざんぎ》り頭《あたま》の涼しい、文官《ぶんかん》には似合わしくない大柄《おおがら》な当主があった。

寿介《じゅすけ》は、初めての与太の土壇場《どたんば》登上に居合せて以来、その所作振舞《しょさふるまい》と、仕舞具合《しまいぐあい》の美しさに、見事虜《とりこ》となった内の一人であった。与太も与太で、寿介の語る天体論や星の妙逸話《みょういつわ》に面白味を覚えており、渾天儀《こんてんぎ》の座《ざ》す天文台《てんもんだい》へ、暇《ひま》のある夜に尋《たず》ねるは霜月《しもつき》入ったばかりの今夜にも、稀《まれ》という訳では無かった。

「寿介《じゅすけ》さん、いいかや？」

与太は、天文台へと通じる階段口から顔を出し、天文台の主《あるじ》にそう問い掛けた。いいか、とは邪《じゃ》魔《ま》して良いかと云《い》う意である。

「やあ、与太殿《よたどの》。またお出《で》ましか。」

渾天儀《こんてんぎ》とは、中心に軸据《じくす》えられた真鍮球《しんちゅうだま》をこの大地と見做《みな》し、張《は》り巡《めぐ》らされた八《やっ》つの環《わ》と、今《こ》宵《よい》の星との位置相関《いちそうかん》を計り、天球体観測《てんきゅうたいかんそく》の扶《たす》けとする装置で、与太の時代には、一等《いっとう》複雑なからくりとされ、扱《あつか》える者の数は三千世界《さんぜんせかい》の鴉《からす》よりも少なかった。その中でも、猪飼《いかい》家の扱うそれは、与太の手幅広《てはばひろ》一杯の直径《ちょっけい》を持つ巨大なものであった。

観測用途であるために、渾天儀《こんてんぎ》の設置には、屋外の能《あた》う限り星空《ほしぞら》と近く、周囲ぐるりに遮蔽物《しゃへいぶつ》の無い丘台《きゅうだい》上に置かれる要《よう》があり、猪飼《いかい》の渾天儀《こんてんぎ》は、四十三の石英段《せきえいだん》が嵌《は》められた築山《ちくざん》の頂上に、武《ぶ》家造《けづくり》で誂《あしら》われた二階層仕立ての殿《でん》の、二階中央屋根その四囲《しがこ》いをくり抜いた板間《いたま》の真中《まんなか》に据《す》えられていた。

「ここん来《く》ると、気持ち良《い》いき。」

渾天儀《こんてんぎ》の据わった空中《くうちゅう》やぐらは、この領内では城郭《じょうかく》に次いで二等目に高所《たか》く、遮蔽物《しゃへいぶつ》の無い為《ため》に、風《かぜ》が無遠慮《ぶえんりょ》に吹き通って、板木には雨露《あまつゆ》に腐《くさ》らぬよう、黒漆《くろうるし》が幾層《いくそう》にも塗《ぬ》られてあった。

「はっは。そろそろ寒《さむ》うて敵《かな》わんくなるがの。」

そう云った寿介は、目視管《もくしかん》を覗《のぞ》き込み何やらかを書き留《と》めていた。空中《くうちゅう》やぐらには、床板と同じ木材が塀囲いを成《な》しており、そこには、あけびの蔓《つる》がそこかしこと絡《から》まいてあり、果《か》も畢《おわ》る今の時節には、皺《ひだ》めいた熟香《じゅくこう》がやぐら中《じゅう》を甘く漂《ただよ》っていた。

「寿介《じゅすけ》さん、すこうぴおは出たかの？」

塀囲いから七寸《ななすん》離れた半端《はんぱ》の位置に、花喰鳥《はなくいどり》の袖《そで》に両腕を落としながら与太は尋《たず》ねた。

「応《おう》、あと半刻《はんとき》もしたら上《あ》がってくるやろ。好きやな、与太殿。」

寿介が一廻《ひとまわ》り以上年若《としわか》の与太を敬称《けいしょう》で呼ぶは、初見《しょけん》の一刀《いっとう》が決定づけたもので、敬《うやま》うに年若も年上も無いとは、与太の時代、己《おのれ》に恥ずかしく無い者は皆、心腑《しんぷ》に落とす理《ことわり》であった。

「星《ほし》んなった時ん噺《はなし》が好きなんちゃ。寿介さんの描《か》いちくれた、蟹《かに》みてえな、馬陸《やすで》みてえな姿《すがた》は好かんけどの。」

蠍座《さそりざ》のさそり、すこうぴおは、木菟《みみずく》に追い詰《つ》まれ生き延びようと雷落《らいらく》した蚯蚓《みみず》巣穴の穴蔵《あなぐら》で、僅《わず》かないのちに固執《こしつ》した自らの浅ましきを嘆《なげ》き、蚯蚓《みみず》巣穴の丸《まる》から覗《のぞ》く星々に、浅ましい自分の命をどうか誰かの幸福の為に使役してくれと、籠《こ》めた祈りが星と成《な》り、星体化《せいたいか》した肉体を食《く》った蚯蚓《みみず》が権現白蛇《ごんげんはくじゃ》に成ったとの、其《そ》の白地《あからさま》な創像寓話《そうぞうぐうわ》に、与太は己《おのれ》の剣道《けんどう》に通じる観念《かんねん》の術《じゅつ》を覚え、時節に及んで彼《か》の星を見上げるは、この頃の彼《かれ》の慣習となっていた。なってはいたが、生来、剣振りを一《いち》道《どう》と見据《みす》えてきた無骨者《ぶこつもの》に、絶《た》えず巡《めぐ》り、絶《た》えず変化《へんげ》する星の煌《きら》めきなぞは捕捉能《ほそくあた》わず、与太の天文台に通う由《よし》は、其処《そこ》にも確かに存在していた。

「はっはっ。ああ、茶《ちゃ》あでも淹《い》れようか、与太殿、京《きょう》ん茶葉《ちゃば》をな、殿様《とのさま》に貰《もろ》うたんちゃ。おおい。」

要《い》るとも要らぬともない与太の返応を待たずに、寿介が階下《かいか》に呼び掛けると、姿の見えぬ回廊《かいろう》の端《はし》から、はあい、と少女らしい応答の声が響いた。天文台には、常駐《じょうちゅう》の女中《じょちゅう》が一人在った。

「茶《ちゃ》あ、二《ふた》つ頼むわあ。殿様に貰《もろ》うた奴《やつ》なあ。」

大柄《おおがら》な体軀《たいく》に似合わぬ、少年の如《ごと》き嬌声《きょうせい》で寿介が再度呼び掛けると、また、はあい、とだけ少女らしい声が届いた。

「今度《こんだ》あ、なんちゅって殿様だまくらかしたんかい、寿介さん。」

「だまくらかしたち、人聞《ひとぎ》きん悪《わ》りい。」

そう云って大きく嗤《わら》った寿介の、煙管《きせる》で少し黄ばんだ歯並びに、一段《いちだん》段違いの八重《やえ》の歯が覗《のぞ》き、その八重の歯は、寿介の大きな笑顔に、幼気《いたいけ》な若さを加えていた。

寿介は占星《せんせい》の術《じゅつ》も扱っており、日食月食を見事に云い当てる為《ため》の信用にか、天球運動に有識《ゆうしき》を持たない者は皆、藩主《はんしゅ》ですらも、その占いの狂信《きょうしん》な信奉者《しんぽうしゃ》であった。戦国《せんごく》の世に天文《てんもん》は、蚤《のみ》のほどの慰《なぐさ》みにも化《か》さぬとは猪飼《いかい》家の口伝《くでん》で、平穏足《た》り飽《あ》く者ほど、超常《ちょうじょう》の妙《みょう》を求めるは人の業慾《ごうよく》でしか無いとは寿介の観《かん》である。けれども、寿介が口八丁《くちはっちょう》に占星《せんせい》を用いて欺《あざむ》くは、権力抜群の者ばかりであり、八方塞《はっぽうふさ》がった遁逃者《とんとうしゃ》には、真摯《しんし》に対するを存じておった為《ため》、殿様への無礼《ぶれい》も一種《いっしゅ》、人と云うものへの嗜《たしな》めの理《り》かも知れぬと、京茶《きょうちゃ》を掠《かす》めるなぞと云った、程度が程度であるだけに、与太も寿介のそれを、不忠《ふちゅう》などとは諫《いさ》めなかった。

「与太ちゃん、どうぞ。」

先程に、はあいと応答した女中《じょちゅう》が、冷《ひ》や風《かぜ》涼しい夜分には、丁度《ちょうど》の頃合《ころあ》いに湯気だった茶を、土と竹《たけ》の子《こ》と苔《こけ》の段色調《だんしきちょう》を施《ほどこ》した磁《ゆのみ》に淹《い》れ運んでくれた。はあいと応《おう》じた声は、如何《いか》にも少女を念《おも》わせたのだが、実《じつ》には四十路《よそじ》を幾《いく》つか超えた、珍しい巻き髪の外《ほか》は全《まった》く女中《じょちゅう》らしいという容貌《ようぼう》の、たまきと云う名の中年女の発したものであった。中年齢《ちゅうねんれい》では確かにあったが、たまきは年よりも随分《ずいぶん》若く見えるもので、寿介の少年嬌声《きょうせい》にも鑑《かんが》みるに、声の老けぬは相貌《そうぼう》も若く見せるものだと与太は念《おも》った。偶《まれ》には寿介も、同年齢程かと見紛《みまご》うばかりの屈託《くったく》の無さで笑う。

「やあ、たまきさん。おおきにな。」

差し出した湯立つ磁《ゆのみ》を、与太が手にしたを認めるや、目視管《もくしかん》を覗《のぞ》いたままの主《あるじ》にたまきは、ほれほれと一器《いっき》になった磁《ゆのみ》を載《の》せた盆《ぼん》を突き出した。

「そこ置いちょってや。」

目視管《もくしかん》を覗《のぞ》いたままそう云った寿介の指《さ》し指《ゆび》示した先の、楓材《かえで》で赤《あか》づいた書机《しょづくえ》の上には、何やらふらふらと揺れ動く、振《ふ》り子《こ》のあるのを与太は見留《みと》めた。

「寿介《じゅすけ》さん、こりゃ何《なん》じゃ?」

与太が湯気茶を啜《すす》りながらそう問い掛けると、一旦目視管《いったんもくしかん》から眼を外《はず》した寿介は、与太の指《さ》し指《ゆび》示す先を一瞥《いちべつ》見遣《みや》り、認めるやそのまま目視管《もくしかん》へと眼を再落《さいらく》し、云った。

「あー、そりゃあな、時計《とけい》。」

「時計?　これがか?」

与太の時代にも、一日を半割《はんかつ》し更《さら》にそれを六分割した日時計《ひどけい》は、市井《しせい》にも多分《たぶん》に普及しており、時計からくり自体は珍しくは無かったが、振り子が時計と云うには、与太にも珍しくあった。

「うん。垂揺球儀《すいようきゅうぎ》ち云《い》うての、振《ふ》り子《こ》が付いちょろ？　それん振れた数《かず》で刻《とき》を計《はか》るんよ。」

「精確《せいかく》にか？」

楓材《かえで》の書机《しょづくえ》に近寄り、振り子の振れと水平に視線を重ね屈《くぐ》みながら、与太は尋《たず》ねた。

「正確《せいかく》に云うなら、精確《せいかく》じゃあねえな。」

「どっちじゃ。」

「はっは。錘《おもり》が紐《ひも》で吊《つ》るしてあるじゃろ。どげな紐《ひも》でん、金物《かなもの》でんそうなんやけどの、熱量《ねつりょう》の差《さ》あで伸《の》び縮《ちぢ》みするんちゃ。での、伸びた分《ぶん》、振り子ん振《ふ》れ幅《はば》は長《なが》なるし、縮《ちぢ》めば短《みじ》かなるけんや、そん分《ぶん》ちいとずれるんよ。」

垂揺球儀《すいようきゅうぎ》とは、太陽が南中《なんちゅう》に居る刻《とき》を起点として、其処《そこ》から振り子が幾度《いくど》振れたかで時《とき》を識《し》る、或《ある》いは天球事象《てんきゅうじしょう》を読む道具であった。寿介の云うように、南中から次日《じじつ》の南中間の振り回数は気温差で誤差を生《しょう》じたが、然《しか》し僅《わず》かに三《みっ》つのまばたきにも満たぬ程度の誤差であり、四半刻《しはんこく》より短い刻単位《ときたんい》を持たぬ当時代には確かな精度であった。なぞ云うより外《ほか》に、真《しん》に精確《せいかく》なのは、毎度毎度《まいどまいど》、殆《ほとん》ど同じ振り回数で南中へと戻る、太陽の方《ほう》だと寿介は加えて云った。

「暑《あつ》さ寒《さむ》さで伸びたり縮《ちぢ》こまったりするんかや？」

「一見《いっけん》じゃあわからんよ。砂粒《すなつぶ》より極小《ごくしょう》な度量《どりょう》じゃき。」

白檀《びゃくだん》の器《うつわ》の中で、律《りつ》良く刻《とき》を刻《きざ》む真鍮錘《しんちゅうすい》を目追いながら、与太は重ねて尋ねた。勢い殺されぬままの丘風《きゅうふう》が、直垂《ひたた》れた前髪を与太の右眼に打ち掛ける。

「こん振り子は、なし振れ続くんじゃろ？　風《かぜ》には当《あ》たっちょらんじゃろ？」

白檀《びゃくだん》の壁で三方《さんぼう》を囲われた真鍮錘《しんちゅうすい》は、見た目にも振り幅《はば》を不動《ふどう》に揺れ続いている。

「引力《いんりょく》じゃ、ち謂《い》われちょる。」

目視管《もくしかん》から眼を外《はず》し、袖《そで》に忍ばせた煙管《きせる》の種草《たねぐさ》に、湯気茶に次いでたまきの運んできた炉鉢《ろばち》の火を落とし、一吹き白煙《はくえん》を中空《ちゅうくう》へと撒《ま》き散らしながら寿介は云う。白煙《はくえん》は、静寂《しじま》のみ漂《ただよ》い、即妙《そくみょう》に搦《から》めとられて、丘風《きゅうふう》が連れ去って往《い》った。

「引力《いんりょく》っちゃあ？」

「こん星《ほし》ん、皆《みんな》を引っ張る力《ちから》じゃ、ち謂《い》われちょる。」

はし染《ぞめ》の野草《やそう》が、星明かりにちらりと映《は》える。あれは輪梨草《りんりそう》かと与太は念《おも》う。

「星《ほし》ちどれかや？」

紫黒《しこく》の夜空に、満天《まんてん》と散《ち》らめく星芒群《せいぼうぐん》を仰《あお》ぎ見て、与太は問う。

「それがやあ、どうもこれらしいんやわ、与太殿《よたどの》。」

寿介は、右掌《て》に煙管《きせる》を携《たずさ》えたまま、組んだ左指し指を真下へと向け、懐疑《かいぎ》そうに云った。

「これっち、これか？」

同様の仕草《しぐさ》で、地真下《じました》を右人差指で示しながら与太は更問《さらと》う。

「うん。あんきらきら光《ひか》りよう奴《やつ》らから観《み》たらの、俺《おれ》らんおるとこもあげな風《ふう》に観えるらしいんやわ。」

仰角眼《ぎょうかくめ》で寿介はそう云い、煙管《きせる》の草を炉鉢《ろばち》へと一滴、炉鉢の青磁《せいじ》に煙管《きせる》の真鍮《しんちゅう》が当て鳴るように落とした。青磁《せいじ》の高音と、真鍮《しんちゅう》の低音の和合《わごう》が風に乗り、見渡す尾根《おね》へと走って往《い》った。

「俺《おれ》らん立《た》っちょるこん星はの、皆《みな》を我《われ》がん中心《ちゅうしん》に引き寄《よ》すっ力《ちから》を常《つね》に放《はな》ちよるんやわ。」

「何《なん》の為《ため》かや？」

「そうせんと俺らは皆《みな》、ぷかぷか浮いちまうんと。皆《みな》すがらぷかぷかなっちまっちか、堪《たま》らんじゃろ。振り子ん振れ続くんはそん力《ちから》んせいちゃ。常《つね》がら、引っ張らるっき、振れ続くっちゅう原理《げんり》。」

「摩訶不思議《まかふしぎ》じゃのお。」

豊穣《ほうじょう》に浮かび上昇は、何処《いずく》までにも浮遊《ふゆう》し能《あた》う光《ひかり》虫は、その力《ちから》から解放された為《ため》にかと連想《おも》いつつ、与太は云った。

遮蔽物《しゃへいぶつ》の無きとは記したが、本当にはねむの木が四本、天文台のぐるりを四囲《しがこ》むかに植樹されており、未《いま》だ残ったねむの木の、紅《くれない》拭《ふ》いた睫毛《まつげ》の如《ごと》き華一残滓《はないちざんし》が、深く薄くに風《かぜ》を受ける。

「与太殿、この地《ち》の果《は》てには何《なん》が在《あ》ろうのう？」

屠龍《とりゅう》を知るかに、寿介は八半里先《はちはんりさき》のねむの睫華《まつげ》を見つめ、諦めを蒔《ま》くかにされと云《い》う。八半里先のねむを見つむのも、屠龍《とりゅう》なぞだと既知《きち》の気配《けはい》は、捨てる処《ところ》無く滔々《とうとう》と与太に届いた。

「断崖《だんがい》じゃろ。」

七《なな》つ下《さ》がりの雨に宜《よろ》しく、維然《いぜん》と与太は応《こた》えた。

「はっは。絶壁《ぜっぺき》か？　そっから滝《たき》でん爆《は》ぜるかや。そうの方《ほう》がましかも知れんの。」

屠龍《とりゅう》の技《わざ》を保ちながら、寿介は宛《あ》て無く嗤《わろ》うて、ねむの枝葉《えだは》の戦《そよ》ぐ音が、弓《ゆみ》なりに、空中《くうちゅう》やぐらの奥まで届いた。

「違《ちご》うんか？　俺《おら》あ、例《たと》えばあん地平《ちへい》ん先《さき》なぞ、なんも無《ね》えち思うちょるが。」

地平の先《さき》を指し示さずに、両の腕は花喰鳥《はなくいどり》の落としのままで与太は云う。

「ある種《しゅ》、解《かい》やな。あんな与太殿、こん星もあん夜空ん星も皆《みな》、球《きゅう》なんじゃ。真円《しんえん》とは云《い》わんと思うがの、歪《いびつ》ながらもみいんな球《きゅう》なんじゃち。じゃきの、どっこにも果《は》ても無《ね》けりゃあ先《さき》も無《な》い。」

果て無き先《さき》を語るのに、寿介の眼は屠龍《とりゅう》の燻《くすぶ》りを全《まった》く払い、何処《どこ》かきらと輝いて見えた。

「そうか。摩訶不思議《まかふしぎ》じゃの。」

与太は、ねむを戦《そよ》ぐ風《かぜ》と同容《どうよう》、果て先《さき》なぞをどこ吹く風《かぜ》に、偉然《いぜん》とさて云った。

「ああ、摩訶不思議じゃ。果て先無《さきね》えんに、俺《おれ》らあ何《なん》の為《ため》に在《あ》るんかのう。」

夢中《むちゅう》の佳一と似た事を云うものだと、容貌《ようぼう》も頭脳も似通《じつう》しない二人にも、共通項の在るものよと与太は感じ、少し雪洞《ぼんぼり》の灯明《とうみょう》を想い出した。

「果て先《さき》あると嬉しいかや、寿介《じゅすけ》さん。」

夢中《むちゅう》にも憶《おぼ》えた理《ことわり》を、観照《かんしょう》の間合《まあ》いで与太は云う。

「ああ、欲しいな。俺《おら》あ此処《ここ》が何処《どこ》だかもわかっちょらせんき。」

炉鉢《ろばち》の熾《おき》から新たな火種《ひだね》を掬《すく》い上げ、新たに詰めた種草《たねぐさ》に炎を点《とも》し、寿介は酬《むく》いを受ける羽虻《はねあぶ》の羽搏《はばた》きの様《よう》に、態《わざ》と唇《くちびる》を震わせて、悪態《あくたい》吐《つ》くかにそう云った。真鍮《しんちゅう》に細《さざれ》の龍《りゅう》を彫《ほ》り起こした煙管《きせる》の口径《くち》からは、香器《かき》に立った線香《せんこう》の如《ごと》き白筋《しらすじ》が、細《ほそ》く一本で、星に逆《さか》らっていた。

「俺は無《ね》えほうが嬉しいわ。」

云った途端《とたん》に与太は、闇舞《やみま》う夜空の星明かりの内《うち》に、さやの幻姿《すがた》を浮かばせた。

「なしかえ？」

四囲《しがこ》む柵《さく》に前傾《まえかが》みに体を預け、白煙《はくえん》吹かし寿介は問う。

「果て先《さき》あったらよう、今《いま》に手《て》え抜くじゃろ。俺は今此処《いまここ》を無下《むげ》にしたくねえんちゃ。」

今此処《いまここ》とはさやの事だとは云わずに与太は、己《おのれ》が果て先《さき》望まぬは、唯只《ただただ》さやの辺りを流離《りゅうり》していたいが為《ため》の単なる我侭《わがまま》かと自省《じせい》して、然《さ》れど究竟《くっきょう》にそうと云った。

「摩訶不思議《まかふしぎ》じゃのう、与太殿は。」

「俺《おれ》がか？」

退嬰《たいえい》の嘆息《たんそく》にそう云う寿介に、与太は少し吃驚《びっくり》し返尋《へんじん》した。韓紅《からくれない》のねむの一火華《ひとひばな》が、やや遅い神渡《かみわた》しに吹かれて、星明かりにちらちらと光ってあった。

「うん。初めてあんたん首斬《くびき》り処刑《しょけい》ん観た刻《とき》のお、俺は思い知ったのさ。」

柵《さく》に預けた前傾《まえかが》みのまま、やや反《そ》り返り、青磁《せいじ》の炉鉢《ろばち》に燃焼尽きた草灰《はい》の一塊《ひとかたまり》を払い、頽廃《たいはい》の感《かん》で寿介は云った。

与太は、黙ってねむの一火華《ひとひばな》の燃えるに眼を遣《や》っていた。

「あんたは、宙《ちゅう》を伐《き》る音《おと》ばかり残して首を落としたじゃろ。首骨《くびぼね》ん斬れる音《おと》を鳴らさずによ、そん刻《とき》な、観得《みえ》たんちゃ。あんたは、俺《おれ》らなんぞよりどえれえ高《たか》みにおるもんじゃち。それこそ果《は》て先《さき》さ。俺はあんたが果て先の向こう岸《ぎし》に辿《たど》り着いちょるち思うた。初《はじ》めて観得《みえ》たよ、果て先におる人《にん》間《げん》なんぞ。一瞬《いっしゅん》で憧《あこが》れたわ。あんたは、俺《おれ》ん憧れじゃ。じゃき摩《ま》訶《か》不《ふ》思《し》議《ぎ》なんちゃ。そんあんたが、果て先など無《ね》えが嬉しいとはの。そりゃあんたにゃ不用《ふよう》じゃら。もう果て先におるんじゃからの。はっは。何とも可笑《おか》しいちゃ。果て先に逢着能《ほうちゃくあと》うても、当座《とうざ》の者《もん》にはそれに気付《きづ》かん。はっは。じゃき星《ほし》は球《きゅう》かのう、正《まさ》にこの世は摩訶不思議《まかふしぎ》ちゃのう、与太殿。」

酩酊《めいてい》するかに、白煙《はくえん》一吹きの間《ま》に語った寿介は、腔内《くうない》に線条《せんじょう》でも拵《こさ》えたかに新たに吸入した白煙を小渦状《こうずじょう》に、星に逆らう向きへと吹き散らし、今度は草灰《はい》も火種も青磁《せいじ》の炉鉢《ろばち》に落とした。

青磁か象嵌《ぞうがん》の龍《りゅう》からか、琴魂《ことだま》の如《ご》き高音が、星空夜の闇に靡《なび》いた。

「そげか。」

与太は、花喰鳥《はなくいどり》のおとし掌《て》すら微動《びどう》もさせずに、ねむの一火華《ひとひばな》のちら映《は》えるを見遣《みや》りながら、外《ほか》は散ったのに、一残残る《いちざんのこ》は如何《いかが》な気分かと、旅立つ佳一《かいち》の背姿《せすがた》が、旅共《たびとも》らのそれと紛《まぎ》れて往《ゆ》くのを憶えた。

「あんたん、首斬《くびき》る様《さま》はさあ、美《うつく》しいのう。」

語るとも、問い掛《か》けるとも無しに、嘔吐《へど》を吐《は》くかに寿介は云った。

「首斬りが美しいなんざ、狂《くる》うちょるぞ、寿介さん。」

「いや、美しいもんは美しいさ。飛《と》び星《ぼし》あるじゃろ？　あれも、すうと何処《どこ》まででん流れて自《おの》ずとばらばらになる内《うち》は良《い》いけんが、偶《まれ》に外《ほか》ん星に衝突《しょうとつ》するんよな。衝突すっとな、飛び星はそら滅太《めた》滅太《めた》に破壊《はかい》するんぞ。でんがよう、美しいじゃろ。一緒さ、あんたん首斬りは飛び星の美しさじゃ。」

「破壊ちゃ美しいんかの？」

「滅《ほろ》びの美《び》は確固《かっこ》とあるさ。美《び》の為《ため》なら破壊は是《ぜ》じゃ。俺《おら》あ、こん星が滅太滅太《めためた》になるんが観たいのう。」

「かっか。危《あぶ》ねえ人《ひと》じゃ。」

与太は、本心か冗心《じょうしん》か判別能《あた》わぬ寿介の眼に、やや本心寄り也《なり》の気勢《きせい》を感じて、摩訶不思議《まかふしぎ》は此《こ》の者也《なり》との観相《かんそう》に、少し面白くなった。

「滅太滅太《めためた》にしてくれんか、与太殿。」

「無理《むり》云うない。あんたが悪《わ》りいこつしたら、首なら刎《は》ねちゃるぞ。」

ねむの一火華《ひとひばな》に優しい風《かぜ》が当たり、潜《ひそ》む夜蛾《よが》の燐粉《りんぷん》を散らす。燐粉《りんぷん》は闇に融《と》け、音無《おとな》しく滅《ほろ》んでいった。

「俺が滅太滅太《めためた》になったら、星も滅太滅太《めためた》になるんかのう。」

「そら知らん。」

そうは云いながらも与太は、己《おのれ》が滅《ほろ》びは星とは云わね、世《よ》の滅《ほろ》びとは同意義であるとは、さやを失いかけた身《み》には、素直に染《し》みた。

「でんが、それも良《い》いのう。終《お》わりにゃあ与太殿に首も斬ってもらおうか。」

「悪《わ》りいこつすっきかや、寿介さん。已《や》めちょきや。」

寿介は幽《かす》かに嗄声《しゃがれごえ》で、ぐつぐつと煮え立つ昂進《こうしん》に蓋《ふた》を落とすかにそう云って、与太は反駁《はんばく》せずに、僅《わず》かに嗜《たしな》めた。

「俺《おれ》は、与太殿、毎日毎日星を観よるじゃろ、仕事《しごと》じゃきの、金綺羅金綺羅《きんきらきんきら》、醇乎《じゅんこ》ち輝く星とかずうっと観よるとよ、己《おのれ》ん心《こころ》ん黒沁《くろじ》みも融《と》けて金綺羅《きんきら》してくっ気がするんちゃ。」

ねむの木の遥《はる》か、遠奥《えんおう》に棚引《たなび》く疎林《そりん》が、辞儀《じぎ》でもするかに揃《そろ》えて揺れた。疎林《そりん》を通過した夜風は、空中《くうちゅう》やぐらに直《ただ》ちに届き、垂揺球儀《すいようきゅうぎ》の脇《わき》に置かれた書物《しょもつ》を捲《まく》った。開いた頁に疎《まば》らに空《あ》いた、紙《し》魚《み》の嚙痕《かみあと》が与太には水玉《みずたま》に見え、書《しょ》を喰《く》う生命《いのち》も在る世界の不思議を念《おも》った。

「星どま物《もの》云わん。渾天儀《こんてんぎ》も物《もの》云わん。でんが黙示《もくし》で教えてくるんのよ。こん世《よ》は美しいちな。そげな丁稚《でっち》に悪《わる》さはできんよ。俺《おれ》はな、もっともっと美しいもんが観たい、知りてえ、こん昂進《こうしん》はどげしようも抑《おさ》えられんちゃ。やきのう、与太殿、終《しま》いには首斬ってくれんかや。」

帰り忘れた牛蛙《うしがえる》の鳴き声が殷殷《いんいん》と届き、与太は少し季節を忘れた。

「嫌《いや》じゃよ。俺《おら》あ、罪人《ざいにん》しか斬らん。」

「闊達《かったつ》無いのう。」

与太は話題を転《てん》じようと渾天儀《こんてんぎ》に眼を遣《や》り、一際《ひときわ》大きな二《ふた》つの環《わ》を見留め、問うた。

「寿介さん、こん二環《ふたわ》はどういうお役目かや？」

「ああ、黄道《こうどう》と赤道《せきどう》を現《あらわ》しちょる。」

「こうどう？」

不可解《ふかかい》な言語に、尻遅《しりおく》れなく与太は尋《たず》ねる。無知《むち》の遅れより、新規の好奇《こうき》がやや勝るのは、年の頃と云うよりは、先天《せんてん》の性分《しょうぶん》であろう。寿介は、環《わ》にやっと一分《いちぶ》の隙《すき》で触《ふ》れぬ手かざしを篝《かか》げた。

「どっちもお陽《ひ》さんの通《とお》る道《みち》んこつ、ち謂《い》われちょる。俺《おれ》も空《そら》に描《えが》くよりわからんけんがの。」

袖《そで》の落としの内《うち》に夜風に熱冷《ねつひ》えた煙管《きせる》を忍ばせ、学者らしからぬ諦観面《ていかんづら》で寿介は答える。

「真《ま》っすぐか？」

簡素《かんそ》であるが、直芯《ちょくしん》を貫《つらぬ》く与太の純《じゅん》な驚き調子《ちょうし》の問いに、寿介は笑み面《づら》で答えた。

「恐《おそ》ろしいほずにの。恐ろしいほどこん二環《ふたわ》とお陽《ひ》さんの実運動《じつうんどう》は真《ま》っすぐ符号《ふごう》するよ。なあ与太殿、あたかも描《か》いたごたろ。なんかの、やあ、誰《だ》れかん意思《いし》を感じんかや。」

先程《さきほど》の首斬り云々《うんぬん》を忘失《ぼうしつ》したかに、天文学者は僅《わず》かに鼻息荒れ立ち、超常物《ちょうじょうぶつ》の息吹《いぶき》を嘯《うそぶ》いた。

「そうじゃのお。」

ねむの一火《ひとひ》を見つめた与太は、興《きょう》を殺《そ》いだ交喙《いすか》の如《ごと》き調子で応《こた》える。

「興味無《きょうみな》いかの。」

「いやあ、在《あ》りゃあそら面白《おもしれ》えけんがの、でんが在ってんが別に俺《おれ》はどげでんいいよ。やあ、寿介さん。赤星《あかぼし》が昇ったぞ。すこうぴおかの？」

「ああ、すこうぴおじゃ。」

本当には夏を代《だい》する赤星《あかぼし》に、眼を輝かせる首斬《くびき》り人《びと》を横見ながら、空《そら》や星《ほし》と同じに届かぬものへの憧憬渦《どうけいうず》に、溺《おぼ》れ浸《ひた》る寿介の見つめた先《さき》のねむは、終《つい》に終《しま》いの一火華《ひとひばな》を、ぼとりと闇に落っことした。其《そ》れ其処《そこ》の、底《そこ》にも音《おと》は、なんにも無かった。

寿介《じゅすけ》の死したは、其処《そこ》から三月半《みつきはん》後の初午《はつうま》辺りの朝であった。自死《じし》であるとは、遺体検分《いたいけんぶん》の助請《じょせい》を受けた与太にも判然《はんぜん》と識《し》れた。

死因となった首頸動《くびけいどう》の斬裂傷《ざんれっしょう》が外《そと》から内に向けて捨てられていたのである。斬首刑では無く他人の首を斬ろうとするなら、内から外が遥《はる》かにやり易《やす》い。

遺体検分《いたいけんぶん》を終えた与太は、その足で天文台《てんもんだい》へと赴《おもむ》いた。四十三の石英段《せきえいだん》の右脇には、早《は》ように寒《かん》の梅《うめ》が紅《あか》を拡げていた。

天文台には、たまきが独《ひと》り、存続在るとも知れぬ邸《やしき》を、不乱《ふらん》の相貌《そうぼう》で磨《みが》いていた。寿介の死体を第一に発見したのも、たまきであった。

「やあ、たまきさん。」

掃除《そうじ》に没頭《ぼっとう》か、或《ある》いは不意《ふい》の忌《い》み事《ごと》に忘念《ぼうねん》しているかその相貌《そうぼう》からは窺《うかが》えぬたまきは、しかし与太の呼び掛け声に、刹那《せつな》の電感痙攣《でんかんけいれん》は見せたが、健《すこ》やかな人《ひと》のそれと同地《どうち》の、すっきりとした少女の声で応《こた》えた。

「あら、与太ちゃん、どうしたの？」

「寿介さん、何故《なん》でかの。」

与太は、知り得たい事柄《ことがら》を故意から簡潔に尋ねる癖《くせ》を持っていた。間投《かんとう》や間合《まあ》いは微塵《みじん》も付加《ふか》しない。そのほうが、答える者は正直にあってくれるとの自考《じこう》を経験則《けいけんそく》で会得《えとく》していた。それは与太の誠実さに共鳴《きょうめい》するもので、寿介とはすこうぴおの昇って以来、会ってはいなかった。

「わかんないわあ。元《もと》から変人《へんじん》だったでしょ、あの人《ひと》。」

たまきは元来《がんらい》、江戸《えど》の揚屋《あげや》の花売《はなう》りで、寿介が江戸に天文学《てんもんがく》を学びに留学していた折《おり》に知り合い、そのままこの藩《はん》へと身請《みう》けしてきた女で、身分生まれの差異からか、二人は縁結《えんむす》ぶ事は無いままに、女中《じょちゅう》と主人《しゅじん》の間柄《あいだがら》で過ごしてきた。身請《みう》けの際の支度金《したくきん》は、嗤《わら》う程《ほど》に安かったとは、軽口《かるくち》の中、寿介が語っていた。しかし二人は、互《たが》いにつっけんどんながらも、互いに番《つが》いとして惹《ひ》かれ合っていた事は、男女に疎《うと》い首斬り役人にも判然と識《し》れていた。二人の仲を観ていると、形而下《けいじか》の関係性なぞ、雲母《うんも》にも満たぬ矮小粒《わいしょうつぶ》であると念《おも》っていたと一緒に、形而下《けいじか》の関係の無い為《ため》に、何も残らぬ侭《まま》、独《ひと》り残されたたまきに、社会契約《しゃかいけいやく》の絶妙《ぜつみょう》を識《し》り、与太は幾《いく》らか空《むな》しさを覚えた。

揚屋《あげや》の花売りは、夜鷹《よたか》のその日暮らしがほぼほぼで、天文学を扱《あつか》う家は、日《ひ》の本《もと》にも片手指で数え能《あた》う程しか無い名家《めいか》であって、与太の藩にも、公《おおやけ》には認められてはいないが、猪飼《いかい》家はやはり、花売りが嫁《とつ》いで可《か》なる家では無かったのであった。

それでも二人は憐愍《れんびん》を粧《よそお》うことも無く、或《ある》いは翻《ひるがえ》って過度《かど》の愛合《あいごう》を顕曝《けんばく》するも無く、星を眺め、茶を淹《い》れて、音無《おとな》しく、しかし番《つが》いで生活を続けたのであった。愛合《あいごう》の顕曝《けんばく》無き故《ゆえ》に、与太にも二人は単なる色恋《いろこい》の間柄であるのみだろうかと念《おも》う節《ふし》のほうがやや強かったが、凋残《ちょうざん》とした容子《ようす》で独《ひと》り、無用《むよう》となるであろう邸《やしき》のあちらこちらを磨く虚無為《こむい》に興《きょう》じるたまきの姿を観るに、やはり寿介とたまきとは奥縁深い番《つが》いであったのだと想うと、与太は目頭《めがしら》に幽《かす》かな熱《ねつ》を覚えた。

「与太ちゃん、わたしはねえ、ほんとうには見《み》たのよ。」

天体軌道《てんたいきどう》の覚書《おぼえが》き書類の詰《つ》まった、欅材《けやきざい》に欅花《けやきばな》の彫《ほ》られた化粧簞笥《けしょうだんす》を、黒ずんだ白布《はくふ》でこしこしと磨きながらたまきが云った。彼女は己《おのれ》を呼称《こしょう》する際、わたしのわをはっきりと発音する。その事は、下賤《げせん》なはずの花売りに不思議な上品《じょうひん》を与えていた。

「見たっち何《なに》をかや？」

目的詞《もくてきし》を推量能《すいりょうあた》わなかった与太は、率直《そっちょく》に尋ねた。たまきの磨く化粧簞笥《けしょうだんす》の欅《けやき》は、磨かれても磨かれても鈍《にび》しく見えた。

「あの人《ひと》の死《し》に様《ざま》。」

「ああ、たまきさんが見つけたんじゃろ。」

「違《ちが》うの、与太ちゃん。死《し》んだ様《さま》じゃなくてね、死《し》に様《ざま》。違いわかる？」

たまきは、常《つね》とは異《こと》なり白無垢《しろむく》を着用しており、その衣《ころも》の裾《すそ》には腰《こし》までに架《か》けて蔓《つる》か龍《りゅう》か或《あ》いは蛇《へび》かに観える細長《ほそなが》の刺繡《ししゅう》が金糸《きんし》で仕立《した》てられていた。たまきの常《つね》の普段着は、簡素な薄赤茶《うすあかちゃ》の単衣《ひとえ》であった。

「死ぬ瞬間《しゅんかん》を見たんか？　たまきさん、寿介さんの。」

「そう。ちょっと遠《と》おくからだったけど。」

欅《けやき》の化粧簞笥《けしょうだんす》の上蓋《じょうがい》には、錫《すず》で拵《こしら》えられた水盤《すいばん》が据《す》えられ、石英段々《せきえいだんだん》の脇《わき》から摘《つ》んだであろう白梅《はくばい》の花肉弁《かにくべん》が、たまきの起こす震動で狂狂《くるくる》と水上《すいじょう》を廻《まわ》っていた。

「どげな風《ふう》じゃったんかや？」

不図《ふと》した告白《こくはく》に、しかし与太は仔細《しさい》も動じず、簡素な問いを金糸《きんし》の白無垢《しろむく》に投げ掛《か》けた。自死《じし》を留《とど》め能《あた》う術《すべ》のない程、逢刻《あこく》での二人の距離は遠かったのであった事は容易《たやす》く識《し》れる。

「あのねえ、奇麗《きれい》だったのよ。可笑《おか》しいけど。可《お》っ笑《か》しいでしょ？」

たまきは磨く作動《さどう》を已《や》め、膝《ひざ》突き姿のまま腿《もも》に両の掌《て》をきちんと揃《そろ》え、微笑《ほほえ》みながら続けた。

「あの人《ひと》がね、珍しく早起きしてね、ふらーっと出て行ったの、ほら、あの人《ひと》夜遅い時分《じぶん》まで星なんか観てるからいつもお寝坊《ねぼう》じゃない。わたしね、朝早い頃なら寄り添って歩いても誰にも見られないかもって思ってね、でも朝餉《あさげ》の仕度《したく》はしなくちゃって、朝餉《あさげ》の仕度《したく》は四半刻《しはんとき》ぐらい掛《か》かったかしら、仕度をしてから追いかけたの、ほら、この辺《へん》って一本道しかないでしょ？　追いかけたら見つけられるって思ったの。」

「まあ、是《ぜ》じゃの。」

「そうでしょ？　でね、一本道の片脇《かたわき》は森繁《もりしげ》の川で、あそこ蛍《ほたる》が綺麗《きれい》なのよねえ知ってる？　もう片脇は田んぼの地平《ちへい》でしょ？　見晴《みは》らしもいいし。わたしも中々《なかなか》やるものよね、ちゃんと見つけたのよ。一町《いっちょう》くらい先《さき》の田んぼの中《なか》でね、なにか突《つ》っ立《た》ってるの、あの人《ひと》。丁度《ちょうど》地平線《ちへいせん》と重《かさ》なってぃてね、わたしね、見つけることができて嬉《うれ》しくてね、嬉しくなって駆足《かけあし》したわ。だーれもいなかったし、お外《そと》で寄り添えるなんて滅多《めった》に無いもの。早く触《ふ》れたくてね、あの人の立ち姿ばかりを見据《みす》

郵 便 は が き

料金受取人払郵便

新宿局承認

6418

差出有効期間
2020・2・28
まで

（切手不要）

1 6 0 - 8 7 9 1

141

東京都新宿区新宿1－10－1

(株)文芸社

愛読者カード係 行

お名前《ふりがな》			明治 大正 昭和 平成 年生 歳	
ご住所《ふりがな》	□□□-□□□□		性別 男・女	
お電話番号	（書籍ご注文の際に必要です）	ご職業		
E-mail				
ご購読雑誌（複数可）		ご購読新聞 新聞		

最近読んでおもしろかった本や今後、とりあげてほしいテーマをお教えください。

ご自分の研究成果や経験、お考え等を出版してみたいというお気持ちはありますか。

ある　　ない　　内容・テーマ（　　　　　　　　　　　　）

現在完成した作品をお持ちですか。

ある　　ない　　ジャンル・原稿量（　　　　　　　　　　　　）

書　名			
お買上 書　店	都道 府県　　　　市区 郡	書店名	書店
		ご購入日	年　月　日

本書をどこでお知りになりましたか?

1.書店店頭　2.知人にすすめられて　3.インターネット(サイト名　　　　)

4.DMハガキ　5.広告、記事を見て(新聞、雑誌名　　　　)

上の質問に関連して、ご購入の決め手となったのは?

1.タイトル　2.著者　3.内容　4.カバーデザイン　5.帯

その他ご自由にお書きください。

(　　　　)

本書についてのご意見、ご感想をお聞かせください。

①内容について

②カバー、タイトル、帯について

弊社Webサイトからもご意見、ご感想をお寄せいただけます。

ご協力ありがとうございました。

※お寄せいただいたご意見、ご感想は新聞広告等で匿名にて使わせていただくことがあります。

※お客様の個人情報は、小社からの連絡のみに使用します。社外に提供することは一切ありません。

■書籍のご注文は、お近くの書店または、ブックサービス(📞0120-29-9625)、セブンネットショッピング(http://7net.omni7.jp/)にお申し込み下さい。

えて駆足《かけあし》したのよ。そうしたらね、不図《ふと》あの人が首元《くびもと》に手を翳《かざ》したわって思ったらね、その刻《とき》わたしはもう、半町《はんちょう》ぐらいで逢着《ほうちゃく》できるくらいまでいたんだけど、不図《ふと》ね、あの人の首から真《ま》っ赤《か》な飛沫《しぶき》が噴《ふ》き出《だ》したの。血潮《ちしお》だってすぐにわかったわ、わたし。だって真《ま》っ赤《か》だったんですもん。曙《あけぼの》の朝陽《あさひ》の光《ひかり》があの人に唯一《ゆいいつ》で降《ふ》り注《そそ》いでいたわ。刈《か》り取られた稲の残滓《ざんし》束《たば》に落ちた霜《しも》が光《ひかり》に金剛《こんごう》の模《も》様《よう》で反光《はんこう》しててね、少《すこ》うし寒かったけど、寒さが空中《くうちゅう》一切《いっさい》の灰燼《かいじん》穢《けが》れを凍《こお》らせたみたいに非道《ひど》く透明《とうめい》に見えてね、冷《ひ》えた光芒《こうぼう》の中《なか》であの人の血潮《ちしお》の真《ま》っ赤《か》が弾《はじ》け飛んだの。その刻《とき》ね、わたしね、嗚呼《ああ》、なんて奇麗《きれい》な赤《あか》ってそれを思ったの。あの人が死んでしまうとか微塵《みじん》も巡《めぐ》らなかったわ。なんて奇麗《きれい》な真《ま》っ赤《か》、なんて奇麗《きれい》な真《ま》っ赤《か》ってそれだけ思ったの。莫迦《ばか》よね、わたし。」

卑下《ひげ》しながらも、微笑《ほほえ》み顔は崩《くず》さずに、たまきは両の掌《て》をきちんとしたままそう語った。当座《とうざ》に及《およ》んでは、理路《りろ》よりもまず体感覚《たいかんかく》が先《さき》んじるのだという理《ことわり》は、さやの件《けん》で身を以《もっ》ていた与太は、脳《のう》髄《ずい》と比肩《ひけん》して余《あま》りに理解の鈍《にぶ》いあの体感覚《たいかんかく》を覚え起こし、滅美《ほろび》を語るたまきは、ちっとも莫迦《ばか》らしくなぞは無いと念《おも》った。揃《そろ》えられた左掌《て》の袖《そで》に、隠《かく》れ出《い》でた金糸《きんし》の紋様《もんよう》の先端が覗《のぞ》き、眼を有《ゆう》したその造形《ぞうけい》は、蛇《へび》であるかと与太には見えた。

「美《うつく》しいもん好きじゃったもんな。」

否定《ひてい》するとも肯定《こうてい》するとも無く、与太は空《から》けてそう云った。妙《みょう》の絶《た》えたお味方《みかた》の言質《げんち》に、たまきは施《ほどこ》された金蛇《きんじゃ》の如《ごと》き笑《え》みを静寂《しじま》、閃《ひらめ》かした。

そうと云えば、来《き》さきに見た石英段々《せきえいだんだん》の脇《わき》の梅枝《うめえだ》には、赤朱《あかしゅ》の観世縒《かんぜよ》りが散《ち》ら穂《ほ》ときびられていたが、それらはたまきがきびったものであろうと与太は想った。きびられた観世縒《かんぜよ》りらは、早梅《はやうめ》が、血潮《ちしお》を垂《た》れているかに見えぬともない。

「そうなのよお、でも幾《いく》ら好きだからって自分の血で体現《たいげん》しなくてもいいと思わない？　美しくても死んじゃったら意味ないじゃない。莫迦《ばか》らしいわ。わたし、わかったわ、与太ちゃん。あの人も莫迦《ばか》よね。莫迦《ばか》の番《つが》いだわ、わたしたち。それも念《おも》い断《き》りのよ。」

「でん、美《うつく》しかったんじゃろ？」

「うん。美しかったわ。美しかったあ。」

莫迦莫迦《ばかばか》と云いながらも、しかし笑顔皺《しわ》の寄ったたまきの頬《ほほ》には、引《ひ》っ切《き》り無しに涙が流れていて、堰伏《せきき》ってそれを催《もよお》したものは、魂《たましい》に籠《こも》った思いを言語に変えて吐露《とろ》した故《ゆえ》かと与太には念《おも》えた。涙はそのまま白無垢《しろむく》を濡らし、白の喪服《もふく》を着用するは、亡《な》くした想い人への一途《いちず》を誓う証左《しょうさ》であるとは、非道《ひど》く美しい風習《ふうしゅう》であると与太は念《おも》った。たまきは、瀬踏《せぶみ》無く、躊躇《ためら》いも無くて、我等《われら》は番《つが》いであると銘刻《めいこく》に云った。

「お空《そら》はきれいじゃったか？　たまきさん。」

与太に寿介の遺体検分《いたいけんぶん》の請《こ》い使いが届いたのは、その日の朝八《あさや》ツ半《はん》を過ぎた頃であったが、その日の空《そら》は、既《すで》に冬だのに蒼穹《そうきゅう》の拡がりを見せていた。寿介の死した六《む》ツ前《まえ》にも、恐《おそ》らく空《そら》は明《あ》けを始めていたはずを想い、水色《みずいろ》の空《そら》の下《した》で血塗《ちまみ》れた寿介を抱《だ》くたまきの姿を眼の裏に念《おも》い起こし、与太は尋《たず》ねた。

「お空《そら》？　どうだったかしら。なんだか辺《あた》りは全《まった》く真《ま》っ青《さお》だった気がするわ。冬の朝っぽくはなかったわねえ。」

幽《かす》かに涙の滝流《たきなが》れを抑勢《よくせい》し、彼《か》の日の空間模様《くうかんもよう》を覚え起こすかに、凝《じ》っと虚空《こくう》を見つめたままのたまきの、無垢《むく》にも劣《おと》らぬ白項《しろうなじ》が、抜《ぬ》き衣紋《えもん》に着付けられた白無垢《しろむく》から衣通《そとお》り覗《のぞ》いてあった。

「真青《まさお》に赤《あか》か。美しい番《つが》いじゃ。」

与太がそう発《はっ》すると、たまきの涙流れがまた勢いを増した。それを見遣《みや》らずに、与太はすこうぴおの昇った後、寿介の語った言葉を念《おも》い起こした。

「なあ、与太殿、星《ほし》っちゃそれ自体《じたい》、意志《いし》なぞ無《ね》えっち思うんよ。意志があんのは俺《おれ》らあ人間《にんげん》だけじゃ。俺《おれ》らあ人間は抗《あらが》う。皆須《みなすべから》く出来《しゅったい》しては消滅《しょうめつ》しての繰り返しじゃ。人間以外は、虫《むし》も花《はな》も獣《けもの》も木《き》も、月《つき》や星《ほし》じゃってそうじゃ。彼等《かれら》は皆《みな》、最初《はな》から諦《あきら》めちょる。受容《じゅよう》しちょるとも云《い》えるがの。星は、俺《おれ》らん頭《あたま》ん天辺《てっぺん》より遥《はる》か遠大《えんだい》な処《ところ》であげも美事《みごと》に輝《かがや》いちょる。花は俺《おれ》らん知らんとこで巨大《おおき》い風《かぜ》を受けち優美《ゆうび》に翻《ひるがえ》っちょる。でんが奴《やっ》らに意志は無《な》い。あんたん好きなあん、すこうぴおにもな。俺《おれ》らあ諦《あきら》めん。是非《ぜひ》とも、滅《めっ》するんを待つばかりじゃ収《おさ》まりつかん。人間は諦めを知らん。そりゃ本能《ほんのう》じゃ。盲目《もうもく》じゃが確《たし》かな意志じゃ。じゃけん、与太殿、あらん限《かぎ》り欲《ほっ》しようぞ。欲《よく》じゃなくての、それは意志じゃ。そりゃあそん内《うち》、星をも救《すく》うぞ。」

肉体の消滅は、意志の消滅では無い。白無垢《しろむく》で涙を流し、彼《か》の人の美事《みごと》を語るたまきの姿に、我《われ》を忘れてしまわぬ、我《われ》の意志を語り継《つ》ぐ番《つが》いの存在に全《まった》く安心して、寿介は自《みずか》ら首を斬ったのかと与太は想った。きっと、たまきの姿を認めて、それを合図に寿介は首を斬ったのであろう。頃合《ころあ》いに、非道《ひど》く我《わが》侭な意志があるものよとも与太は念《おも》った。

「じゃき与太殿、首斬《くびき》ってくれんかの。」

しちくじくそう云っていた寿介の頼み言《ごと》に、幾許《いくばく》かの悔恨《かいこん》を覚え、微笑《ほほえ》みながら涙を流すたまきに、花喰鳥《はなくいどり》の両《りょう》の落《お》とし掌《て》のままで、顰《ひそ》め面《つら》に与太は云った。

「白無垢《しろむく》、良《よ》う似合《にお》うちょるなあ、たまきさん。」

「ふふ。ありがとう、与太ちゃん。」

涙の瀑布《ばくふ》に暮《く》れ続く、微笑《ほほえ》み面《づら》でたまきがそう云った。

風《かぜ》が立ち、その全《すべ》てが、石英段々《せきえいだんだん》脇の梅枝《うめえだ》にきびられた赤《あか》の観世縒《かんぜよ》りを猪吼《しこう》の如《ごと》き、天《てん》に向かって大きく斜《なな》めに揺らしていた。

天文台から家へと戻った与太は、そのまま剣振《けんぶ》りの修練《しゅうれん》ばかりを、昼餉《ひるげ》も摂《と》らず不乱《ふらん》に繋《つな》げた。

与太の家には、朝餉《あさげ》以外の食事に回数や時刻の定《さだ》めは無く、朝にその日分を概算《がいさん》で生方《なまかた》の仕込みを済ませ、摂りたい刻《とき》に摂りたい者が女衆《おんなしゅう》に声かけて或《ある》いは自《みずか》ら仕上げて食《く》うのが習《なら》わしであった。余過剰《よかじょう》や不足がありそうな体制に念《おも》われるが、流石《さすが》に家族である、足らずに腹《はら》の虫《むし》を鳴かせる者も、食い過ぎて怠惰《たいだ》に横たわる者も、この家では、特殊な前者《ぜんしゃ》にさやがあるのみであった。この体制は、食《しょく》とは養力《ようりき》であると同時に内腑《ないふ》の消耗老化を促進する諸刃《もろは》でもあるという、人《ひと》の内臓《ないぞう》を商《あきな》いとする家に特有の思想であった。故《ゆえ》に与太は、一般の昼餉《ひるげ》時刻に至《いた》っても、誰にも妨《さまた》げられる事無く剣振《けんふ》りに没頭能《ぼっとうあた》った。

その思想はさやにも当てはまり、基本、さやの腹の虫を合図として、昴《こう》母も祖母も女中《じょちゅう》も、さやに食事を与える。それは、さやを客なぞでは無く、家族として見ている証左《しょうさ》でもあった。為《ため》に、さやの摂取量は極端《きょくたん》に少なく、一日中厠《かわや》に立たない日もあれば、一滴《いってき》の水さえ摂《と》らない日もあった。それがおかげか、栄養《えいよう》が余《あま》す所《ところ》無く身体中《からだじゅう》に巡《めぐ》っているのか、さやの白磁肌《はくじはだ》の白《しろ》めきや栗髪《くりかみ》の艶《つや》めきは、練精製《れんせいせい》されるかに純度《じゅんど》を高めていくように見えた。与太の聞いたさやの腹の虫の音《ね》は、番《ばん》を取る女衆《おんなしゅう》の沢山《たくさん》を鑑《かんが》みるに、少し珍しかったのである。

「さや、入《はい》るぞ。」

冬日《とうじつ》の暮れかけて剣振りを已《や》めた与太は、火照《ほて》った身体を湯で洗い、乾かぬ垂《た》らし髪のまま、さやの室《へや》へと声を掛けた。

応《おう》の感応《かんのう》を得た与太が襖《ふすま》を開けると、青葛《あおかずら》と竜胆《りんどう》を楽想《がくそう》とした、繻子《しゅす》の更紗半纏《さらさはんてん》を羽織《はお》ったさやが、手元を何やらもそもそと動かしていた。与太の家の襖戸《ふすまど》は、その幅巾《はばきん》と敷居《しきい》のそれとが完璧な寸法和合《すんぽうわごう》を成《な》している為《ため》にか、稀《まれ》に、音も無く開閉能《あと》うた。襖《ふすま》の音が無かったせいか、与太が襖戸《ふすまど》を閉めきってもまだ、さやは熱心に手元《てもと》もそもそを繋《つな》げていた。

与太が見遣《みや》るに、さやは、色取取《いろとりどり》の千代紙《ちよがみ》で折《お》り紙《がみ》遊びを興《きょう》じている風《ふう》であり、三羽《さんわ》の折《お》り鶴《づる》が、白面《はくめん》の掛布団の上に、雪田《せつでん》に漂泊《ひょうはく》と立つ生鶴《きづる》の様《よう》には上手《じょうず》に立てぬが、其《そ》の風流美《ふうりゅうび》で転転《ころころ》と転《ころ》がってあるのを与太は見留《みと》めた。与太の体温か、摺《す》り足の立てる音にか反応したさやは、一寸《いっすん》顔を与太に向け、また手元に落とし、折り紙遊びを繋《つな》げた。傍目《はため》には常《つね》と変わらぬさやの能面相貌《のうめんがお》が、与太にはどこか楽しげに観えた。

「座《すわ》るぞ。」

坪庭《つぼにわ》側の布団端《ふとんはし》に与太は胡座《あぐら》を立て、落とし肩越しにさやを見遣《みや》って沈黙《ちんもく》した。平常《へいじょう》と趣《おもむき》を異《い》にする与太の所作《しょさ》の微動異《びどうい》に、さやは折り紙遊びを已《や》め、行儀《ぎょうぎ》良く両の掌《て》を、白《はく》面《めん》の布団の上へと揃《そろ》え、与太を待った。

そうしたさやの、お行儀良い振舞《ふるまい》と、転《ころ》げた折《お》り鶴《づる》の不格好《ぶかっこう》との対比《たいひ》に与太は、ただ其処《そこ》に在《あ》るさやの実存在《じつそんざい》それだけに、心からの有難《ありがた》みを覚えた。

「寿介《じゅすけ》さんがな、自死《じし》したわ。」

さやはお行儀を正《ただ》したまま、凝《じ》っと虚空《こくう》では無く、与太の落とし肩を見つめてあった。折り紙遊びもそうではあるが、この頃のさやは、僅《わず》かに恢復《かいふく》の兆候《ちょうこう》を見せ始めていた。寿介の人《ひと》と也《なり》は、与太のさや看当番《みとうばん》の夜に、星観《ほしみ》の話の序《つい》でに、語ってあった。

然《しか》し、自死したと聞いてもさやは一息《ひといき》の吃驚《きっきょう》も放《はな》たず、ただ青葛《あおかずら》の青《あお》と竜胆《りんどう》の深青《ふかしあお》の繻子艶《しゅすつや》が、さやの白磁《はくじ》を滑《なめ》らかにくるんで、燐凜《りんりん》とあった。

「死《し》が、血路《けつろ》じゃったんかの。」

与太はそう吐《は》きながら、自《みずか》らの言《げん》に、心からそれは否《いな》と念《おも》った。寿介の自死には、美《び》への狂信妄《きょうしんもう》者《じゃ》の純粋な憧憬《どうけい》があったのみで、閉塞《へいそく》なぞの矮小《わいしょう》な浮心《うきごころ》は芥子粒《けしつぶ》ほどの微塵《みじん》も無かったはずは、たまきの一姿《ひとすがた》に良く識《し》れた。

風流《ふうりゅう》を好《この》む昴《こう》母の掛けたか、玉虫模様《たまむしもよう》の綾羅紗《あやらしゃ》が、吉祥天《きっしょうてん》に代わって床《とこ》の間《ま》に垂《た》れ掛《か》けられてあった。さやは凝《じ》っとのままである。

「危《あや》うい人《ひと》じゃとは思うちょったが、まさか自死《じし》とは思いもせんかったわ。」

玉虫《たまむし》の綾羅紗《あやらしゃ》が、和紙燈《わしあかり》の揺《ゆ》らめきにその表皮《ひょうひ》を色替《いろか》え、翠《みどり》や橙《だいだい》の内奥《ないおう》に、深く金属《きんぞく》を模《も》す青《あお》が、可視《かし》と不可視《ふかし》の狭間《はざま》の光線《こうせん》で二人を見据《みす》えていた。

「首斬《くびき》っちゃりゃ良《よ》かったかの？」

軽口《かるくち》なにか、寿介の与太に首斬られたがっていた話も、さやに語ってあった与太は、変わらずの落とし肩越しで、応《こた》えの無いのを識《し》りつつもさやに問うた。けれどさやの恢復《かいふく》は、与太の範疇《はんちゅう》を踏《とう》と越え、与太の落とした肩脇下に膨《ふく》らんだ、花喰鳥《はなくいどり》の袋袖《ふくろそで》を、さやはぐいと細掌《ほそて》に曳《ひ》いた。常《つね》の厠《かわや》の合図とは、引力異《いんりょくこと》なる曳《ひ》き代《しろ》に、与太は自心《じしん》の揺《ゆ》らぎも相《あい》まって、少し怪訝《けげん》にさやを眺《なが》むと、さやはふるふると首頭《くび》を横に、三往《みおう》と二復《にふく》弱々《よわよわ》振った。さやの意思ある返応に、与太は韋駄天《いだてん》正面と向き直り、繻子更紗《しゅすさらさ》の細肩《ほそかた》を両の掌《て》で力強《りききょう》に摑《つか》み、一拍《いっぱく》落として重ねて聞いた。

「俺《おれ》が、首斬っちゃりゃ良《よ》かったかの、さや。」

再びふるふると、否《いな》の首頭振《くびふ》りを示したさやであったが、その眼《め》は熱水《ねつみず》に溢《あふ》れ、瞼《まぶた》には幽《かす》かな桃《もも》金《きん》の発熱《はつねつ》を呈《てい》し、その表情に与太は、必死と己《おのれ》を縛《しば》る闇《やみ》に真対峙《またいじ》しようとするさやの勇気《ゆうき》を認め、同時に、おぼこの頃とはうって変わった、耽美《たんび》を発揮《はっき》するさやの女《おんな》に、心臓奥の魂《たましい》を銅鑼《どら》打ちされた。嘗《かつ》てに体感能《あた》わぬ奮《ふる》えを覚えた与太は、其《そ》の俔繻子《しゅす》越しに力強に包《つつ》み込んでしまいたい衝動に搔立《かきた》てられたが、凝《じ》っと辛抱《しんぼう》に与太は堪《こら》え、眼《め》を弓《ゆみ》なりに笑《わろ》うてさやを見据《みす》えた。濡《ぬ》れ垂《た》れ髪《がみ》は幾《いく》分《ぶん》か乾き、籠《こも》った熱が沈丁花《じんちょうげ》を香料に加えたしゃぼんの芳香《ほうこう》を、近界四方《きんかいしほう》に散らした。油椰子《あぶらやし》を原料とするしゃぼんは与太の当時、市井《しせい》には出廻《でまわ》らない高級品であり、専《もっぱ》ら医薬に用いられるものであったが、人斬りを生業《なりわい》とする与太の家には、人脂《じんし》を注《そそ》ぐ有用さに、洗面湯浴みの度《たび》に用いられた。無患子《むくろじ》に椿油《つばきゆ》で香り付けをした洗料《せんりょう》しか知らなかったさやには、しゃぼんの香りは恍惚陶酔《こうこつとうすい》の雰囲気《ふんいき》に包《つつ》まれるかの心地《ここち》であったものだが、今の彼女もそうとは識《し》れない。

「首《くび》、斬っちゃらんで良《よ》かったんかの？」

しゃぼんの香気《こうき》を発散《はっさん》しながら、落とし眼に与太は尋《たず》ねた。

さやは首頭《くび》を横に振らず、然《さ》れど熱水《ねつみず》の流れず溜《た》まった眼だけが、奥の奥の方《ほう》で笑っているように与太には見えた。

「そげか。吾《わ》れにそう云《い》わるっと助《たす》かるわ。」

応《おう》を得た与太は、只《ただ》首振りのみで途轍無《とてつな》く安堵《あんど》した自心《じしん》に少し驚き、一寸《いっすん》笑って坪庭を臨《のぞ》む襖《ふすま》を開いた。こちらの襖戸《ふすまど》は、幽《かす》かに寸法狂《すんぽうくる》いの有るか、或《ある》いは庭好き達の摩滅《まめつ》にか、敷居《しきい》と襖戸《ふすまど》の擦《こす》れる音が、夜冬《よふゆ》の闇深い空《そら》へと響いた。

「さや、星がやたら出《で》とるわ、見《み》い。」

そう云うと与太は、さやの座《ざ》す、白面根城《はくめんねじろ》の敷《しき》の布団端《ふとんはし》を両の掌《て》で水平に摑《つか》み、そのまま滑《すべ》らし勢いで欄間《らんま》下へと、まるでちくとも揺れぬ舟漕《ふねこ》ぎの如《ごと》くさやを移した。夜冬風《よふゆかぜ》がさやの白頰《しろほほ》を撫《な》で、さやに遷《うつ》ったしゃぼんの香りを室内へと連れ去り、中《あ》てられてか、玉虫《たまむし》の綾羅紗《あやらしゃ》が奥青《おくせい》を深めて微《み》塵《じん》と揺《ゆ》れた。

「ほれ、七曜《しちよう》さんも北極《ほっきょく》さんも見事《みごと》に輝いちょるわ。すこうぴおはおらんごたるのう。」

夏星座《なつせいざ》の蠍座《さそりざ》を、寿介と霜月《しもつき》始まる頃に観能《みあた》うたのは、実《じつ》はげに珍しき奇怪《きかい》な現象であって、更《さら》と、そろそろ出るじゃろ、と云い当てた天文学者は、自身に起こる奇怪《きかい》を既《すで》に察知能《さっちあと》うていたのかと、満天《まんてん》輝く星空に与太は念《おも》いを巡《めぐ》らせた。

さやはお行儀を直《なお》し正《ただ》したまま、首頭《くび》を稍《やや》と上げ、同じ満天《まんてん》を二人きりに眺めていた。星空は冷《れい》気《き》に塊《かたま》り凍《い》てついたかに名々無微動明燈《めいめいむびどうめいとう》し、氷漬《こおりづ》けにされた花のように、美しいか悲しいか、わからぬ侭《まま》に輝いてあった。

「さ、そろそろ寝《ね》ようかや。体冷《からだひ》やすとわりいぞ。」

黙祷《もくとう》と、四半刻《しはんとき》ほど二人きりの満天を眺め満足した後、与太はそうと云って、来た途《みち》と同じ舟漕《ふねこ》ぎ具合《ぐあい》でさやを室《へや》の真中へと戻し、膝《ひざ》立ちのまま擦動《さつどう》し、和紙燈《わしあかり》の灯《ひ》を吹き消した。

云われた通りにお行儀良く、もぞもぞと自力《じりき》で白面《はくめん》の掛《かけ》の布団に潜《もぐ》り込み横たわったさやの姿を輪郭《りんかく》で認めた与太は、煤昏《すすくら》い暗闇の中で、わからぬ位《くらい》の表情笑いを一息《ひといき》起こし、音無《おとな》く立ち上がり、坪庭側の襖《ふすま》を開いた。

「ほな、さや、おやすみな。」

坪庭側の外廊《がいろう》も、与太の室《へや》へと続いており、冷え込む夜空気《よるくうき》に幽《かす》かに身を縮ませながら、散々《さんざん》眺めた満天空《まんてんぞら》をもう一度見上げ、与太は室《へや》への杉板廊《すぎいたろう》を摺《す》り足に歩いた。

有耶無耶《うやむや》と拡がる満天の星屑《ほしくず》の中《なか》に、ひそりとほぼほぼ欠けた月が、然《しか》し確《しか》と熱亡《ねつな》く燃え輝いており、その白光《はっこう》の妖《あや》しさは与太に、不意《ふい》とか自然《じねん》とかは知らねども、血塗《ちまみ》れた寿介と彼《かれ》を抱《だ》くたまきの二人姿を、光景美事《こうけいびじ》と連想《おも》わせた。

八　猿轡《さるぐつわ》

寿介《じゅすけ》の死から、七日を二廻《ふためぐ》りした寒籠《かんこも》り入った頃に、与太の土壇場《どたんば》登上が下知《げち》された。暑熱《しょねつ》の頃時分よりも寒冷《かんれい》の時分の方が、登壇の周期を長くするものであった。草木も躍《おど》る暖風吹抜けには、悪意も陽炎《かげろう》の乱舞《らんぶ》に夢幻《むげん》を纏《まと》い、ええいや人を我欲《がよく》へと向かわしむるのであろう。

其《そ》の日も与太は、平時《へいじ》と変わらぬ時刻に目覚め、平時と違《たが》わぬ剣振《けんふ》りを修め、平時と同じ湯を浴《あ》んで、平時と同じ朝餉《あさげ》を食った。一定根付いた作法習慣が、己《おのれ》の身体を意のままに操縦《そうじゅう》する最短の術《すべ》であることは、久郎衛《くろうえ》の先《せん》の先《せん》の代以前から、与太の家に伝わる一つの家訓《かくん》であった。久郎衛も権兵《ごんへい》も与太にも、そうした作法習慣を損ねる事由有《そこ》るときには、表し能《ひょうあた》わぬむず痒《がゆ》さが身体に巡《めぐ》り、刹那《せつな》の単位の狂《くる》いであるがその挙動に変劣《へんれつ》を催《もよお》すものとなっていた。

朝餉を了《お》え、庭先で外気《がいき》を身体へ摂り込もうと、御影《みかげ》の沓脱石《くつぬぎいし》から表に出ると、目覚めの闇靄《やみもや》はすっかりと払暁《ふつぎょう》され、遥《はる》か先《さき》まで見越せる枯田《かれた》の風景端に、陽《ひ》の光芒《こうぼう》が一筋差し込んであって、確かにあの光芒《こうぼう》の内間《うちま》にて深紅《しんく》の赤《あか》が噴《ふ》き飛べば、それは美しいのかも知れぬと、吹き抜ける霜風《しもかぜ》に微塵《みじん》も振戦《しんせん》許さずに、与太は念《おも》った。風《かぜ》は、血腥《ちなまぐさ》を露《つゆ》とも醸《かも》さず、穢《けが》れ無き清涼を風景に与えていた。

首斬り仕度《したく》の整うた与太らは、日頃修練を重ねる剣振り道場に揃《そろ》い、並んで一礼し土壇場へと向かった。代々の首斬り先祖の御霊《みたま》は仕舞屋《しまいや》旦那宜《よろ》しくの有様《ありさま》で、剣振りに一心《いっしん》を捧げた道場に鎮《しず》まっているとは、与太の家に累々《るいるい》継がれた思想であった。

霜風《そうふう》は東雲《しののめ》をさやかに吹き曝《さら》し、冬午前の風景の中に、黒衣《こくい》の一団の列が戦隊列《いくさたいれつ》の足並みで地を響《ゆ》らした。この頃には、権兵も隠居の態《てい》を様《よう》し、専《もっぱ》ら与太を主軸《しゅじく》として処刑諸々《もろもろ》を執《と》り行うようになっており、代替わりとともに与太は、土壇場に臨《のぞ》む際の着衣を裃《かみしも》共に黒衣の繻子《しゅす》で統一し、黒衣には陽光《ようこう》の反光《はんこう》にのみ濃淡《のうたん》で浮かぶ花喰鳥《はなくいどり》の紋様があしらわれていた。

おどろしい首斬り処刑に臨む黒衣の一団は、然《しか》し市井《しせい》には気味悪《きみわる》とは捉《とら》えられず寧《むし》ろ、久郎衛の現《あらわ》した首斬りだのにの風雅妙《ふうがみょう》と、権兵の築いた廉直《れんちょく》の土台垣《どだいがき》に立つ与太の、人技《じんぎ》を超えた極技達地《きょくぎたっち》の評判の故《ゆえ》か、法要《ほうよう》にも似た荘厳也《そうごんなり》の美辞《びじ》と映《うつ》されてあった。そしてその主幹《しゅかん》を成《な》す与太には、或《あ》る種《しゅ》偶像めいた崇心《すうしん》を抱《いだ》く人さえあったと云う。

其《そ》の証左《しょうさ》にか、土壇場の白洲《しらす》は以前の倍近くの坪数《つぼすう》へと拡張《かくちょう》され、与太の処刑執行《しょけいしっこう》に及んでは、権有《けんゆう》で剣振りに覚えのある者が藩を越えて目白押《めじろお》し見物を請《こ》う様《ざま》であった。而《しか》して、多数と増《ふ》えた見物者も倍化《ばいか》と拡げた処刑白洲《しょけいしらす》も、角隅《かどすみ》に在った白梅は其《そ》の侭に残されて、この時節には変わらずの猫の眼の赤透明《あかとうめい》で冬日に光って在る為《ため》か、両者の拡張も、執行を為《な》す当の与太には不知《いっか》遠《とお》退《の》く些《さ》末《まつ》であった。

其《そ》の日は、空も白雲《はくうん》を忘れ青く澄《す》み渡り、寒《かん》も籠《こも》っては無いが、白雲無きを幸《さいわ》いに天空《てんくう》へと昇った細《さざ》れ塵《ちり》が風花《かざばな》と舞い墜《お》ちては、側溝《そっこう》の溝水《みぞみず》さえ輝かす程の晴朗《せいろう》であった。此《こ》の日の咎人《とがにん》は二名有って、其《そ》の内の一名は強姦《ごうかん》殺人者であった。此《こ》れまでも、強姦罪を犯《おか》した者を与太はよく首斬り捨ててはきたが、やはりさやの件があった為《ため》に、何処不知《いずれかしらず》、外《ほか》の強罪者に対峙《たいじ》するよりも、心の炎に滅羅《めら》立《だ》つものが、確かに否定無く与太にはあった。そうして、其《そ》の時分に及んだ与太の処刑様《しょけいざま》は、風花《かざばな》であろうが陽光であろうが、取り巻く一切を灰燼《かいじん》の黒球《こっきゅう》へと引力《いんりょく》するか如《ごと》くの気合いに満ちた、永久死《えいきゅうし》の暗幕《あんまく》に真向《まむか》い正坐《せいざ》強《し》いられるかの心地を、只《ただ》の観者《かんじゃ》らにすら遍《あまね》く届かす有様《ありさま》であり、その黒球は、与太自身感取能《かんしゅあた》わない、其処《そこ》は彼《か》と無い怒りの権化《ごんげ》であった。

其《そ》の日は先《ま》ず、数多《あまた》の旦那衆を誑《たぶら》かし、総計数十両にも及ぶ金《かね》を欺《あざむ》き掠《かす》めた罪で捕《とら》われた細首《ほそくび》の女を、与太の家に古くから通う高弟《こうてい》の一人が斬った。旦那衆の数多誑《あまたたぶら》かされる筈《はず》の、肌理《きめ》の細《さざ》れな艶立《つやた》つ女ぶりであったが、白洲獄門《しらすごくもん》に及んでは、狗児《えのこ》の如《ごと》くに縮んでは見窄《みずぼ》らしく、見窄《みずぼ》らしい侭《まま》に首墜《くびお》ち果《は》てた。

次《つ》いで、強姦殺人ものが白綿《はくめん》の目隠しに荒肌理《あらきめ》の猿轡《さるぐつわ》を噛《か》まされ土壇場に曳《ひ》かれてきた。咎人《とがにん》の着座を認めた与太は、常《つね》のごとく音無《おとな》く立ち上がり、清《きよ》めの冷水《ひやみず》を抜き刀身《とうしん》に受けた後、暫《しばら》く其《そ》の水の滴《したた》るを見留め、心身計りの試《ため》し紙を拡げ持つ年上の門弟に、よい、と声を掛け、空手《からて》の左掌《て》で立場を退《の》くよう指示をした。その声は、土壇場での発言の珍しさも相《あい》まってか、幽翠《ゆうすい》から沸《わ》く鳥烏《とりえ》帽子《ぼうし》の白声《しらごえ》模様《もよう》で白洲中《しらすじゅう》に冴《さ》え渡り、其《そ》の佞与太は、何も無い、白洲を囲う漆喰《しっくい》の白壁に向かい、火《ひ》に構《かま》えた。

与太の構えたと同時に、底《そこ》から湧《わ》いたか天《てん》から降《ふ》ったか、黒球《こっきゅう》の天蓋幕《てんがいまく》が一切《いっさい》を包み覆《おお》う心地が、見物客にも須《すべか》らく起こり、それは心地と云うよりも、感触と形容《けいよう》して満足の不思議であった。然《しか》し、今日《きょう》に及んでの黒球は、色味で云うなら黒と云うよりは寧《むし》ろ、古代紫《こだいむらさき》に近似《きんじ》しており、其《そ》の内幕《うちまく》を風花《かざばな》が、凍ったまま燃える様に塵塵《ちりちり》と、水晶透明《すいしょうとうめい》から火赤《ひあか》へと変《へん》じては消え往《ゆ》きて、其《そ》れは宛《さなが》ら火花《ひばな》の様相《ようそう》であった。火《ひ》に構《かま》えた与太を胚核《はいかく》に据《す》えて、古代紫球《むらさきだま》は拡がり広く止《とど》め処《どころ》を知らず、球《たま》の形状を保てずに球《きゅう》は宮《ぐう》を覆《おお》う暗幕《あんまく》と成《な》り変わり、白洲一切《しらすいっさい》を包《つつ》んだ。その感触は、極細小《ごくさいしょう》の火花の燃え芥子《けし》が表皮を灼《や》くかの如《ごと》き、愛撫《あいぶ》とも間違うかの鳥肌総毛立《そうけだ》つ痛みを、暗宮《あんきゅう》殿内《でんない》に在る人間全《まった》くに齎《もたら》し、誰《だれ》しもが息を吸い吐きするさえ億劫《おっくう》な緊張《きんちょう》と、然《しか》し得《え》も云《い》われぬ恍惚《こうこつ》の間《ま》に引込まれた。風花火花《かざばなひばな》はそれの夥《おびただ》しく増殖《ぞうしょく》する速度を早め続け、古代紫《こだいむらさき》に浮かぶ燈《とう》の火色《ひいろ》は、没《ぼっ》を向かえた太陽の色味《いろみ》に良く似ていた。

胚核《はいかく》の与太は、然《しか》し風花火花《かざばなひばな》の大乱舞《だいらんぶ》を一切も邪魔物とせず、白梅の猫眼《ねこめ》が一つのまばたきをする合間《あいま》の留《とど》まりを置いた後《のち》、標的としては余《あま》りに遠い漆喰《しっくい》の白壁に向けて、剣を振った。構《かま》えから振《ふ》りまでの所作は、乾きの早い猫の眼のまばたき一つの刹那《せつな》であったが、見物客には一刻《いっとき》にも二刻《にとき》にも、或《ある》いは無限の鏤刻《るこく》とまでも感ずる隔《へだた》りであり、与太が剣を振ると同時に、冷えきった水晶《すいしょう》硝子《がらす》の割れるが如《ごと》き音《ね》が白洲中に響き、暗宮《あんきゅう》は一目散《いちもくさん》の火勢《かせい》に晴れ消えて、その内間奥《うちまおく》から、灯《ひ》の入《はい》った盆提灯《ぼんぢょうちん》に磔《はりつけ》られた薄色煌《うすいろきら》びやかな花々が、沢山《たくさん》と舞い出るかの幻惑《げんわく》を、白洲中に在る人と梅とも、一切合切《いっさいがっさい》がその感触を起こしたと云う。

女竹《めたけ》の割る空《そら》の如くに晴れ渡った白洲を、二寸三寸四寸五寸と、皆すがら開眼《かいがん》したまま黙祷《もくとう》するかに、静かばかりが其処《そこ》らを響き包《つつ》み、大分《だいぶん》遅れて漆喰《しっくい》の白壁が一部分、襤褸《ぼろ》りと崩《くず》れ落ち、白洲の砂利《じゃり》と衝《つ》き合う音《おと》が静かに起こった。その音《おと》は、生まれながらに単葉《たんよう》の仔鷺《こさぎ》が、鳥《とり》と生まれながらも空飛《そらと》び能《あた》わず、空《むな》しく失墜《しっつい》する音《おと》と良く似ていた。

その砕音《さいおん》は正《まさ》しく与太の剣振りによって飛翔した水礫《みずつぶて》が生《しょう》じたもので、脆《もろ》い漆喰《しっくい》とは云えど、四《し》半町《はんちょう》余りも離れた固形物を、剣振り一閃《いっせん》の力動《りきどう》を加えられた水《みず》が穿《うが》った事実に、白洲中《しらすじゅう》皆が理解追いつかず、暫《しばら》く白洲は呆《ほう》けたぽかん口の阿呆面《あほうづら》ばかりが其処《そこ》ら中《じゅう》を占めていた。

漆喰の砂利《じゃり》衝《つ》き音《おん》を認めた与太は、其《そ》の侭《まま》、猿轡《さるぐつわ》に妨《さまた》げられ明瞭《めいりょう》な言葉は発して無いが、確かに怨《うら》みの文言《もんげん》を吐き続ける強姦者の着座する筵《むしろ》には触れない位置に寄り、落とし剣先を片腕で、其奴《そやつ》の首筋紙一重《かみひとえ》の皮一枚まで突き詰《つ》め据《す》え、其《そ》の侭《まま》の剣勢《けんせい》を暫《しばら》く保った。冷水《れいすい》と光速の剣振りに冷《ひ》やされた刃先は、紙一重の位置にあっても余りに冷《つめ》たく、其《そ》れははっきりと、地獄《じごく》の凍土《とうど》を咎人《とがにん》のみならず抑《おさ》え役《やく》の門弟にも観念させるに十分で、粒粒《つぶつぶ》と発せられていた怨《うら》み文言《もんげん》は、凍土《とうど》と共に凍《い》て已《や》んで、それを認めた与太は、片腕の其《そ》の侭《まま》で強姦者の首に剣を振り落とした。

首は、両腕で構《かま》え落とした一刀両断《いっとうりょうだん》と何《なん》らも変わらず、骨断《ほねだ》ちの音は無く筵《むしろ》の二尺四方《にしゃくしほう》に満たない其《そ》の領域内へと襤褸《ぼろ》りと落ちて、落ちて直《す》ぐに転《ころ》げ已《や》み、断《た》たれた首膾《くびなます》からは、血潮《ちしお》が紅《あか》く二《に》三《さん》と溢《あふ》れ流れ、溢れては直《す》ぐに流れ已《や》み、その紅《あか》は美しいとも醜《みにく》いとも無い無味《むみ》の屍《しかばね》と成って、只《ただ》果てた。

然《さ》れど、ついと一寸前には脈動《みゃくどう》生きていた人間体を斬り捨てた筈《はず》の与太の刀《かたな》は、彼《かれ》の妙技絶技《みょうぎぜつぎ》に見慣れてある筈《はず》の清《きよ》め役《やく》の門弟さえ、身体硬直《しんたいこうちょく》を覚える驚嘆に作法《さほう》の所作を遮断敵《しゃだんかな》わぬほどに、血の一滴は云うまでも無し、肉片《にくへん》、皮膚屑《ひふくず》の一木《いちこ》っ端《ぱ》さえの付着も見られず、綺麗《きれい》な鈍銀鏡《にぶぎんきょう》の刃文《はもん》を冬日の陽光に閃《ひらめ》かしてあり、其《そ》の切先《きっさき》は源《みなもと》を補充するかに、陽光を集約し収斂《しゅうれん》するかの美有様《びありさま》であった。

与太らは、女の遺体は据《す》え物斬《ものぎ》りと人胆丸《じんたんがん》の為《ため》に持ち帰る調度《ちょうど》を調《ととの》え、強姦者の方は与太の意向《いこう》で、奉行所《ぶぎょうしょ》近くの焼き場にて灰すら残らぬ業火《ごうか》で焼き捨て、帰路についた。

帰路も、往路そのままの黒繻子衣《くろしゅすい》で身を包《つつ》んだ与太ら一団は、然《しか》し誰一人もその黒に、血の極黒《ごっこく》沁《じ》みの一粒《ひとつぶ》さえ付着させてはおらず、清潔《せいけつ》な黒衣の一団は、冬の空気に健《すこ》やかに映《は》えてあった。其《そ》の清潔様《せいけつざま》は、権兵には、我《わ》が家《いえ》の首斬り執行人としての練度《れんど》を、一段高座《こうざ》に押し上げる天晴《あっぱれ》な様《さま》として頼もしく映《うつ》った。

帰路の道程《どうてい》は町並びの通りを避け、稍《やや》遠回りに小川沿いの土途《つちみち》を与太ら一団は選んだ。冬の凍気《とうき》に化粧された、右早見《みぎはやみ》と銘《めい》打たれた小川は更紗《さらさ》と輝いて、正体《しょうたい》は冬陽の水面鏡《すいめんかがみ》との反光であろうが、恰《あたか》も右早見《みぎはやみ》自らが発光《はっこう》するかに、流れながらも光の粒をあちらこちらの低空中に散華《さんげ》してあった。亢龍《こうりゅう》かに映《うつ》る右早見《みぎはやみ》の光粒《ひかりつぶ》を吸い込んだ、川縁《かわべり》に生《む》した苔《こけ》の抹茶《まっちゃ》が辺りに充満してあって、光沢を含んだその香粒は、首斬り了《お》えた与太の身体を程《ほど》よく冷ましてくれた。

「与太、気付《きづ》いちょったんか。」

一団の先頭を歩く権兵が、同じく先頭に並んで、右早見《みぎはやみ》に近い右側を歩く与太に、其方《そのほう》は見遣《みや》らず声を掛けた。

「猿轡《ぐつわ》なんぞしちょらの。識《し》れるわ。」

同じ様に、左方を見遣《みや》らず与太は応《こた》えた。

「片手斬《かたてぎ》りは何故《なぜ》じゃ？　考《かんが》え巡《めぐ》らせたが、ようわからんわ。」

権兵は変わらず、歩み正面を向いた侭《まま》に尋ねた。右早見《みぎはやみ》は歩みとは逆行し流れてあった。

「両《りょう》の掌《て》で握《にぎ》ったら、全部《ぜんぶ》ぶった斬《ぎ》ってやりとなりそうじゃったき。」

右早見《みぎはやみ》から二三町《にさんちょう》先に観える山の、滑《なめ》らかな曲《まが》りを象《かたど》る稜線《りょうせん》からの山気《さんき》が苔の香と混じり、風《かぜ》と成《な》って与太らの繻子《しゅす》を撫《な》でた。

「それにしちゃあ、随分《ずいぶん》と落ち着いて見えたがの。」

権兵は黒繻子《くろしゅす》の袖《そで》の下へ両の掌《て》を落とし、右方を向いて云った。権兵の黒繻子には、焔待鳥《ほむらまちどり》の意《い》匠《しょう》が隠れてあった。

「そりゃあれじゃ、ちと作法《さほう》変えたじゃろ、前《まえ》からやってみたかったんじゃけど、あれが思いの外《ほか》上手《じょうず》にいったき。あげ上手《じょうず》にいくとは思わんかったんちゃ。こりゃ片剣《かたけん》でんいけるわち思うての。」

与太は、同じ黒繻子《くろしゅす》の花喰鳥《はなくいどり》の袖《そで》落としで、然《しか》し其《そ》の面《つら》は前方を見据《みす》えた侭《まま》に、幽《かす》かに笑《え》んで応《こた》えた。右早見《みぎはやみ》の奥間に聳《そび》える山稜線の頂点に、南天《なんてん》に向かい進撃《しんげき》始めた冬太陽の来光《らいこう》が重なり、少し辺りは昏《くら》く翳《かげ》った。

権兵は、ややもすると奇《き》っ怪《かい》なるが、頼もしげにそうと宣《のたま》う息子の横面《よこづら》に差さる来光の眩《まばゆ》さに、幽《かす》かに眼を縮《ちぢ》め、

「よう耐《た》えたの、与太。」

と心からの想いを口にした。来光は与太の外《ほか》、右早見《みぎはやみ》と野辺《のべ》に咲く白詰草《しろつめくさ》にも燦然《さんぜん》と降《ふ》り架《か》かっており、然《しか》し権兵には、息子の横面に架《か》かるそれが、一際輝《ひときわ》かしく観えた。

「父上《ちちうえ》んおかげちゃ。父上が見守《みまも》うてくれちょらんかっちか、俺《おら》あ鬼《おに》と化《ば》けちょったわ。」

臆面《おくめん》も無く然《そ》うと云う与太に、権兵は正《まさ》に心技体《しんぎたい》の究極《きゅうきょく》を覚え、遍《あまね》くの継承《けいしょう》を了《お》えた気がして、そげか、と一言《ひとこと》放ち、与太の背を一回、ぽすと右の掌《て》で、送り出すかに軽く叩いた。其《そ》の掌《て》はただ

大きく、其《そ》の背はまだ広く、互《たが》いにさあれと感じられ、白詰草《しろつめくさ》の四葉《よつば》が来光に一つ、光《ひかり》の斑点《はんてん》を象《かたど》ってあった。

　此度《こたび》の強姦殺人の咎人《とがにん》は、嘗《かつ》てさやを乱暴《らんぼう》した者と同一であることは、死罪沙汰《しざいさた》の決まって即《す》ぐに、当人が遍羅遍羅《べらべら》と自白《じはく》したものだと、懇意《こんい》の同心《どうしん》から権兵は事前に聞いてあった。さやが、首斬り処刑人の家の者と馴染《なじ》みであるとは乱暴の後に咎人《とがにん》は知ったそうだが、其《そ》れを聞いた権兵は、与太に報《しら》せるべきか、或《ある》いは報《しら》せずの方が良いか、報《しら》せて与太には欠席させ己《おのれ》が其《そ》のど畜生《ちくしょう》を斬るが良いか、或《ある》いは与太に斬らせるべきか、様々展開を思索煩悶《しさくはんもん》巡らせたが、結局心から得心能《あた》う解《かい》は得られず、ならばいっそ全《すべ》てを与太に任せてあれと、当日も素知《そし》らぬ風《ふう》を貫《つらぬ》き通した。然《しか》し権兵は、最愛《さいあい》を甚振《いたぶ》った敵《かたき》を眼前に、然《そ》うとは知らぬはずの与太が、咎人《とがにん》にも礼儀を尽《つ》くし、処刑作法に臨む姿を夢想《むそう》するに、素知らぬを貫きながらも、その心奥《しんおう》は血涙《けつるい》を垂《た》れるかに燃えてあった。屹度《きっと》ど畜生《ちくしょう》は、己《おのれ》を処罰する与太に、嘗《かつ》てのさやの恥辱《ちじょく》姿《すがた》を有り有りと、嘲《あざけ》り罵《ののし》り誹《そし》り畜生言葉を吐く筈《はず》を危惧《きぐ》した権兵は、同心《どうしん》に頼み、作法には悖《もと》るが猿轡《さるぐつわ》をど畜生に噛《か》ませ、畜生言《ちくしょうげん》が散《ち》らからぬよう用意した。然《さ》れど与太は、平常の作法を破《やぶ》り、その上、無作法《ぶさほう》この上《うえ》ない片腕《かたうで》落《お》としで咎《とが》人《にん》の首を落とした。

　漆喰《しっくい》の白壁が襤褸《ぼろ》と崩《くず》れた辺りに、権兵は、与太の咎人正体《とがにんしょうたい》の気付きを理解し、其《そ》れでも凛《りん》とあるばかりか、無作法ではあるが驚嘆《きょうたん》の片腕落としの妙技さえ冴《さ》え渡らす与太に、権兵は其《そ》れまでの己《おのれ》の煩悶《はんもん》の快方《かいほう》を覚え、ただただ感服《かんぷく》した。

右早見《みぎはやみ》の川を奥間《おくま》に、右方に並んで歩く与太が、並んであるのに遥《はる》か先《さき》の高《たか》みへと知らぬ間に到達してあるを権兵は確固《かっこ》と認め、そこには同じ剣《けん》を握る男としての劣等《れっとう》は微塵《みじん》も無く、只《た》だ己《おの》が子《こ》の逞《たくま》しく、全《まった》く健《すこ》やかに成人《せいじん》してくれたと、純真《じゅんしん》な親心《おやごころ》で嬉しく、師心《しごころ》で誇りと念《おも》い、処刑人として常《つね》にはきつく結んだ厳然面《げんぜんづら》をゆると綻《ほころ》ばし、与太に架《か》かり続く来光が眩《まばゆ》いかの装《よそお》いで、くしゃりと笑った。

右早見《みぎはやみ》は音無《おとな》しく、然《さ》れど無音では無く更紗《さらさ》と流れ、その音《おと》と打《う》ち拉《ひし》がれた水霧《みずきり》が大気《たいき》と土途《つちみち》とに交じり合い、それはまったく長閑《のどか》であった。右早見《みぎはやみ》の底には、童《わらべ》らの撒《ま》いたか、螺鈿細工《らでんざいく》をあつらわれた白蝶、黒蝶、青貝の七彩《しちさい》が底には届かぬ冬陽を求道《ぐどう》するかに懸命《けんめい》と光り、底の傍《かたわ》らでは、辰砂《しんしゃ》の朱《あか》が何物《なにもの》も寄せ付けぬ佇《たたず》まいで、右早見《みぎはやみ》の流れの底に、守護虫の如《ごと》く輝いてあった。

山気《さんき》を帯びた冷風《れいふう》が、黒繻子《くろしゅす》の袖《そで》を揺らしたが、与太は只《た》だ、まっすぐのみを見据《みす》えてあった。

九　京夜《きょうや》

逢魔ヶ刻《おうまがとき》、旅籠《はたご》の一広間《ひとひろま》で身振《みぶ》り手振《てぶ》り或《あ》るいは拳骨《げんこつ》を畳《たたみ》に打ち鳴らし、熱く弁論《べんろん》を競わせる者等《ものら》の円陣《えんじん》からは十尺半《じゅっしゃくはん》離れて座る佳一《かいち》は、千年格子《せんねんごうし》越しにぶつ切《ぎ》れて観える京祇園《きょうぎおん》の宵闇《よいやみ》に消魂《けたたま》しく響く夜野犬《よやけん》の遠吠《とおぼ》えに重ねて、そんな言《こと》の葉《は》を念《おも》い起こした。弁論《べんろん》は、佳一《かいち》にも親しんだ国言葉《くにことば》に近い方言《ほうげん》混じりで交わされており、千年格子《せんねんごうし》の空隙《くうげき》が無ければ、京《きょう》に在《あ》る認識自覚《にんしきじかく》は持ち能《あた》わぬと佳一は念《おも》った。

「佳一《かいち》、吾《わ》れえ、そげなとこで何《なん》しよんかや。」

共に国藩《くに》を脱《ぬ》けた同志《どうし》の一人が、風雲《ふううん》の弁論に混ざらず、独《ひと》り呆《ほう》けた様《よう》に在る佳一に、大方苛立《おおかたいらだ》たしげにそう云《い》った。

「俺《おら》あ、むずかしいこたようわからんき。」

千年格子《せんねんごうし》から外《はず》した視線を、再び千年格子《せんねんごうし》に戻した佳一は、愛想《あいそ》打つかにそう云って笑った。

「しょうのねえやっちゃ。でんが、こげな滅多《めった》はねえぞ。」

「わかっちょる。」

幾許《いくばく》か年上の同志は、言《げん》ではそうと吐《は》きながらも、愛想のある佳一の笑《え》み面《づら》に苛立《いらだ》ちは全《まった》く鎮静《ちんせい》させ、円陣輪《えんじんわ》へと戻った。同志の一人が繋《つな》げた今宵《こよい》の会合《かいごう》は、佳一ら脱藩者《だっぱんもの》にとっては千金《せんきん》の機会《きかい》で、見知らぬ顔ぶれは皆、革命《かくめい》の先輩《せんぱい》ばかりであり、その集団に取り入る事が、佳一らの今後を一《いっ》足飛《そくと》びにもする大事《だいじ》であった。見知らぬ顔ぶれが揃《そろ》う円陣輪《えんじんわ》の奥で、細長面《ほそながおもて》に短髪の、難しそうな雰囲気《ふんいき》を醸《かも》す、周囲からは先生《せんせい》と呼ばれる男が一人、戻った同志の脇越しに佳一の方《ほう》をじっと見《み》遣《や》ってあった。

破風《はふ》を揃《そろ》える京祇園《きょうぎおん》の、整然と調度《ちょうど》された軒並《のきな》みの間《あいだ》を、夜風《よかぜ》が一陣《いちじん》誘われてか、千年格子《せんねんごうし》をするり抜けて佳一の頰《ほほ》を撫《な》でた。千年格子《せんねんごうし》を越えた風景《ふうけい》は、美観《びかん》にその高度《こうど》まで整った破風《はふ》群《むれ》の先《さき》に、二条《にじょう》の曲輪《くるわ》の有り位置までが確かめ能《あた》うほどの大気《たいき》澄明《ちょうめい》であって、兎角《とかく》耳にしてきた、血《ち》で血《ち》を洗《あら》うなぞの血煙《ちけむり》は、その残滓露《ざんしつゆ》さえも見当たらず、吹き抜ける一陣はやおらに柔らかいと佳一は感じた。

「ちょっと、ここいいかい?」

じっと見遣《みや》った細長面《ほそながおもて》の男が、千年格子《せんねんごうし》をやにわに見詰《みつ》める佳一に声を掛け、その忍《しの》び気配《けはい》の有《あり》様《さま》に一寸《いっすん》びくと電感《でんかん》した佳一は、「ああ、どうぞ」とのみ応《こた》え、姿勢《しせい》は変えずの侭《まま》に扱った。

「面白《おもしろ》いかい?」

細長面《ほそながおもて》は続いてそう問い、佳一の方《ほう》は見遣《みや》らずに直角方《ちょっかくほう》に腰《こし》を据《す》え、手提《てさ》げの猪口《ちょこ》をくいと一献《いっこん》口《くち》に運んだ。

「いやあ、俺《おら》あむずかしいこたようわかりませんき。」

「や、そうじゃなくてさ、窓の外《そと》、面白《おもしろ》いかい?」

変わらず佳一の方《ほう》は見遣《みや》らずに、細長面《ほそながおもて》はそうと問う。

「ああ、京《きょう》は初《はじ》めてじゃき、景色観《けしきみ》っだけでおもしれえです。」

愛想良く口一文字《くちいちもんじ》をにまりと上げ、佳一は千年格子《せんねんごうし》の空隙《くうげき》細《さざ》れに張り巡《めぐ》った格子《こうし》を焦点《しょうてん》に、そうと応《こた》える。

「おかしな人《ひと》だな、皆《みな》、死《し》に物狂《ものぐる》いで脱藩《だっぱん》したんだろう？　景色なんかに惚《とぼ》けて良いのかい？」

「其《そ》れ以外感《かん》じ入《い》るもんがねえけんかも知れません。」

小柄《こがら》な体軀《たいく》だが、活発《かっぱつ》と朧《おぼろ》げな厭世《えんせい》が入《い》り交じったかな声《こえ》調《ちょう》子《し》の細長面《ほそながおもて》に、少し殊勝《しゅしょう》な面《つら》で佳一は云った。

「必要無《ひつような》い、そうと僕《ぼく》には見えるがね。」

細長面《ほそながおもて》は片手猪口《かたてちょこ》を一献啜《いっこんすす》って、都々逸《どどいつ》でも踏《ふ》むかの調子でそうと云った。佳一は幽《かす》かな吃《きつ》を覚え、幾分《いくぶん》の合間を置いて、応《こた》える。

「ようわからんのです。そりゃ国《くに》藩を脱《ぬ》けるんは死《し》に物狂《ものぐる》いじゃったけど、京《きょう》に来《き》て、来《き》たんはいいがなんすりゃいいかようわからん。ただん都調《みやこちょう》に憧《あこが》れちょっただけんガキバラなんか、何《なん》かを見《み》つけたいんか、あんたらん云《い》う志《こころざし》っちゅうのを持《も》ちてえんか、ようわかりません。」

残昼《ざんちゅう》の熱《ねつ》と千年格子《せんねんごうし》を越えて拡がる驟雨《しゅうう》を呼ぶかの黒雲《こくうん》の不穏《ふおん》に、佳一は不可思議《ふかしぎ》とぺらぺら話した。自《みずか》らの宛《あ》て無い本心《ほんしん》を曝《さら》け出す危険は、弱者《じゃくしゃ》の愚行《ぐこう》であるとは、幼い時分より久郎衛《くろうえ》に説《と》くと教えてもらってあった。

「はっは。僕《ぼく》もそうさ、わからないよ。でも素直《すなお》なのは好《い》い事さ。挨拶《あいさつ》がまだだね、はじめまして、東行《とうぎょう》と云う。君《きみ》の名《な》は？」

「佳一《かいち》ち云《い》います。よろしゅう。」

千年格子《せんねんごうし》を並べる桟《さん》に寄り掛かったまま佳一は応《こた》え、差し出された東行《とうぎょう》の右掌《て》をその侭《まま》の体勢で握り返した。先生などと呼ばれる人物に対しては些《いささ》か不躾《ぶしつけ》かと一寸《いっすん》佳一は念《おも》ったが、そうであっても許される心持《こころも》ちの確信を東行《とうぎょう》には覚えた。何処《どこ》かの浜《はま》から臨《のぞ》む、防波《ぼうは》の堤《つつみ》も入《い》り江《え》も無い、寂滅《じゃくめつ》為楽《いらく》の穢土《えど》を念《おも》わせる青海原《あおうなばら》の如《ごと》き匂《にお》いのある人だ、佳一はそうと念った。

「佳一くん、君《きみ》は神様《かみさま》は信じる人かね？」

佳一と直交《ちょっこう》して、千年格子《せんねんごうし》の桟《さん》に両背《りょうせ》を預ける形に座る東行《とうぎょう》は、相《あい》も変わらず佳一の方は見遣《みや》らずに、猪口《ちょこ》を口元に運んだ侭《まま》の形でそうと云った。

「神《かみ》さんですか、俺《おれ》らあ田舎《いなか》もんですけん、おるもんっちゅうて育《そだ》ちました。」

千年格子《せんねんごうし》越しの祇園《ぎおん》の宵闇《よいやみ》より面妖《めんよう》な、穢土《えど》浜辺《はまべ》に独《ひと》り在るかの東行《とうぎょう》に、稍《やや》と興味を惹《ひ》かれた佳一は、彼《かれ》の横面《よこづら》をじっと見据《みす》えて応《こた》えた。千年格子《せんねんごうし》の奥からは、眠ったはずの草《くさ》いきれを起こし沸《わ》かす驟雨《しゅうう》が、予感通り一斉《いっせい》に降り始めた。

「成《な》る程《ほど》。君《きみ》は地球儀《ちきゅうぎ》って奴《やつ》を知ってるかい？」

「こまいのを見たときあります。」

寿介《じゅすけ》の天文台《てんもんだい》で、渾天儀《こんてんぎ》と比《くら》ぶれば清虫《すずむし》程も小さな、南蛮渡来《なんばんとらい》という、回転軸《かいてんじく》に張《は》りぼての球《きゅう》を機巧《きこう》しただけの廻廻《くるくる》と回るそれが、この星《ほし》を模《も》した地球儀《ちきゅうぎ》と云う品《しな》であるとは、与太《よた》よりも随分《ずいぶん》早い時分から馴染《なじ》みであった天文学者《てんもんがくしゃ》が見せて、説明してくれた折《おり》を佳一は想い起こした。その内《うち》にも、目の前の男の面《つら》ほどに細長《ほそなが》なちっぽけた島がこの日《ひ》の本《もと》であるとは、寿介は殊更《ことさら》その小さきを大仰《おおぎょう》に講釈《こうしゃく》たれてあり、その癖《くせ》、龍《りゅう》に似《に》ちょるじゃろ、などと云う、呑み込むかに万尺《まんじゃく》と隣並《となりなら》ぶ大陸共《たいりくども》への負《ま》け惜《お》しみにも念《おも》える言《げん》には、賛同《さんどう》ちっとも能《あた》わず、龍と云うよりかは乾涸《ひから》びた若布《わかめ》を張り付けただけに見えた童心《どうしん》を、佳一は想い起こした。

「へえ、珍《めずら》しいな。地球儀って奴《やつ》、中々稀有《なかなかけう》なんだぜ。」

「馴染《なじ》みに天文学者がおったんです。風変《ふうが》わった人《ひと》で、俺《おれ》らみてえなガキバラ集《あつ》めて色々《いろいろ》教えてくれたもんです。」

この頃の佳一は、まだ寿介の自死《じし》を知らず、楽しそうに星明《ほしあ》かりの下《もと》、星語《ほしかた》りに享《きょう》じる寿介の姿を想い起こし、千年格子《せんねんごうし》の隙間《すきま》から京《きょう》の夜空を眺めてみたが、降り続く雨に一切《いっ》が掻《か》き消され、一星《せい》の火《か》も観得《みえ》なかった。

「天文学者の在《あ》る藩《はん》なんて中央《ちゅうおう》の外《ほか》、そう無いはずなんだが。公《おおやけ》じゃあ無いだろうね、口《くち》にしても良いのかい？」

「そこんところはようわかりません。でんが自由闊達《じゆうかったつ》な人《ひと》じゃったき秘匿《ひとく》な感《かん》じは全《まった》く。でんがまあ、黙《だま》っちょってください。」

自省《じせい》や請願《せいがん》の気配は微塵《みじん》も無く佳一がそうと云うと、東行《とうぎょう》は、法事《ほうじ》にも堪《こら》え能《あた》わぬ童子《どうじ》の様《よう》に、声を殺して暫《しばら》く嗤《わら》った。

「いや、済《す》まない、嗤《わら》い過《す》ぎだ。」

そう云って薄《うす》ら寒《さむ》く、然《しか》し海容《かいよう》にも映《うつ》る笑《え》み面《づら》を湛《たた》えた侭《まま》、猪口《ちょこ》空《から》に気付いた佳一の一献《いっこん》注《そそ》ぎには、ありがとう、と丁寧に述べ東行《とうぎょう》は続けた。

「君《きみ》の秘匿《ひとく》より面白《おもしろ》いかはわからないけどね、地球儀の球《きゅう》を便宜的《べんぎてき》に東西南北《とうざいなんぼく》に分《わ》けるとする。南《なん》蛮流《ばんりゅう》に倣《なら》ってこの国《くに》を極東《きょくとう》と位置付けしよう、僕らから見れば勿論《もちろん》極東は此処《ここ》じゃ無い、それは良いとするよ、南蛮はやや北の西さ、すると、北には神話《しんわ》、東の教典《きょうてん》、西に密儀《みつぎ》、南は誦経《ずきょう》、許多《あまた》の数《かず》は数多《あまた》の土地に有るのさ。讃《たた》える対象は異《い》にすれど、神《かみ》があるなんて東西南北、一《ひと》つの球体《きゅうたい》さ。」

消魂《けたたま》しく響く雨《あま》だれの音に、闇積乱雲《やみせきらんうん》の架《か》かったか、千年格子《せんねんごうし》を斜下《しゃげ》より見上げ京《きょう》の夜空を眺めているが、佳一の眼《め》には剣雨《けんさめ》の銀条《ぎんじょう》ばかりが映《うつ》る。然《さ》れど東行《とうぎょう》は、雨だれなぞは芥子《けし》にも介《かい》さず、蜻蜓《やんま》の駆《か》け飛ぶ秋空《あきぞら》に放《はな》つかの風合《ふうあ》いで言葉を繋《つな》げる。

「教義《きょうぎ》も許多《あまた》さ。けれどね、どの神《かみ》にも通共《つうきょう》する希望《きぼう》がある、光《ひかり》在れ、さ。」

東行《とうぎょう》の放つ言《げん》が映す先風景《さきふうけい》には、鶺鴒《せきれい》や金景鳥《きんけいどり》が群れを成《な》さずに、然《さ》れどあちらこちらに飛び交《まじわ》いでもし、その秋景色《あきげしき》は慈愛《じあい》を含んだ色味《いろみ》かも知れぬと佳一は不覚《ふかく》に覚《おぼ》え、黙《だま》った侭《まま》の据《す》え眼《まなこ》で東《とう》行《ぎょう》の次言《じげん》を待った。

「面白《おもしろ》くないかい、僕《ぼく》は面白いな。光《ひかり》在れ、なんて。光《ひかり》なんて在《あ》るから闇《やみ》もまた在るのだろう？　非道《ひど》く手前勝手《てまえがって》と思わないかい、誰かの光《ひかり》が赫灼《かくしゃく》たれば赫灼《かくしゃく》たる程、誰かの闇《やみ》なんて深淵《しんえん》を深《ふか》めるさ。海《うみ》を越えても何処《どこ》まであっても、人間《にんげん》なんてさ。」

剣雨《けんさめ》の一条一条《いちじょういちじょう》は、京《きょう》の土《つち》に突き刺さるかの銀色《ぎんいろ》に観得《みえ》るが、やはこの土にも、雨は墜《お》ちるや幾星霜《いくせいそう》、混積《こんせき》再び雨と成《な》る。

三味線《しゃみせん》の撥音《ばちおん》に、立て右膝《ひざ》を楽器に据《す》えて、東行《とうぎょう》はその右の二指にて律《りつ》を取る。

「光《ひかり》は闇《やみ》を銷《け》し能《あた》わぬ。可逆《かぎゃく》の理《ことわり》だがね。三千世界《さんぜんせかい》に連《つら》ねども、銀白《ぎんぱく》の鷹《たか》在れば、漆黒《しっこく》の鴉《からす》は共《とも》に在るのさ。下衆《げす》で、耽美《たんび》で、極《きわ》めて愉快《ゆかい》だ、そうは思わないかい？」

決死《けっし》の志士《しし》らの血潮を多分《たぶん》に吸ったであろう土に融《と》けた雨は、血を摂《と》り込みながら其《そ》の色味をこの驟雨《しゅうう》の如《ごと》き銀箔《ぎんぱく》に、如何様《いかよう》にして変容《へんよう》させ、降《ふ》るのか、そちらに過分《かぶん》の愉快を覚えた佳一は、三味線撥《ばち》の休拍《きゅうはく》を待って、三味《しゃみ》に負けじの、然《さ》れど雨に銷《け》さるる声で応《こた》えた。

「人《ひと》の数《かず》だけ、神《かみ》の在《あ》るのは道理《どうり》です。神が唯物《ゆいぶつ》などの方《ほう》が馬鹿《ばか》げちょる。それに、巨《おお》きい程に巨《おお》きい光《ひかり》は、闇《やみ》も喰《く》らううち、俺《おれ》は思うちょります。」

同じ背高《せだか》の庇《ひさし》に覆《おお》われた、陰日向《かげひなた》無き隘路《あいろ》に沁《し》み込む雨水《あめみず》を観ながら、流れる水《みず》は途斬《とぎ》れ能《あた》わず、左様《さよう》であるから隘路《あいろ》にも、花草《はなくさ》の咲き結ぶのだと佳一は念《おも》った。雨も、三味《しゃみ》の音《ね》も、已《や》むを知らずに落ち響《ひび》く。

「ならば、巨《おお》きな闇は、光《ひかり》を喰らうかね？」

立《た》て膝《ひざ》の律《りつ》取《ど》りを已《や》め、向《む》こう座《ずわ》りの正面を向いた侭《まま》、東行《とうぎょう》は言葉を被《かぶ》せる。東行《とうぎょう》の横面《よこづら》の奥には、志士《しし》など自称《じしょう》する者等《ものら》が言《げん》に言《げん》を被《かぶ》せてあって、どこかお囃子《はやし》でも長《ちょう》ずるかの雰囲気を佳一は覚えた。

「俺《おれ》らん故里《くに》の盆踊《ぼんおど》りに、吉田屋《よしだや》さんっちゅう人の寓話《ぐうわ》があります。」

弁論飛び交《か》う韻律《いんりつ》に、郷土祭《きょうどまつ》りの一風景《ひとふうけい》を想い起こした佳一は、空《そら》とも見ずに蓬《おど》ろと粒吐《つぶは》いた。

一風景《ひとふうけい》は原風景《げんふうけい》で、東行《とうぎょう》は雰囲気の変《へん》じた佳一に意《い》を覚え、猪口《ちょこ》片手の侭《まま》、正眼《せいがん》を佳一に向けた。

「吉田屋《よしだや》さんち云う商人《しょうにん》がおりまして、性根《しょうね》ん悪《わり》い、善行《ぜんこう》しきらん人で、二升《にしょう》使わしゃ他人《ひと》には八合《はちごう》、我《わ》が身《み》取るにゃあ一升《いっしょう》と二合《にごう》を掠《かす》めち、相《あい》で四合《しごう》の我欲《がよく》ばかりする人じゃったんです。それが娘《むすめ》のお初《はつ》に報《むく》いっしもうて、お初《はつ》にゃいつしか額両方《ひたいりょうほう》に角《つの》が生《は》ゆるわ、躰一面《からだいちめん》は鱗《うろこ》ん肌《はだ》になるわで、それが世間《せけん》の噂《うわさ》に上《あが》ったんです。したら、吉田屋《よしだや》さんは鉄《てつ》ん牢屋《ろうや》を拵《こさ》えち、四本《しほん》の柱《はしら》は皆黒《みなくろ》鉄《がね》で、梁《はり》や垂木《たるき》は皆赤金《みなあかがね》で、中《なか》には一本檜《いっぽんひのき》の柱じゃったそうです。そこにお初《はつ》を鉄《てつ》ん鎖《くさり》で繋いだんじゃが、然《さ》れどお初《はつ》ん邪身《じゃしん》の魔力《まりょく》、鉄の牢屋を一夜《いちゃ》に破《やぶ》ったんです。ほんで、肥後《ひご》と筑後《ちくご》ん境《さかい》の山《やま》に大目池《おおめいけ》ちゅう大池《おおいけ》があるんですが、其処《そこ》まで脱《ぬ》けでたお初《はつ》は、そん池にゃ未《いま》だ主無《ぬしな》いち聞いて、ほな己《おのれ》がこん池ん主《ぬし》なりましょち、そう云うてお初《はつ》はざぶんと池に沈《しず》んだんです。」

間《ま》を置きつつも、一気に佳一は喋《しゃべ》ったが、話し調子に呵成《かせい》は余《あま》り加《くわ》わらなかった。佳一の物語を盗み聞くか、驟雨《しゅうう》は少し、その火勢《かせい》を弱めていた。

「主《ぬし》になったかね、お初《はつ》さんは。」

東行《とうぎょう》は、その正眼《せいがん》に笑《え》みを張り付かせた侭《まま》、尋ねる。

「ちいせえガキバラん刻《とき》から、夏盆《なつぼん》ち云えばこん口誦《くど》きを刷《す》り込むかに聞いたんじゃけど、故里《くに》の大人連中《おとなれんちゅう》は皆《みな》すがら因果応報《いんがおうほう》の教訓《きょうくん》じゃち子に教《おし》えよります。うちん方《かた》もそうでした。でんが、俺《おれ》は逆《ぎゃく》じゃち思うちょります。親《おや》ん悪業《あくごう》の報《むく》い受けち、邪身《じゃしん》の闇《やみ》に成《な》れ果《は》ててしもうた娘《むすめ》が、行方《ゆくえ》もわからん夜闇《よるやみ》ん中《なか》、宛《あ》て無く逃げ駆けち、逢着《ほうちゃく》した深く暗《くれ》え池ん畔《ほとり》で俺《おら》あ、お初《はつ》さんは光《ひかり》を見《み》っけたっち思うんです。主《ぬし》ん無《ね》えんを教えてくれたんは光《ひかり》で、お初《はつ》さんはそん光《ひかり》に向け、己《おのれ》が池主《いけぬし》なりましょ云うたち思うちょります。そりゃ、見た目にはこまい毛胞子《けぼうし》んごたる光《ひかり》やったかん知れんけど、ざぶんと沈《しず》んでん良《い》いちお初《はつ》さんは思ったんじゃけ、あん娘《こ》にとっちゃ巨《おお》きい光《ひかり》じゃったんです。その心象《しんしょう》がガキバラん刻《とき》から俺《おれ》にはあるんです。親に鉄で繋がれるなんちゃ、えれえ闇《やみ》でしょ？　やけん、どげなどでけえ闇《やみ》でも、光《ひかり》は喰《く》らい能《あた》うんです。」

成《な》る程《ほど》、と粒吐《つぶは》いて一寸下眼《いっすんしため》を伏した東行《とうぎょう》は片拳《かたけん》を顎《あご》の支えとし、正眼《せいがん》に直った。猪口《ちょこ》はいつの間にやら脇畳《わきだたみ》に避《よ》けていた。

「叙事的《じょじてき》だが、大《おお》いなる楽観《らっかん》だね。」

そう云った東行《とうぎょう》の胡座姿《あぐらすがた》を、不知遠退《しらずとおの》き見《み》す越《こ》して、佳一は郷里《きょうり》に今も変わらず在るはずの、二《ふた》人《り》組《ぐみ》の姿をあららかに想い起こした。

微笑《ほほえ》みさえ能《あた》わぬさやと、その傍《そば》に双樹《そうじゅ》の如《ごと》く在りの侭を受容《じゅよう》し横に在る与太、平然《へいぜん》としてはあったが、ガキバラ時分の馴染みである、その魂《たましい》は瞬間《しゅんかん》でも惚《ほう》ければ悲観《ひかん》に転《まろ》ぶを、圧《あっ》し潰《つぶ》そうと必死であるのは、佳一には篤《とく》と知れた霊感《れいかん》であり、演繹《えんえき》であるがそれを、楽観《らっかん》、と判付《はんづ》けする東《とう》行《ぎょう》に、佳一は少し幽《かす》かな炎《ほのお》を覚えた。

「楽観《らっかん》じゃろうか。」

「大《おお》いなる悲観《ひかん》は楽観《らっかん》さ。遍《あまね》く一切《いっさい》は鏡合《かがみあ》わせだよ。福音《ふくいん》には非業《ひごう》が要《い》るし、正《せい》には邪《じゃ》、雨《あめ》には晴《はれ》が要《い》り用《よう》だろ？　悲観しきった楽観は、肉付《にくづ》け終わった大《おお》いなる美事《みごと》と僕は思うよ。吉野《よしの》の桜《さくら》も及《およ》ぶまいね。」

東行《とうぎょう》に覚えた炎はふわっと消え失せ、代わりに心根《こころね》の共根《きょうこん》を覚えた佳一は、僅《わず》かに覚えた反感が、いとも容易《たやす》く翻《ひるがえ》って、好感へと変容《へんよう》する内《うち》なる不思議に、確かに一切は鏡合《かがみあ》わせかと念《おも》った。鏡の裏の与太とさやも、悲《ひ》と楽《らく》を併《あわ》せ持って在る。

「ああ、そう考《かんが》えっと面白《おもし》りいですね。」

旅籠《はたご》入り口に据えられた、青竹《あおたけ》で編《あ》まれた篝火《かがりび》から、羽虫《はむし》の如《ごと》く弾ける火華群《ひばなむれ》が蝶蛾《ちょうが》と舞い、その舞い踊《おど》りは、同じように篝火《かがりび》の粉《こ》が舞い躍《おど》り、大太鼓《おおだいこ》を据えた高櫓《こうろ》を背景に、浴衣姿《ゆかたすがた》で供養《くよう》踊りに享《きょう》じる幼い時分の与太とさやの風景が、見下《みお》ろす眼《め》と千年格子《せんねんごうし》を越えて佳一の脳裏《のうり》に浮かんだ。

幼い自分にも、結《むす》び合うべき番《つが》いと映《うつ》った彼《か》の二人組は、今も人形遊びの如《ごと》きばかりかと、いつか彼《かれ》らに光は在るか、少し上《うわ》の空《そら》でそうと想った。

「ここに在る者《もの》らも皆そうさ。崇高《すうこう》な志《こころざし》なんてのは及《およ》ぶ何《なに》かを生《い》け贄《にえ》にしなければ得《え》能《あた》わんよ。家族とか恋人とかさ、或《ある》いは早くも生《せい》を喪《うしな》い死《し》を得《え》る者もあるだろうよ。」

短い総髪をざらりと梳《す》いて、東行《とうぎょう》は顎《あご》に落とした拳《こぶし》を額《ひたい》に充てがい、未《いま》だ風雲《ふううん》の論弁《ろんべん》を已《や》めない人輪《ひとのわ》を見遣《みや》った。

「なし志《こころざし》なぞ抱《いだ》くんじゃろうか。」

「なぜかな。皆《みな》、臆病《おくびょう》なのかな。臆病でちっぽけな己《おのれ》なんて大嫌《だいきら》いで、己がちっぽけなんて知りたくないから、暗闇《くらやみ》でめそめそなんてしていたくないから、志《こころざし》なんて大盤《おおばん》振《ぶ》る舞《ま》いを芯《しん》と立てて、ここじゃ日《ひ》の本《もと》かな、そんな巨《おお》きなものと同化《どうか》した気分を以《もっ》て、微塵子《みじんこ》と相変《あいか》わらぬ僕私《ぼくわたし》に蓋《ふた》をして決別《けつべつ》したいのさ。」

燭台《しょくだい》に灯《とも》された黄蠟《おうろう》の火柱《ひばしら》が、千年格子《せんねんごうし》を抜ける時季外《はず》れの朔風《さくふう》で揺らめき、篝火《かがりび》の火華《ひばな》らが、一度に四五塵《しごじん》弾けて失せた。

「あんたも左様《さよう》ですか？」

「僕なんて典型的《てんけいてき》なそれさ。己《おのれ》の事《こと》なんて思い還《かえ》る刻《とき》、僕はどうしてもこの国《くに》が付き纏《まと》うんだ。この国を良《よ》ろしくするものは、僕自身を良《よ》ろしくするものなのさ。それは僕が余《あま》りに臆病だから、四《し》の五《ご》の云わずに聳《そび》える様《よう》、いの一番の韋駄天《いだてん》に、巨《おお》きなものを内《うち》に住《す》まわしてるんだ。蓋《ふた》なんかしても暗闇は黴菌《ばいきん》を増《ふ》やすばかりなのにね。」

東行《とうぎょう》はそう云うと、正眼姿《せいがんすがた》の侭《まま》、伏目《ふしめ》閉じに少し嗤《わら》って、その伏目の侭《まま》、言《げん》を繋《つな》げた。

「大《おお》いなる闇《やみ》も、光《ひかり》に畢《おわ》るかな？」

「終《しま》いにはそうならんと嫌《いや》じゃき、そうなるはずち思うちょります。」

「はは、いいね、それ。」

此度《こたび》は空《から》っと、東行《とうぎょう》は笑った。弱まった雨は白く降り続け、斬るかの風《かぜ》は黒く吹き抜ける。

「楽観《らっかん》如何《いか》ばかりじゃけど。」

そう云って愛想良《よ》ろしく、佳一も笑った。

「光《ひかり》に畢《おわ》りたいねえ。光《ひかり》あれ、きっと僕も汀《みぎわ》には云うだろうか。」

「地球儀《ちきゅうぎ》で模《も》された球《きゅう》が、こん星《ほし》より外《ほか》にあるんを知っちょりますか？」

佳一は、寿介の教授《きょうじゅ》を想い出し、雨降りの空中《くうちゅう》にも、千年格子《せんねんごうし》の欄干《らんかん》の直下《ちょっか》にも届き能《あた》うた篝火《かがりび》華《ばな》の一塵《いちじん》の、燃え尽《つ》きるを見つめた。

「いや、勉強不足《べんきょうぶそく》だ。」

「星ばかりよう眺めちょりますと、殆《ほとん》ど定《さだ》まった運動《うんどう》をするんです。けんが、稀《まれ》に、まるで惑《まど》うかにあちこち不格好《ぶかっこう》な動きをとる星があるらしくて、そげな星んこつを、惑星《わくせい》、っちそう呼ぶんです。」

「惑星《わくせい》、逃げ惑《まど》っているのかな。」

東行《とうぎょう》は興味深気《ぶかげ》に、正眼《せいがん》の眼《め》をくりくりとさせてある。

「名ん由来《ゆらい》はそげでしょう。でんが、俺《おら》あ、天文学者《てんもんがくしゃ》にこん話《はなし》教えてもろうて、凝《じ》っと星空《ほしぞら》んやあ暫《しば》く眺めてみたけんが、ようわからんやったです。そりゃそうで、何日《なんにち》も何月《なんつき》も観察《かんさつ》してやっと把《は》握能《あくあた》う運動じゃき、俺《おれ》みたいに暫《しば》くっちゅうてん一夜《ひとよ》の内《うち》に眺めたとこで、止《と》まっちょるようにしか観得《みえ》んのです。」

「やあ、それはそうだ。」

「俺《おれ》らに比《くら》べてから、星なんかは動きよんに止まっちょるようにしか観得《みえ》んほど莫迦《ばか》でけえんです。でんが俺《おれ》らあ、そん莫迦《ばか》でけえ星に、惑《まど》っちょる、なんち感《かん》づいて惑星《わくせい》なんち名付《なづ》けも能《あた》う。己《おのれ》次第《しだい》の信心《しんじん》なんです。己ん信心次第で星をも莫迦《ばか》にできる。畢《おわ》りには光《ひかり》あるっち信じりゃ、俺《おれ》らみてえちっぽけな個体《こたい》くれえ楽勝《らくしょう》か、ち思います。もうこん星《ほし》は惑《まど》っちょるっち頭《あたま》がとれんでしょ？」

行方不知《ゆくえしらず》の雨は已《や》み、覗《のぞ》いた月明かりに叢雲《むらくも》が色味を段調《だんちょう》させ、月に近い端《は》は、玉虫《たまむし》の如《ごと》く玲瓏《れいろう》と彩《いろ》づいている。

「はっはっは、楽勝《らくしょう》だね、それは。うん、それは楽勝だ。」

天《あめ》は猶雲《なおくも》、然《さ》れど東行《とうぎょう》は秋空を恢復《かいふく》したかに、空笑《からわら》いをし、

「実《じつ》に愉快《ゆかい》だ、愉快だな。」

と、快活に二度同じ言《げん》を繋《つな》げた。

雨已《あめや》んだ京夜《きょうや》の空気《くうき》は、昼喧噪《ひるけんそう》に堆積《たいせき》した塵滓芥子《ちりかすけし》が洗い流れたかに、蒸留酒《じょうりゅうしゅ》の如《ごと》き澄明《ちょうめい》を度《ど》高《たか》め、志士《しし》の血や人虫獣植物らの遍《あまね》く垢《あか》を丸ごと混ぜ込んだ路《みち》の土が熱気を奪《うば》われ、奪われた熱が蒸気《じょうき》と成《な》りて、五色《ごしき》の叢雲《むらくも》へと吸い込まれて往《ゆ》く様《さま》を、佳一はありありと認めた。

篝火《かがりび》は如何《いかが》にと、下視《かし》に見遣《みや》ると、何時《いつ》の暮れにや竹炭《ちくたん》は炎を喪《うしな》い燻《くすぶ》ってあり、それを合図にか、論弁の人の輪も、宴《えん》も闌《たけなわ》お開《ひら》きとなった。

東行《とうぎょう》は、じゃあまた、とのみ云って、この室《へや》の主《あるじ》の風合《ふうあ》いで室《へや》を出て往《い》った。

月明かりに、雨で色《いろ》を奪われてあった軒点《のきてん》の夾竹桃《きょうちくとう》が、京雨《きょうう》に濡れた桃色《ももいろ》を発散《はっさん》させてあり、雨《う》後《ご》に気付く美事《みごと》もあるよと、佳一は夜涼風《よるすずかぜ》抜ける千年格子《せんねんごうし》の先《さき》を見つめてさを想った。

十　菫売《すみれう》り

佳一《かいち》は、京《きょう》に逢着《ほうちゃく》して二度目の春を迎えた。京町《きょうまち》の軒先《のきさき》には、気の早い釣《つ》り葱《しのぶ》が春風《はるかぜ》にも雷同《らいどう》し、たおたおと揺れてあった。この頃には、東行《とうぎょう》に従《つ》いて佳一は幾人《いくにん》、人斬《ひとき》りを為《な》していた。

初めての人斬りは、東行《とうぎょう》の思想を嫌った浪人輩《ろうにんやから》で、白昼堂々《はくちゅうどうどう》と襲撃《しゅうげき》を加えてきた熱血《ねっけつ》であった。ほぼほぼ用心棒《ようじんぼう》の態《てい》で東行《とうぎょう》に従《つ》いてあった佳一は、襲撃と認めるや否《いな》、刹那《せつな》に刀《かたな》を抜いて即妙《そくみょう》、首《くび》頸動《けいどう》を一閃《いっせん》に昇《か》き斬った。一息《ひといき》の間《ま》に呼吸も発声も断《た》たれた熱血《ねっけつ》は前のめりにうつ伏して、その血《ち》潮《しお》は熱血らしからぬどす黒《ぐろ》であった。初めての人殺《ひとごろ》しであると云《い》うのに、自若《じじゃく》のなりで抜身《ぬきみ》を黒石《くろいし》目《め》の鞘《さや》に納《おさ》める佳一に東行《とうぎょう》は、慣れたもんだ、と嗤《わら》った。初めて斬った、と愛想の良い笑み面《づら》で応《こた》えた佳一は、初めての人斬りにかくも落静《らくせい》の心地で在る由《よし》は、久郎衛《くろうえ》が師範《しはん》する道場での死体膾《したいなます》での仮想実戦《かそうじっせん》と、与太《よた》の首落《くびお》としを間近《まぢか》に観た御陰《おかげ》であろうと念《おも》った。与太の如《ごと》く、否《いや》、それにも負けじと死体膾《したいなます》を生《い》ける屍《しかばね》と幻造《げんぞう》して、肉《にく》ふるう感触は既《すで》に手に馴染《なじ》んでいたのであった。

それから幾人か斬ったが、佳一の遣《や》り口《くち》は、初めての熱血相手のそれを基本と極印《ごくいん》し、ほぼほぼ首頸動《くびけいどう》への昇《か》き上げ一閃《いっせん》であった。稍《やや》と評判が、対志士《たいしし》連中の人口《じんこう》に膾炙《かいしゃ》する頃になると、首への一閃を躱《かわ》されることも稀《まれ》では無くなったが、一閃を躱《かわ》されるなぞの危険予知《きけんよち》は、初めての熱血相手の折《おり》から佳一の読みの内《うち》に容易《たやす》く在る自明《じめい》であり、二閃目は、折《おり》の体勢、相手の出方約《でかたつづ》め方《かた》、万事《ばんじ》を一那《ひとな》に検分《けんぶん》し、返《かえ》す刀《かたな》で首落《くびお》とし、腕落《かいなお》とし、袈裟《けさ》斬り、逆袈裟《ぎゃくけさ》、唐竹割《からたけわり》と千差万別《せんさばんべつ》九曜色《くようしょく》、刀振《かたなふ》りの累《かさ》なり美事《みごと》であったとは、東行《とうぎょう》に従《つ》く皆《みな》すがらに加乗《かじょう》に修飾《しゅうしょく》され、彼奴《かれな》の通《かよ》う置屋《おきや》なぞには或種《あるしゅ》、物怪《もののけ》めいて口伝《くでん》された。物怪《もののけ》が、畏怖《いふ》されながらも人の興享《きょうきょう》を惹《ひ》くのは、それが超常《ちょうじょう》のものであるからで、皆すがら、富《とみ》に置屋《おきや》の遊女《ゆうじょ》なぞには、平常世界《へいじょうせかい》の倦怠飽和《けんたいほうわ》を劈《つんざ》く格好《かっこう》の刺激《しげき》物《ぶつ》であった。

この頃東行《とうぎょう》は、夜鳴屋《よなきや》と云う置屋《おきや》を隠《かく》し拠《きょ》に構《かま》えてあり、佳一もそれに従《つ》いておのずから繁《しげ》く通った。夜鳴屋《よなきや》の入り口には、鉢植《はちうえ》された樒《しきみ》が魔除《まよ》けの役《やく》で据《す》えられてあり、その隣には鞍馬石《くらまいし》を刳《く》り貫《ぬ》いた手水盤《ちょうずばん》がその環縁《わえん》に檜《ひのき》の捲物《まきもの》を二尺常葉《にしゃくとこは》と揃《そろ》えて据《す》えられてあった。暖簾《のれん》は白練《しろねり》の羽《は》二重無地《ぶたえむじ》で、手水《ちょうず》了《お》えたばかりの皮脂熱除《ひしねつのぞ》いた掌《て》で触れると、夏時分にも冷《ひ》やりと大理石肌《だいりせきはだ》の柔《にゅう》触《しょく》で吸い付く心地良さがあった。

其処《そこ》に、花散里《はなちるさと》と云う名の、天然巻《てんねんま》きの小緩《こゆる》くかかった栗髪《くりかみ》を、遊女《ゆうじょ》らしからぬ馬尻尾《うましっぽ》の如《ごと》くにくくり紐《ひも》で結《ゆ》わいて、薄桃《うすもも》の単衣《ひとえ》の上に猩猩緋《しょうじょうひ》の羽二重羽織《はぶたえはおり》を好んで纏《まと》った女があった。

星纏《ほしまと》いの渦《うず》が更《こう》を更《さら》に闌《た》く或《あ》る夜に、十《とお》ばかりの年端《としは》もいかぬ少女が独《ひと》り、菫《すみれ》は要《い》らんかえ、と夜鳴屋《よなきや》の室々《へやへや》を廻《まわ》る頃が在った。生成《きな》りの単衣《ひとえ》にあちこち泥《どろ》みどれの赫巻帯《あかまきおび》を纏《まと》った少女は、一見《いっけん》にみずぼらしく、生成《きな》りの左の袖《そで》は奇妙《きみょう》に萎《しぼ》みこごまっていた。菫売《すみれう》りは隻腕《せきわん》で、当ての亡《な》い袖《そで》が行方《ゆくえ》を喪《うしな》い無様《ぶざま》に縮《ちぢ》こまってあるので、刀《かたな》が主武具《しゅぶぐ》のこの時代に、肢体不自由《したいふじゆう》の障碍者《しょうがいもの》は男にはそう珍しいものではなかったが、女で、それも初潮《しょちょう》も迎えたか知れぬ少女には、些《いささ》か物珍《ものめずら》しき風体《ふうてい》であった。

「菫《すみれ》は要《い》りませんか。一束三文《ひとたばさんもん》です。」

菫売《すみれう》りが怖《お》ず怖《お》ずと、一吹風《ひとふきかぜ》に消さるるかのか細《ぼそ》い声で然《そ》うと触れ回る姿を、開け放した源氏《げんじ》襖《ぶすま》の奥間《おくま》から佳一は眼で追い、そのこそこそとした様姿《さますがた》は哀《あわ》れに惨《みじ》めで、左袖《ひだりそで》は少女が俯《うつむ》く度《たび》に、しおしおと手折《たお》れてあった。佳一のいる広間には、其《そ》の日は東行《とうぎょう》の姿は無く、特段密議《みつぎ》も無かった由《ゆえ》に、襖《ふすま》は開け放してあった。

菫売《すみれう》りが野良菫《のらすみれ》を売り歩くほどの、晩春《ばんしゅん》の風《かぜ》の温《あたた》かい夜であった。源氏襖《げんじぶすま》と同じく開け放された格子戸《こうしど》を抜けて吹き込む温かい芽吹《めぶ》き風《かぜ》は、菫売《すみれう》りの左袖《ひだりそで》を揺らし、畢生《ひっせい》その実《み》の生《な》らざるを、風《かぜ》だけが嘆《なげ》いてあった。

一束《ひとたば》も売れず、紫斑《しはん》の可愛《かわい》い菫《すみれ》で満杯の籐籠《とうかご》を左肩にぶらさげた菫売《すみれう》りの瞳《ひとみ》は、不潔《ふけつ》に放《ほう》たらかされた前髪が簾覆《すだれおお》い、佳一にはその輝きや光喪《こうしつ》やは見得《みえ》なかったが、ひしゃげた憐憫《れんびん》の錫屋根《すずやね》の如《ごと》き惨《みじ》めな少女姿が、事実眼《じじつめ》にはしていないが乱暴されたばかりのさやの姿を念《おも》わせた。

佳一が、右掌《て》を付き押しに腰《こし》を上げようとした刻分《こくぶん》、ぱたぱたと菫売《すみれう》りに近寄る者があった。佳一は、その猩猩緋《しょうじょうひ》の衣《ころも》で即《す》ぐとそれが花散《はなちる》であるを認め、浮かした腰を一旦《いったん》また下《お》ろした。どうにも花散《はなちる》は、佳一と同じく菫《すみれ》を買《こ》うてやろうとしてあるらしく、小さな菖蒲色《しょうぶいろ》のがま口《ぐち》を胸口《むなぐち》から取り遣《や》って、中身の銭《ぜに》を数えてあった。散茶位《さんちゃくらい》の花散《はなちる》にも、一束三文《ひとたばさんもん》の菫《すみれ》を買《か》う余裕ほどはあろうと、くきりと見能《みあた》うようしきりと眼を細《ほそ》めた佳一は、猩猩緋《しょうじょうひ》の羽二重光紋《はぶたえこうもん》を煌《きら》めかせ廻廻《くるくる》と笑《え》み面《づら》舞わる花散《はなちる》と、仰《ぎょう》らしく辞儀《じぎ》を垂《た》れる菫売《すみれう》りの少女との一光景《ひとこうけい》に、燈明《とうみょう》の妙《みょう》も相《あい》まって、一つ絵《え》巻《まき》の美しみを覚えた。

屈《かが》み込み、両膝《りょうひざ》手突《てつ》きで籠内《かごない》の菫《すみれ》を選《よ》っている最中《さなか》、室内の客に呼ばれてか一旦花散《はなちる》は開け放しの同じ源氏襖《げんじぶすま》から室内へひょいと戻った。刻同時《ときどうじ》、簾前髪《すだれまえがみ》でその表情は窺《うかが》えねど、初売《はつう》れに喜色《きしょく》ばんで映《うつ》る、か細《ぼそ》い菫売《すみれう》りの背後にぬっと大男《おおおとこ》が沸《わ》いて出た。大男は正《まさ》しくぬっと天井影《てんじょうかげ》になった奥闇《おくやみ》から現れて、菫売《すみれう》りの襤褸襤褸《ぼろぼろ》傷《いた》んだ襟首《えりくび》を、筋骨隆起《きんこつりゅうき》の右掌《て》に摑《つか》み、野良猫《のらねこ》でも摘《つま》むかの扱いでずりずりと曳《ひ》き連れて往《い》った。勝手推参《かってすいさん》に店屋内《みせおくない》へと入り込み、勝手手形《かっててがた》で商《あきな》いを為《な》してあったのであろう、菫売《すみれう》りは抵抗も嬌声《きょうせい》も能《あた》わずに為《な》さるるが侭の猫首摑《ねこくびつか》みの其《そ》の侭で、樒《しきみ》の入り口から四五歩《しごほ》の路土《ろつち》へ放《ほう》り投げられ、路土《ろつち》と摩擦《まさつ》を起こす事も無く、べちゃりとその場に這《は》いつくばった。唾壺《だこ》でもあるまいに、大男《おおおとこ》は哀《あわ》れな少女に向け一発唾《つば》を吐《は》きかけて、檜捲物《ひのきまきもの》で手水《ちょうず》をし、入り口の戸をぴしゃりと閉めた。菫売《すみれう》りはむっくり立ちて、散《ち》らばりになった菫《すみれ》を掻《か》き集め、元《もと》の様《よう》に肘先《ひじさき》の亡《な》い左肩にぶらしょげて、俯《うつむ》いたなりとぼとぼと歩んで往《い》った。肘先《ひじさき》の有る右掌《て》は、目《め》元《もと》で左右に振れてあり、格子窓《こうしまど》から眺めてあった佳一には、唾《つば》を拭《ふ》くと云うよりも、菫売《すみれう》りは現世《うつしょ》で爾余《じよ》無い恐ろしい涙《なみだ》を流してあり、其《そ》れを一生懸命拭《ぬぐ》おうとする彼《か》の少女は是《これ》より、死天《しで》の山《やま》へと向かうかの様《よう》に見えた。

黄昏《たそがれ》なぞ遠《とお》に過ぎた更夜更《さらよふ》けの往来《おうらい》に、足並み群れはほぼほぼ無くて、野良犬《のらいぬ》の駆け足と夜猫《やねこ》の盛《さか》り声《ごえ》ばかりが、見透《みす》かして見る月影《つきかげ》も亡《な》い闇夜《やみよ》に木々《きぎ》のざわむれほどに響いてあった。

佳一は、一旦《いったん》は下《お》ろした腰をすくと上げ、下げ緒《お》の先《さき》が座《ざ》し人等《ひとら》に当たらぬよう左掌《て》で押さえつつ、気配殺《けはいごろ》しに広間を出《いで》て足音失《しっ》して瓶植《かめう》えされた棕櫚《しゅろ》葉の飾る段々《だんだん》を下《くだ》り、樒《しきみ》の入り口を音無《おとな》しく脱《ぬ》けた。段々前の室《へや》を通り過ぎる際、散《ち》ら眼《め》で室中《しつなか》を見遣《みや》ると、裾《すそ》押さえの恰好《かっこう》でこちらに向かう花散《はなちる》と眼が合った。

三間程《さんげんほど》の幅巾《はばきん》の、路土往来《ろつちおうらい》の脇《わき》には花甘藍《はなかんらん》が生《は》えてあり、その葉肉芯央《はにくしんおう》の赤紫《あかむらさき》に染《そ》まった成体《せいたい》は、路土《ろつち》に沁《し》みた志士《しし》等の血でも吸うたかに乱《みだ》れ咲いてあった。

独《ひと》りぼっちの往来を、とぼとぼと歩む菫売《すみれう》りは、背後から吹く天《あま》の真樹風《まきかぜ》がはためかせる、糞《ふん》尿乾涸《にょうひから》びたかに灼《や》けた一張羅《いっちょうら》に空《あ》いた虫喰《むしく》い孔《あな》を覗《のぞ》きつつ、唯惨《ただみじ》めな己《おのれ》を想い、何の用も為《な》さない隻腕《せきわん》を呪《のろ》い、その簾前髪《すだれまえがみ》に隠れた瞳《ひとみ》は、唯唯昏《ただただくら》く深く沈黒《ちんこく》してあって、菫売《すみれう》りには、その虫喰いの孔《あな》は己《おのれ》に刻まれた、昏《くら》い訃音《ふいん》の文身《もんしん》と念《おも》えた。

惨《みじ》め、哀《あわ》れ、悲《かな》しい、可哀想《かあいそう》なぞ、どの同情詞《どうじょうことば》も己《おのれ》には何も当て嵌《は》まりそうも無く、菫売《すみれう》りは、何故己《なにゆえおのれ》は出来《しゅったい》したのか、何故己《なにゆえおのれ》は生きて良《よ》いのか、その如《ごと》く簡明《かんめい》な問答《もんどう》にすら理知能《りちあた》わなく、心《しん》奥深淵幽《おうしんえんかす》かに残った滓火《かすび》を燃やし尽くすかに、月《つき》の亡《な》い空《そら》に顎先《あごさき》を突き立て、うわんうわんと大きく泣いた。往来《おうらい》に人影《ひとかげ》は全《まった》くも無く、菫売《すみれう》りの号泣《ごうきゅう》は、己《おの》が無意味を知らしめた天《あま》の真樹風《まきかぜ》の背奈《せな》に乗り、夜喇叭《よるらっぱ》、或《あ》いは鳴神《なるかみ》かの如《ごと》く京《きょう》の夜道《よみち》の遠吠《とおぼ》えと成《な》り、上向《うわむ》いて流れた前髪簾《すだれ》より曝《さら》された瞳《ひとみ》からは、大粒《おおつぶ》の涙ばかりが、星月《ほしつき》の反光纏《はんこうまと》いすら赦《ゆる》されず、唯唯虚《ただただむな》しくぼろうぼろうと零《こぼ》れるばかりであった。

「こりゃ、ちょい待《ま》ち、菫売《すみれう》り。」

己《おのれ》の喘《あえ》ぎを貫《つらぬ》き刺すかに、不過視《ふかし》に透《とお》る背からのあららかな声掛けに、びくんと電感《でんかん》した菫売《すみれう》りは、百虫《ひゃくちゅう》に相咲《あいわら》う、うたてき自《みずか》らなど一切合切《いっさいがっさい》どうでもあれの諦観相《ていかんそう》で、涙を大粒にしたまゆるりと振り向いた。その面《つら》は、十《とお》に過ぎぬ子供が成《な》して良い相《そう》では木《こ》っ端《ぱ》も無くて、中身の亡《な》い左袖《ひだりそで》はたおたおと風《かぜ》に甚振《いたぶ》られてあり、その姿儚《すがたはかな》さに、勿怪《もっけ》と佳一は悲しく笑った。

思想《しそう》を是《ぜ》として人殺《ひとごろ》しを厭《いと》わぬ血《ち》みどろと、生来《せいらい》よりて人に風《かぜ》にも愛されるを識《し》らぬ隻腕《せきわん》の菫売《すみれう》りとの対面は、負《ふ》の符号《ふごう》の乗算《じょうざん》にか、星影《ほしかげ》も亡《な》い周円《あたり》を種々《しゅしゅ》と色取《いろど》り、玉髄燧《ぎょくずいひうち》を撃《う》ち鳴らしたかに宵闇《よいやみ》の中、跋扈《ばっこ》と瞬寸色目《しゅんすんいろめ》気《き》立って、星の数より数多《あまた》な生命《せいめい》の火《ひ》の内《うち》で、世の此《こ》の刻《とき》は慥《たし》かに二人を主人《しゅじん》とした。藍方半貴《あいほうはんき》の瑠璃蝶《るりちょう》が、幻造《げんぞう》の宙《そら》に一匹、燐燐《りんりん》と飛翔《ひしょう》した。

「菫《すみれ》を貰《もら》おうかの。」

泣きじゃらしの菫売《すみれう》りに、警戒微塵《けいかいみじん》無《な》く近寄り目線合わせにしゃがみ込んだ佳一は、そう云ってごそごそ飛燕《ひえん》の袖《そで》に忍《しの》ばせた銭巾着《ぜにきんちゃく》を探《さぐ》った。

「商売繁盛《しょうばいはんじょう》じゃろ。そげえ泣くやつがあるかい。」

そうと云って、簾前髪《すだれまえがみ》を梳《す》き掻《か》き、菫売《すみれう》りの瞳《め》から露《つゆ》に零《こぼ》れる涙水《なみだみず》を、小さな頬首《ほほくび》押さえに右親指で掬《すく》い取り、中二指《なかにし》は頬肉《ほほにく》を、端二指《はしにし》は首筋《くびすじ》を、そういう具合《ぐあい》に佳一は菫売《すみれう》りの左面《ひだりおもて》を優しく撫《な》でた。

不意《ふい》と訪れたその優しみは、菫売《すみれう》りに処女《しょじょ》の快激《かいげき》を催《もよお》させ、涙流《なみだなが》るる惨《みじ》めなぞ、閂鎖《かんぬきとざ》すかに消え失せて、代わりに、温《あたた》かく広い掌《て》と、貫《つらぬ》くかに見る佳一の眼《まなこ》に、惨《みじ》めさに惨殺《ざんさつ》されかけた己《おの》が女《じょ》性《せい》が釘付《くぎづ》いて、菫売《すみれう》りは幽《かす》かに躰《からだ》を震《ふる》った。

「ひっ、一束三文《ひとたばさんもん》です。」

「応《おう》、全部《ぜんぶ》くれや。」

そうと云いながら佳一は、此度《こたび》は左掌《て》を菫売《すみれう》りの右面《みぎおもて》に頬首充《ほほくびあ》てがい、左面《ひだりおもて》と同容《どうよう》に溜《た》まり零《こぼ》れの涙粒《なみだつぶ》を拾った。拭《ぬぐ》いの親指に、両面《りょうおもて》の目尻を垂《た》れ下げられ、頬肉《ほほにく》を僅《わず》かに突っ張られた菫売《すみれう》りの表貌《かお》は、おかめの如《ごと》く幸福《しあわせ》そうに笑って見えた。

星纏《ほしまと》いの渦《うず》は対面する二人と、二十歩十歩《にじゅっぽじゅっぽ》ほど佳一の背方《せほう》に在る一人の頭上で、乱れ菖蒲《しょうぶ》の狂《くる》い咲《ざ》くかに、瞬《また》いてあった。

背後の一人頭は、銀《ぎん》に橄欖《かんらん》、黄楊《つげ》の花簪《はなかんざし》を馬尻尾《うましっぽ》に挿《さ》した花散《はなちる》の頭であって、佳一と同じく菫《すみれ》売《う》りを追って来た彼女は、先越《さきこ》されの気不味《きまず》さに、芍薬《しゃくやく》の如《ごと》く二人を立ち見るばかりであった。

「え、ぜっ全部《ぜんぶ》ですか？」

「そうじゃ。全部《ぜんぶ》じゃ。」

そうと云う佳一が、頬首充《ほほくびあ》ての右掌《て》を、菫《すみれ》で満胆《まんたん》の籐籠内《とうかごない》へと伸ばし、一摑《ひとつか》みに一切《いっさい》の菫束《すみれたば》を掬《すく》い上げ、銭巾着《ぜにきんちゃく》の銭《ぜに》を巾着《きんちゃく》の侭《まま》、籐籠内《とうかごない》へと落とし込むと、対価銭《たいかぜに》の勘定《かんじょう》にか、菫売《すみれう》りは有る方《ほう》の掌《て》で籠内《かごない》の巾着紐《きんちゃくひも》を片手扱いに紐解《ひもと》きかかった。

「いいちゃ。全部《みな》持ってけや。」

両膝《りょうひざ》突《つ》いてそう云う佳一と、姫百合《ひめゆり》と立つ菫売《すみれう》りの姿丈《すがたたけ》は、星纏《ほしまと》いを水平《すいへい》に全《まった》くの同位《どうい》を成してあり、佳一の飛燕《ひえん》の両膝は、未《いま》だ落涙御《らくるいぎょ》し能《あた》わぬ菫売《すみれう》りの涙《なみだ》と融解《ゆうかい》した、涙吸路土《るいきゅうろつち》の半泥《はんでい》に塗《まみ》れてあった。その刻分《ときぶん》、菫売《すみれう》りの躰中《からだじゅう》を電感《でんかん》とも云えぬ、玉削《たまけず》りの佳音《かいん》と比喩《たと》えれば適応《てきおう》か、得体《えたい》の識《し》れぬ怪感《かいかん》が鎌鼬《かまいたち》と駆《か》けた。その怪感《かいかん》は、我々が優《やさ》しさなぞと形容呼称《けいようこしょう》する感覚であるとは、生来《せいらい》よりて其《そ》れを受容《じゅよう》するを知らぬ菫売《すみれう》りには、心奥泉湧《しんおういずみわ》くかの幸《さいわい》であった。

菫売《すみれう》りは、おぎゃあと泣いた刻点《こくてん》より古寺門前《ふるでらもんぜん》に打ち棄《す》てられた私生子《しせいじ》であり、古寺《ふるでら》の住職《じゅうしょく》は憐《あわ》れと拾い育てたが、当《とう》の住職既《すで》に鬼籍《きせき》に入《はい》る寸《すん》でのもので、菫売《すみれう》りの物心《ものごころ》尽くすより早く、旱《ひでり》を喰ろうて罷《まか》り越《こ》しまりて以来、菫売《すみれう》りは土壁《つちかべ》捥《も》げた古寺《ふるでら》で、蛇《へび》や蜥蜴《とかげ》や草根《くさね》を喰ろうてからがら生きてあった。不可思議《ふかしぎ》なもので、蛇《へび》や草根《くさね》を喰らえども、菫売《すみれう》りの流す涙は、人世《じんよ》に変わらぬ無明《むめい》透《とう》であった。

「び、びしゃびしゃ。」

そう云って菫売《すみれう》りは早《はや》と屈《くぐ》み、亡《な》い左腕の千切《ちぎ》れた先で、こしこしと泥《どろ》に塗《まみ》れた佳一の膝衣《ひざころも》を磨《みが》かんとし、籐籠《とうかご》を肩からどぶりと滑《すべ》り落とした。卑屈《ひくつ》で惨《みじ》め、然《さ》れど正鵠《せいこく》の如《ごと》く丸《まる》みを帯《お》びた少女の、左腕の千切《ちぎ》れた先《さき》を掬《すく》い上げ、佳一は其《そ》れをひなげしと左の掌《てのひら》で撫《な》でた。

「えらしい手《て》てじゃの。」

「え、えらしい？」

「俺《おれ》らん国言葉《くにことば》で、可愛《かわい》げち意味《いみ》ちゃ。」

物心《ものごころ》尽いてより、野《の》と古寺《ふるでら》に孤寞《こばく》と生きて参《まい》った菫売《すみれう》りに識字《しきじ》は能《あた》わず、然《さ》れど小夜鷹《さよだか》と買われたのっぺら共《ども》に、是《これ》より曼華《まんげ》と咲くはずの身《み》を売る駄賃《だちん》にか、話し言葉はある都度《つど》習ってあった。

可愛《かわい》げ、との形容《けいよう》は、古寺《ふるでら》に共《とも》に暮らしたみゃうみゃうと鳴くのみの三毛猫《みけねこ》に向けて、小夜鷹《さよだか》の世話を斡旋《あっせん》した女衒《ぜげん》がそうと云った。

「か、かわいいですかえ？　これ。」

人世《じんよ》に似らず、役にも立たない醜《みにく》い己《おの》が左腕を、可愛《かわい》げなぞと評《ひょう》された菫売《すみれう》りの心臓は有頂天《うちょうてん》外駆《がいく》け上《のぼ》り、乙女《おとめ》の貌《かお》で佳一を見上げた。

「丸《まる》うてえらしいわえ。ほれ、膝《ひざ》んこつはいいき早《は》よ銭子《ぜにこ》もって母《かあ》ちゃんとこ帰りや。」

一寸退《し》ざり、細首杜《ほそくびま》げて可恐可恐《こわごわ》とする菫売《すみれう》りに勘気付《かんけづ》いたか、佳一の背方《せほう》から裳裾《もすそ》を地摺《じず》る絹《きぬ》音《おと》がした。

「この子《こ》、きっと、親無《おやな》しだね。」

膝突き姿の左方《さほう》に並び、そうと云う花散《はなちる》を、散《ち》らと見上げた佳一は、その下横顔の銀泥《ぎんでい》に、月《つき》も要《い》らぬわと気色《けしき》覚えて、菫売《すみれう》りの小頭《こあたま》にぽとりと右掌《て》を置いた。

「済《す》まん。ほな、詫《わ》びじゃ。今晩《こんばん》は俺《おれ》が吾《わ》れん親《おや》んなっちゃる。」

そうと云って、銭巾着《ぜにきんちゃく》の詰《つ》まった籐籠《とうかご》を拾い上げながらすくりと立って、左方を見遣《みや》り佳一は、そなたもどうじゃ、と声を掛けた。

「妙案《みょうあん》。」

花散《はなちる》は、そうとのみ発《はっ》して菫売《すみれう》りと佳一との狭間《はざま》に稍《やや》と押し入って、掛け掌越しに菫売《すみれう》りの右掌《て》を捕《と》りて、眼《め》で出発の合図をした。押し入りの際に発芽《はつが》した、花散《はなちる》の緩巻《ゆるま》き髪《がみ》の馬尻尾《うましっぽ》がふり撒《ま》いた香気胚《こうきはい》が、むずむずと気孔《きこう》を通《とお》り、佳一の心《しん》の臓《ぞう》を軽く叩いた。

籐籠《とうかご》を繰《く》り下《さ》げて、佳一は菫売《すみれう》りの左方《さほう》に並び立ち、菫売《すみれう》りを央《おう》に、花散母御《はなちるははご》を右方《うほう》にした、奇《き》天烈奇妙《てれつきみょう》な一夜《ひとよ》限りの偽家族《にせかぞく》は、百鬼夜行《ひゃっきやこう》の埋伏《まいふく》するかの暗闇途《くらやみみち》に、てくてくてくと消え往《い》った。

金鳳花《きんぽうげ》の白黄色《しらきいろ》が、路傍《ろぼう》に散《ち》り散《ぢ》り咲く鴨川《かもがわ》近い野辺《のあた》りに、菫売《すみれう》りの住まう古寺《ふるでら》は、伽藍《がらん》と呼べる堂揃《どうぞろ》えは亡《な》く、吹《ふ》き曝《さら》しの本堂《ほんどう》と、見るからにあばらな庫裏《くり》を揃《そろ》えるのみで、雨風《あめかぜ》は凌《しの》げども、盗掠《とうりゃく》されたか本堂《ほんどう》には本尊《ほんぞん》さえ亡《な》く、目《め》の梳《す》いた板張りから野草《やそう》が草臥《くたび》れたかのように生《は》えるばかりにあった。

「風情《ふぜい》があるのお。魑魅《ちみ》でも出《で》そうちゃ。」

戯《おど》けた拍子《ひょうし》で佳一が云うと、同意するかに花散《はなちる》がころころと笑い、偽親《にせおや》二人の楽《たの》しげに、菫売《すみれう》りも同じに笑った。

本堂四段《ほんどうよんだん》の階段を昇り、向拝《こうはい》の下《した》で三人は、菫売《すみれう》りを変わらず央《おう》として、亡《な》い本尊《ほんぞん》に背を向けて正面向かって並んで座《すわ》った。幾星霜《いくせいそう》と天竺鼠《てんじくねずみ》の喰《く》ろうたか、山門《さんもん》は見事《みごと》に朽《く》ち果《は》てており、其《そ》の先《さき》には、鴨川流《かもがわなが》るる瀬《せ》せらぎが、夜中丑満《よなかうしみつ》の宵《よい》ばかりを深めて拡がってあった。

菫売《すみれう》りの古寺《ふるでら》は、夜鳴屋《よなきや》より一里半《いちりはん》もの距離があり、更闌《こうた》けに少女が独《ひと》り歩くには、絶亡《ぜつぼう》とする距離の無限《むげん》であろうかと、菫売《すみれう》りを挟《はさ》んで座る花散《はなちる》の方《ほう》を佳一が散《ち》らと見遣《みや》ると、御構《おかま》い無しかの風合《ふうあ》いで、花散《はなちる》はごそごそなにやら猩猩緋《しょうじょうひ》の袖内《そでうち》を探《さぐ》ってあった。

「ちまきあるの。食《た》べる？」

そうと云って花散《はなちる》は、頷《うなず》くばかりの菫売《すみれう》りに一つちまきを手渡して、疑問符《ぎもんふ》の返応《へんおう》を待たず、佳一の方《ほう》へもその白く仄《ほの》めく左掌《て》を差し伸ばした。

すまんの、と佳一は菫売《すみれう》りの小頭《こあたま》、上空《じょうくう》に右掌《て》を開き上向きに差し伸べると、落とされたちまきの重みに加持《かじ》加《くわ》え、花散《はなちる》の白子魚《しらこうお》の如《ごと》き細指《ほそゆび》の柔触《にゅうしょく》が、滑《なめ》らかに冷《ひ》やこく佳一の掌《て》に触れ、稍分《ややぶん》の気色《きしょく》が二人に立った。

ちまきは細長《ほそなが》に笹葉《ささは》で包《くる》まれ、うるち餅《もち》の中実《なかみ》には漉《こ》した小豆餡《あずきあん》が詰《つ》められてあった。初めて見《まみ》えたか、食《く》い方《かた》の理解能《あた》わぬ菫売《すみれう》りに、花散《はなちる》は白子魚《しらこうお》の指先で、丁寧にそれを教えていた。

「美味《うま》いの。あんたがこさえたんか？」

「遊女《ゆうじょ》は料理《りょうり》、しないものよ。」

そうと云って、おいしいかえ、と菫売《すみれう》りに稍首杠《ややくびま》げに尋ね、こくこくと頷《うなず》く菫売《すみれう》りの小頭《こあたま》を撫でながら、大層嬉《たいそう》しそうに花散《はなちる》は、瞳《め》を裸身《はだかみ》にしてにへらと笑った。細長《ほそなが》のちまきを咥《くわ》えながら、横《よこ》眼《め》に二人を見遣《みや》った佳一は、母娘《おやこ》と云うより姉妹《しまい》がしっくりよとの観相《かんそう》を覚え、猩猩緋《しょうじょうひ》に架《か》かる緩栗巻毛《ゆるくりまきげ》を掻《か》き梳《す》き流す花散《はなちる》の仕草相貌《しぐさそうぼう》が、星纏《ほしまとい》の渦紫靄《うずしもや》の反光《はんこう》で妖《あや》しく光り、京女《きょうおんな》とはこんなにも美しいものかと疑《うたぐ》った。

ちまきを食い畢《おわ》るや菫売《すみれう》りは、腹満たされと泣き疲れにか、花散《はなちる》の腿枕《ももまくら》にその虚弱《きょじゃく》な躰《からだ》を預け、くたりとへたり込みその侭《まま》寝入った。すうすうと人《ひと》の呼吸する生命《せいめい》が、汚穢《おえ》と称《しょう》して相当《そうとう》の御堂内《おどうない》に充《み》ち、魑魅髑髏《ちみどくろ》の現《あらわ》れそうな山門《さんもん》右の草叢《くさむら》には、散《ち》らほら彼方此方《あちこち》藤《ふじ》の花《はな》が垂《た》れてあり、邪門《じゃもん》を鎖《とざ》す結界《けっかい》と化《か》して夜風《よかぜ》にたおたお揺れていた。

浅《あさ》まし気障《きざ》は影火《かげび》と為《な》りて藤眷属《ふじけんぞく》の野辺《のべ》に打《う》ち架《か》かり、憚《はばか》り、恍惚《こうこつ》と戦《そよ》いであった。

花散《はなちる》が、白雪細《しらゆきさざ》めの化粧《けしょう》に塗《まみ》れた菫売《すみれう》りの黒御髪《くろおぐし》を朧《おぼろ》に梳《す》き流すと、生《い》き生《い》きと生きた侭、死《し》に死《し》に死《し》んだ如《ごと》き黒髪筋《くろかみすじ》が、一度に幾十《いくじゅう》抜け落ちて、白雪化粧《しらゆきげしょう》は菫売《すみれう》りの皮《かわ》の死《し》して乾燥した雲脂《ふけ》らであった。

「あら、この娘《こ》、案外可愛《あんがいかわい》い貌《かお》してる。」

簾前髪《すだれまえがみ》を掻《か》き上げて、寝息吐息《ねいきといき》を琥珀《こはく》と吐《は》く菫売《すみれう》りの露《あら》われた面《つら》をまじまじ見つけた花散《はなちる》は、綺《き》麗《れい》にしたらお客もとれるかもね、と猩猩《しょうじょう》緋《ひ》の下重《したがさ》ね、薄桃《うすもも》の羅《ら》で、黒沁《くろじ》みた菫売《すみれう》りの貌《か》面《お》をこしこしと磨いた。

「こん腕《うで》でか？」

ぶら下《さ》がりの萎《しお》れた左袖《そで》の中実《なかみ》を見遣《みや》り佳一が云うと、藤《ふじ》の結界《けっかい》が鈴《すず》なりに揺れた。

「ん、朝茶《あさちゃ》の子《こ》。世《よ》おなんてね、魍魎《もうりょう》ばかり。見世物小屋《みせものごや》の大繁盛《だいはんじょう》。」

そうと云って、菫売《すみれう》りの黒御髪《くろおぐし》を梳《す》かし繋《つな》げる花散《はなちる》の袖《そで》は、ぽろりぽろり落ちた雲脂《ふけ》で塗《まみ》れ、雪《ゆき》なす羅《うすもの》と化《か》していた。見世物小屋《みせものごや》とは、畸形《きけい》の人動物を寄せ集め、拙芸《せつげい》仕込んで披露見世物《ひろうみせもの》とする、現《うつ》し世《よ》の無間《むげん》の強業《ごうごう》とも云える、狂気《きょうき》であった。

佳一は、黙りこくって菫売《すみれう》りの左肩から肘丸《ひじまる》みまでを、慈《いつく》しみの触れ合いで見遣《みや》った。

「でも、貴方《あなた》みたいな人間《ひと》も在《あ》るから、世《よ》は上手《じょうず》に廻《まわ》ってるのかも。」

綾織《あやお》るかに黒髪御髪《くろかみおぐし》を撫で繋げる花散《はなちる》は、そうと云って斜視《しゃし》見上げに佳一を見遣《みや》げた。花簪《はなかんざし》に装飾《そうしょく》された銀《ぎん》の橄欖硝子玉《かんらんがらすだま》の二個が、綺麗《きれい》にぶつかり佳音《かいん》を鳴らし、紅《べに》引《ひ》きの唇《くちびる》が緋鯉《ひごい》の緋《ひ》と煌《きら》めいた。

「俺《おら》あ、人殺《ひとごろ》しちゃ。」

「あたしなんて売女《ばいた》。」

お互《たが》い眼線合わせにそうと吐《は》き、悩乱《のうらん》、果無《はてなし》、不憫《ふびん》、醜悪《しゅうあく》、不細工《ぶさいく》に、己《おのれ》を人殺《ひとごろ》しと誹《そし》る若志士《わかしし》と、己《おのれ》を売女《ばいた》と罵《ののし》る若遊女《わかゆうじょ》の五識《ごしき》は互いに嫌気《いやけ》と感ぜども、末那識《まなしき》の繋《つな》がり通《つう》じたか、二人は何方《どっち》共無《ともな》く声出し、笑った。

夜中丑満《よなかうしみつ》は魔《ま》の物《もの》と盟約《めいやく》でもしたかに黒夜《こくよ》を深め、藤《ふじ》の結界《けっかい》は愈々《いよいよ》その閂《かんぬき》を吃《きっ》く鎖《とざ》し始めた。

「阿頼耶識《あらやしき》、って言《こと》の葉《は》知りよう?」

笑い畢《おわ》った花散《はなちる》は、そうと発すると覚え笑いにか、またひととき笑い出し、笑い畢《おわ》って佳一を見《み》遣《や》った。

「大乗仏教《だいじょうぶっきょう》ん言葉《ことば》じゃろ。心《こころ》の奥底《おくそこ》んこつじゃち聞いた。」

花散《はなちる》の笑い畢《おわ》るをひととき待った佳一は、寿介《じゅすけ》から教わった観世知識《かんぜちしき》を想い出し、云った。彼《か》の天文学者《てんもんがくしゃ》は、ほとほと万物《ばんぶつ》に通《つう》じてあった。

「あたしね、その言《こと》の葉《は》、お客さんらが語《かた》るの、音《おと》で識《し》ったから、ずっとね、荒《あ》れたお屋敷《やしき》のことだ、って思ってたの。」

「笑止《しょうし》ちゃ。はっは。こん御堂《おどう》みてえなかや。」

「あら、そうかも。この御堂《おどう》が阿頼耶識《あらやしき》?」

「荒《あ》れならそうじゃな。こげな昏《くれ》え処《とこ》に独《ひと》り生《い》きるち、どげな心地《ここち》かの。」

佳一は、出来《しゅったい》初めて安穏《あんのん》したかの寝息を吐《は》き繋《つな》げる菫売《すみれう》りを見入《みい》り、亡《な》い左腕はいつ時分よりだろうと念《おも》った。

「心《こころ》、自分で八裂《やつざ》きにする感《かん》じじゃないかしら。あたしなら死んじゃう。この娘《こ》強いね。」

花散《はなちる》は、菫売《すみれう》りの黒御髪《くろおぐし》を梳《す》き繋《つな》げ、子が有れば斯様《かよう》な風景かと密《ひそか》と想った。

「こん腕《て》は生来《せいらい》かの。」

「そうでしょ。だからこんな荒堂《あれどう》に棄《す》てられたの。星《ほし》でも了《わか》るわ。」

「そげか。むげねえの。」

「そげよ。」

佳一の国言葉《くにことば》を真似《まね》ながらそうと云う花散《はなちる》は、唐突《とうとつ》に振り返り、荒《あ》れ御堂《おどう》を隈無《くまな》く見遣《みや》った。色《いろ》沮《はば》むものの亡《な》い黒《くろ》は、三人を終夜包《よもすがらくる》んであった。

「ね、ね、この御堂《おどう》が阿頼耶識《あらやしき》なら、貴方《あなた》とあたしの阿頼耶識《あらやしき》ってことね？　心《こころ》の奥《おく》、共会《きょうかい》しちゃったね。」

「こん娘《こ》もおるわい。」

「この娘《こ》、睡《ねむ》ってるわ。睡《ねむ》ってる人の心《こころ》って夢《ゆめ》の世《よ》にあるのよ。」

そうと云った花散《はなちる》は、春売《はるう》る者には相応《ふさわ》しく無く、照れたように両掌《て》でその両頬《ほほ》を押さえて、不絶百合櫃《たえずゆりかし》の種子《しゅし》の如《ごと》く、紅《べに》の口角《こうかく》を弓《ゆみ》なりに笑《え》んだ。

此《こ》の頃の佳一の髪は、総髪《そうはつ》にほぼほぼ片眼隠《かためかく》しに伸びてあり、藤結界《ふじけっかい》の淵源《えんげん》から吹いた夜風が、全《まった》く片眼を隠したが、邪魔者《じゃまもの》とも念《おも》わずに佳一は、菫売《すみれう》りの生成《きな》りに沁《し》みた泥を拭《ぬぐ》おうと、右掌《て》で擦《こす》ってみたが、その沁《し》みは泥では無く、死した血の焦《こ》げ付《つ》きであった。

「こん娘《こ》ん御堂《おどう》じゃ。こん娘《こ》ん阿頼耶識《あらやしき》じゃろ。」

「そっか、そうね。」

鈍《にぶ》いか、白痴《たわけ》か、拒否《きょひ》かと云えば、三者目《さんしゃめ》であろうと感じた花散《はなちる》は、面白く無しと云う風合《ふうあ》いで、明後日《あさって》の方《ほう》を凝《じい》っと向いた。

「じゃき、こん娘《こ》もかけちゃろうや。今晩《こんばん》な、俺《おれ》らあ家族じゃき。」

片眼潰《かためつぶ》れの侭《まま》、佳一がそう云うと、明後日《あさって》を向いていた花散《はなちる》は、散らした花が咲き戻るかに、今《こん》晩《ばん》に向かって破顔《はがん》した。

瞬間、藤《ふじ》の花《はな》の結界《けっかい》から、躑躅色《つつじいろ》の光玉《ひかりだま》が沸《わ》いて、藤《ふじ》から離れて伽藍堂《がらんどう》を漂《ただよ》い、漂う内《うち》に玉《たま》は羽《はね》拡《ひろ》げ、蝶《ちょう》の象《かたち》と成《な》りて廻天舞《かいてんまい》を始めた。

「あら、珍《めずら》しい。狂《くる》い咲《ざ》きね。」

現世《うつしよ》にそぐわぬ幻影《げんえい》に、微塵《みじん》も吃《きっ》とせず、花散《はなちる》が云った。

「狂《くる》い咲《ざ》きなんか？」

稲光《いなひかり》虫の幻造《げんぞう》を見慣れてあった佳一も、驚《きょう》ともせず疑問を尋《たず》ねた。

「夏の畢《おわ》りを告《つ》げる虫《むし》だから。ほら、起きて、胡蝶乱舞《こちょうらんぶ》。」

そう云うと花散《はなちる》は、菫売《すみれう》りの躯《むくろ》の如《ごと》き躰《からだ》をゆさゆさ声掛けに、げに珍しき光景色《ひかりげしき》を拝《おが》ませてあれと、揺すぶった。

一寸開眼《いっすんかいがん》した菫売《すみれう》りは、胡蝶光《こちょうひかり》を認めるや、退屈也《たいくつなり》の表貌《ひょうぼう》で即妙衝《そくみょうつ》と、花散《はなちる》の腿《もも》を枕《まくら》にまた睡《ねむ》った。

「余程《よほど》疲れちょるんかの。」

「きっと、平生《へいじょう》なのよ。此処《ここ》では狂《くる》い咲《ざ》きじゃないのね。この娘《こ》がさみしくないように、虫《むし》が気《き》を遣《つか》ってるみたい。虫愛《むしめ》づりの姫《ひめ》ね。」

山獄《さんごく》から打《う》ち下《お》ろしの桜風《おうふう》が、此処《ここ》の古寺《ふるでら》伽藍《がらん》で上昇《じょうしょう》 流気《りゅうき》を為《な》し、竜巻《たつま》くかに躑躅色《つつじいろ》の胡蝶《こちょう》が舞わった。

躑躅色《つつじいろ》に繋《つな》がって、彼方此方《かなたこなた》の夜黒《よぐろ》に隠れた花らの一例《ひとためし》、竜胆《りんどう》からは藤納戸《ふじなんど》、牡丹一華《ぼたんいちはな》からは千《ち》歳緑《とせみどり》、木付子《きぶし》からは金糸雀《きんしじゃく》、石楠花《しゃくなげ》からは真朱《まあか》、初恋草《はつこいぐさ》からは秘色《ひそくいろ》の、各々《おのおの》玉光《ぎょくこう》の各々《おのおの》羽光《はびかり》を拡げ罷《まか》り、其《そ》の数許多《かずあまた》に次々と、鉱泉《こうせん》沸くかに止《と》め処《ど》無く、澪《みお》に寄《よ》るかに躑躅《つつじ》に寄りて、流灯《ながしとう》籠か盆提灯《ぼんぢょうちん》かと、奇天烈《きてれつ》ながら正列《せいれつ》を為《な》し、伽藍《がらん》の上空十二尺《じょうくうじゅうにしゃく》の座《ざ》に、夜深《よるふか》まれと赫燿《かくやく》と舞った。

「観《み》るの、初《はじ》めて？」

「ああ、初《はじ》めっちゃ。」

「そのわり、余《あま》り驚《おど》いてないね。」

「郷里《きょうり》ん似《に》たようなんがあったきな。」

その内《うち》に、躑躅《つつじ》を中芯《ちゅうしん》と円舞《えんぶ》を繋げる胡蝶《こちょう》の群円芯央《ぐんえんしんおう》に、一生埋木《いっしょううめき》根付いてあったか、古寺伽藍《ふるでらがらん》の土中《どちゅう》から、九十九《つくも》と輝《かがや》く一本の虹幹《にじみき》がつづらと伸び立ち、伸び伸びて、胡蝶乱舞《こちょうらんぶ》の狭間《はざま》を貫《つらぬ》き天空《てんくう》までへと、一本槍修羅《いっぽんやりしゅら》の夜《よ》を焚《た》く如《ごと》く、植物《しょくぶつ》の一畢《いっしょう》を一寸《いっすん》で映《うつ》して沸《わ》き昇った。

「おお、壮大《そうだい》じゃの。」

伝説武者《でんせつむしゃ》の突き刺したかの光柱《ひばしら》に、流石《さすが》の佳一も驚天《きょうてん》の声を上《あ》げ、童子《どうじ》の如《ごと》く眼《め》を見開いた。

「きゃあ。」

京女《きょうおんな》であっても、光柱 出現《ひばしらしゅつげん》は珍しいらしく、花散《はなちる》も童女《どうじょ》に戻り嬌声《きょうせい》を上《あ》げた。

天空貫く光柱《ひばしら》に、導《みちび》かれるかに胡蝶《こちょう》らは、はたはたと柱沿《はしらぞ》い、天《てん》へ天《てん》へと昇り往《ゆ》き、あたかも光柱 世界樹《ひばしらせかいじゅ》の梢《こずえ》と成《な》りて、肥溜《こえだめ》の如《ごと》き古寺伽藍《ふるでらがらん》に、唯一無二《ゆいいつむに》の彩《いろ》を与えてあった。

深まる夜は、刻過《こくか》を倍早《ばいはや》に推進《ふか》め、更更《さらさら》と更闌《こうた》けて、人殺《ひとごろ》しの田舎者《いなかもの》も、恋《こい》を売る京訛《なま》りを持たない遊女《ゆうじょ》も、今刻分《いまこくぶん》の時世《じせい》を忘れ、胡蝶《こちょう》の柱《はしら》の廻天舞《かいてんまい》を只只呆《ただただほう》けて見つめてあった。

「現世《うつしょ》って、美《うつく》しいね。」

菫売《すみれう》りの拍動《はくどう》する背那《せな》に充《あ》てた左掌《て》の拍子《ひょうし》を定《さだ》めて打ち繋《つな》げながら、花散《はなちる》は遠点見遣《とおくみや》りの虚眼《こがん》でそうと云った。彼女の、京訛《なま》りを持たぬ由《よし》は、遠地《えんち》より身売《みう》られてきた文身証《もんしんあかし》であって、恋と身を売り生《い》くるしか能《あた》わぬ女には、現世《うつしよ》ほどの無惨《むざん》もあるまいに、空諦観素《からていかんそ》っ気《け》も無くそうと宣《のたま》う花散《はなちる》を、佳一は、己《おのれ》が莫迦《ばか》めと念《おも》うほど、美しいと想《おも》った。

「此《こ》の侭《まま》、御来光《ごらいこう》でもあれば温《あたた》かいのに。」

菫売《すみれう》りへの律取《りつど》りを已《や》め、百千《ひゃくせん》の胡蝶《こちょう》の円《まわ》る上斜《うえななめ》から、山門《さんもん》越しの水平《すいへい》へと眼線を遷《うつ》した花散《はなちる》は、神籤《みくじ》に記《しる》された待《ま》ち人《びと》待つかに、そうと云った。

「寒《さむ》いんか？」

「妖美《ようび》なものって、冷《つめ》たいでしょう？」

奇異妖変《きいようへん》の胡蝶乱舞《こちょうらんぶ》は、光《ひかり》の燐粉《りんぷん》撒《ま》き散らせど、慥《たし》かに辺りを冷《さ》ましてあった。

「こん侭待《ままま》っちょりゃ来《く》るちゃ。こん正面《しょうめん》が全《まった》く東《ひがし》じゃき。」

佳一はそうと云って、山門《さんもん》越しを眼で指差《ゆびさ》した。

「わかるの？」

「大三角《だいさんかく》がおるきの。」

「大三角《だいさんかく》？」

「星《ほし》ん呼《よ》び名《な》ちゃ。でねぼら、すぴか、あくとるす、春《はる》にゃ奴《やつ》らのある方面《ほうめん》が東《ひがし》なんよ。」

佳一は、寿介に教わってあった星知識《ほしちしき》を、よもや披露《ひろう》する機《き》を得《え》た上《うえ》に、奇妙上無《うえな》い星の名まで、確《しか》りと蓄《たくわ》えてあった己《おのれ》に、稍《やや》と可笑《おか》しく苦嗤《くしょう》した。

光柱《ひばしら》に誘われたか、鴨川水中《かもがわすいちゅう》に棲《す》んだ河骨《こうほね》の黄花《きばな》が、狂《くる》うて飄々《ひょうひょう》乱《みだ》れに咲きて、其《そ》の発動《はつどう》が起こしたか、水気《みずけ》を十分肌に纏《まと》わる南風《みなみかぜ》が、花散《はなちる》の女香《にょか》を纏《まと》い、佳一を抜《ぬ》けた。

「星《ほし》にも詳《くわ》しいなんて、変《へん》な人殺《ひとごろ》し。」

「現世《うつしょ》が美《うつく》しいなんざ、妙《みょう》な売女《ばいた》じゃ。」

戯《じゃ》れ合うかに罵《ののし》り合う二人を、回向《えこう》した南風《みなみかぜ》がもう一陣《いちじん》吹き抜けて、その風《かぜ》は正《まさ》しく微生物群《びせいぶつぐん》の其《そ》れも含《ふく》んだ、芽吹《めぶ》きの春を纏《まと》った風《かぜ》であった。

稍闌《ややたけなわ》か、其《そ》の根《ね》から煤《すす》ぼけるかに光柱槍《ひばしらのやり》は消え往《ゆ》き始め、其《そ》の消失に阿吽《あうん》と呼応《こおう》して、胡蝶《こちょう》の円群《えんぐん》はあれよあれよと天空《てんくう》へと昇り往《ゆ》き、終《しま》いには、煤淬残《すすかす》さず露《つゆ》にし消えた。

払暁《ふつぎょう》、朝陽《あさひ》が山麓《さんろく》の獄門《ごくもん》から貌《かお》を覗《のぞ》かし、一条《いちじょう》の光芒《こうぼう》が、哀《かな》しき菫売《すみれう》りの阿頼耶識《あらやしき》へと差し込んだ。差し込んだ光芒《こうぼう》の火《ひ》に炙《あぶ》られたか、菫売《すみれう》りは悄然《しょうぜん》と眼を開き、刺さる光線《こうせん》に朝を識《し》った。菫売《すみれう》りの目覚めると同期して、彼女の両側から声が掛かり、其《そ》の、光芒《こうぼう》の火《ひ》を比《ひ》ともせぬ温《あたた》かみを十分にした男女《だんじょ》の混声《こんせい》は、識《しき》の有りて以来初めて、然《そ》うと声掛けられた菫売《すみれう》りに、世の始まりを識《し》らしめ能《あと》うた。

「あら、お早《はよ》う。」

「応《おう》、お早《はよ》う。」

意味は解《かい》せど会得能《えとくあた》わぬと信じ切りしまってあった言《こと》の葉《は》を、一遍《いっぺん》に二人分《ふたりぶん》から貰《もろ》うた菫売《すみれう》りが、必死《ひっし》と返し言葉を真似てと返すと、昨晩《さくばん》流したものと、亜種別変《あしゅべつ》わらぬ筈《はず》の涙が天然《てんねん》と溢《あふ》れ、何故《なぜ》かその涙からは、昨晩とは全《まった》く異形《いぎょう》の心地《ここち》を菫売《すみれう》りは心感《かん》じた。

来光《らいこう》の陽《ひ》の光《ひかり》が、菫売《すみれう》りの頬《ほほ》に伝う涙途《なみだみち》に架《か》かり、綺麗《きれい》な、あら綺麗《きれい》な、金色《きんいろ》のに染めてあった。

十一　二人《ふたり》ガキバラ

佳一《かいち》の国脱《くにぬ》け以来、与太《よた》とさやは二度目の終秋《しゅうじゅう》を迎えた。

紅《あか》く染《そ》め驕《おご》った樹木《じゅもく》は、逆落《さかお》としかにその鮮色《あざいろ》を褪《あ》せ始めてあって、例《ため》しは苅安《かりやす》と云《い》った具合《ぐあい》に褪《あ》せた色にも立派《りっぱ》な名は有ると云うのに、艶《あで》やかな紅《あか》と比《くら》ぶれば、貴位《きい》を段段《だんだん》落とすのは、褪《あ》せ色の、人の心に戦《そよ》がす寂寞《せきばく》のうら淋《さみ》しさの為《ため》であろうと、相《あい》も変わらず白褥《しろしとね》に地蔵《じぞう》とばかり据《す》わるさやを見据《みす》えて、与太は念《おも》った。

夏が過ぎ、風《かぜ》がやおらに冷気《れいき》を帯《お》び始めて即《す》ぐ、さやは着物《きもの》を白練正絹《しろねりしょうけん》の袷衣《あわせ》へと着替えされてあり、増々《ますます》肌理《きめ》を極精《ごくせい》にする白磁《はくじ》が、白無垢《しろむく》と樹木の褪《あ》せ色とに融《と》け合って、消え失せてしまうかに儚《はかな》くあった。

消え失せられては厄介《やっかい》と、白無垢《しろむく》の袷衣《あわせ》の上に、さやは留紺地《とめこんじ》に根《ね》の太い白黄桔梗《はくおうききょう》が意匠《いしょう》されたた羽二重羽織《はぶたえはおり》を打《う》ち掛《か》けられ、罪過《ざいか》貯《た》めるかに伸び放《ほう》たれた栗髪《くりかみ》が、羽織《はおり》の襠《まち》まで直垂《ひたた》れて、袷《あわせ》に逆《さか》らい乳下《ちちさ》がりで描《えが》く隆起弧《りゅうきこ》が、褪《あ》せる樹木に反例《はんれい》して、さやの女性を嵩《かさ》ねてあった。

強姦者《ごうかんもの》を斬った事は、与太らはさやに一言《ひとこと》も告げずにあったが、家中《かちゅう》の放《はな》つ雰囲気《ふんいき》や、霊六感《れいろっかん》で幽《かす》かでも、恢復《かいふく》の脈鈴《みゃくりん》でもあればと、与太の家は皆口《みなくち》には発《はっ》せずとも期《き》してあったが、裏返して近頃のさやは、弥弥《いよいよ》と玉魂《たましい》すら脱《ぬ》け落ちたかの如《ごと》く、虚無相《こむそう》を呈《てい》するばかりであった。昴母《こうはは》の理屈には、身《み》が成体《せいたい》の女体《にょたい》と化《か》したが為《ため》に、幼体《ようたい》の無知《むち》が蓋《ふた》してあった過日《かじつ》の鬼事《おにごと》が、精神の内《うち》にその蓋《ふた》を喰い破り、在《あ》り在《あ》りと顕《あらわ》れ出したかとの揣摩《しま》であった。十七になったさやは、滅法《めっぽう》とも云える遅過ぎの初潮《しょちょう》を迎えたのであった。

一方《いっぽう》、蛍《ほたる》の夕《ゆう》べと腹鳴《ふくめい》の可憐《かれん》に、幽《かす》かな恢復兆《かいふくきざ》しを合点《がてん》してあった与太には、此《こ》の侭《まま》さや自心《じしん》の自活《じかつ》ばかりに任せてあっては、彼女は修羅《しゅら》でも成《な》り果《は》てて千古不易《せんこふえき》の連綿地獄《れんめんじごく》へと墜《お》ち込んでしまうのではと、彼《かれ》の心には、乱石《らんせき》散らしたかの罅割《ひびわ》れの音《おと》が、鈴凜《りんりん》と響き始めてあった。

裏庭の柿《かき》の木は今年も鈴《すず》なりの大果《たいか》を点《つ》け、持て余《あま》した果《か》は眼球の腐れ落ちるかにどろどろと熟《じゅく》してあって、啄《ついば》む鴉《からす》の黒翼《こくよく》が、与太には一際《ひときわ》大きく映《うつ》る秋であった。

風聞《ふうぶん》とは其《そ》の字義通《じぎどお》りに、風《かぜ》に乗り遠い京《きょう》の噂《うわさ》を此《こ》の土地までにも届かせてあった。

佳一は、革命志士《しし》の魁《さきがけ》として剣腕《けんわん》を奮《ふる》ってあり、旅立ちに宣言《せんげん》した通り、聊《いささ》かの有名士《ゆうめいし》として与太の耳にも届いてあった。人殺《ひとごろ》しが有名士《ゆうめいし》とは、世《よ》も末没義道《すえもぎどう》ではあるが、与太も亦《ま》た然《しか》りである。

歌舞雅《かぶみやび》やかなる偶像《ぐうぞう》と映《うつ》る京《きょう》の街に、有名士《ゆうめいし》とある佳一と比ぶれば、自《みずか》らなぞ取るに足りぬ首斬り畜生《ちくしょう》と卑下《ひげ》しまうほど、硬《かた》い魚鱗《ぎょりん》か逆鱗《げきりん》かで覆《おお》われて往《ゆ》くかのさやの容子《ようす》が、与太を端食《はしば》み蝕《むしば》みつつあった。

昼餉《ひるげ》を終え、日課の剣振りも早々《そうそう》に修《おさ》めた与太は、首斬り執行《しっこう》の無い平日《へいじつ》には珍しく、昼《ひる》まづみちくと過ぎた刻合《ときあ》いに、湯《ゆ》を浴《あ》んだ。湯浴み終えた身体に与太は、単衣《ひとえ》黒檀地《こくたんじ》の花喰鳥《はなくいどり》を纏《まと》い、腰に白鞘《しろさや》の首斬《くびき》り刀《かたな》を帯《お》びた。

その侭《まま》、さやの室《へや》へと声を掛け、不変《ふへん》の反応《はんのう》無きに嘆息《たんそく》吐《は》きて、与太は緑松《りょくまつ》の襖《ふすま》を開いた。

「調子《ちょうし》はどげかや、さや。」

否応《いなおう》の発声は無論《むろん》、首振りすらも微動《びどう》無いさやの塑像姿《そぞうすがた》は、見方《みかた》を転《てん》じれば浮世絵《うきよえ》好《ごの》みと映《うつ》れども、与太には纔《わず》かに、不運也《ふうんなり》との怨《うら》みの焔《ほむら》がもこもこと鎌首擡《かまくびもた》げ、滅心地《めっここち》を自心《じしん》の内《うち》に確《たし》かと覚えた。其《そ》の様《よう》に弱く、滅蘇滅蘇《めそめそ》しい己《おのれ》を情け無く念《おも》った与太は、腐《くさ》れた魂《たましい》を斬り捨てるか或《ある》いは誤魔《ごま》化《か》すかに、坪庭臨みの障子戸《しょうじど》に右肩を預け、黒檀《こくたん》の花喰鳥《はなくいどり》に両の掌《て》を落とし、態《わざ》と見せびらかすかに醜《みにく》い破顔《はがん》をした。

「日和《ひより》が良《い》いのお。風《かぜ》が気持《きも》ちいいちゃ。」

嘗《かつ》てには、生《せい》なぞは風《かぜ》の快適《かいてき》さえ在《あ》れば合点承知《がってんしょうち》の観相《かんそう》を抱《いだ》いてあった己《おのれ》と比肩《ひけん》して、今の己《おのれ》の何と醜《みにく》いことよとの、掛け声に幾寸《いくすん》の反応をも示してくれぬさやを眉嚬《まゆひそ》めに見つめながら、さやと云えども他人の心境《しんきょう》が、斯《か》くも己《おのれ》の心の境均衡《さかいきんこう》を穿《うが》つかと、嚬《ひそ》めながらも与太は、生《せい》のはてなをこの刻《とき》識《し》った。

一本の飛燕《とびつばめ》が青空《あおぞら》を伐《き》り、秋の絵巻《えまき》を一編綴《いっぺんつづ》る。

与太はその飛燕《とびつばめ》を見送りながら、お乱《らん》母に宣《のたま》った、さやを治すなぞの文言《もんげん》を深考《しんこう》無く吐《は》いた己《おのれ》を恥じ、無様《ぶざま》なものよと大きく深呼吸《しんこきゅう》をした。

「さや、ちっと荒療治《あらりょうじ》じゃ。」

草径《くさみち》を蹴《け》って、飄《ひるが》えるかに湟気《こうき》の空《そら》へと廓落《から》りと舞う飛燕《とびつばめ》を見据《みす》えながら、そうと云った与太は、黒檀花喰鳥《こくたんはなくいどり》に帯《お》びた白鞘《しろさや》の鯉口《こいぐち》を無音《むおん》に切って、抜身《ぬきみ》の刀身《とうしん》を秋晴《あきば》れの風《かぜ》へと晒《さら》し、秋太陽《あきたいよう》の火《ひ》を受けた刃紋身《はもんしん》は、忍《しの》び潜《ひそ》むかに景色に埋滅《まいめつ》した。

与太は、抜身《ぬきみ》を右掌《て》に握《にぎ》った侭《まま》、空《から》となった鞘《さや》が衝音《しょうおん》でも鳴らさぬ様《よう》、白群色《しろむれいろ》の帯《おび》を左掌《て》で鞘《さや》ごと摑み、巨厳《こげん》なる黄泉池《よみいけ》の蓮台《れんだい》にでも幽邃《ゆうすい》とあるかの風体《ふうてい》ざまあ無いさやの根本《ねもと》まで三四《さんし》歩み寄り、片掌《て》扱いのまま刀身《とうしん》を、彼女の真白《ましろ》い細首《ほそくび》かすかすの位置へと置いた。

秋風《あきかぜ》が、細長《ほそなが》の葦《あし》や枯れ芒《すすき》を渦共振《うずきょうしん》に曳《ひ》き攣《つ》れて、さー、と穂波《ほなみ》の合奏《ごうそう》を指揮《しき》し、朦朧《もうろう》ばかりのさやは首筋に死が瀕《ひん》してあると云うのにも、事漠《ことな》げ無く微塵《みじん》とも動じなかった。殺《ころ》す気《き》の無いのを察《さっ》したかと与太は、土壇場《どたんば》にて操《あやつ》る殺気《さっき》を刀身切先《とうしんきっさき》へと隅まで巡らせ凝《こ》らしてみるが、憐《あわ》れで惨《みじ》めな細首は、死への畏怖《いふ》も、生《せい》への勇気《ゆうき》も知らぬ存《ぞん》ぜぬ、ただただ黄泉《よみ》へと垂《た》れてあるばかりであった。

人を斬りたいとも、斬りたく無いともなく、己《おのれ》が現世《うつしよ》に生命《いのち》を受けた唯為《ただな》すべき役目として人首《ひとくび》を斬り捨てて参《まい》った与太ではあったが、人首《ひとくび》落としの業応酬《ごうおうしゅう》に曝《さら》され続け、未曽有《みぞう》の怨嗟《えんさ》の受《う》け盆《ぼん》と化《か》した修羅身《しゅらみ》の放《はな》つ殺《ころ》す気《き》は、白洲《しらす》には暗宮穢土《あんきゅうえど》を幻造《げんぞう》し、友に国棄《くにす》てを決意させる程にそれは凄《すさ》まじく、権兵《ごんぺい》程の達者《たっしゃ》にも震撼《しんかん》を抗《あらが》えぬ凶気《きょうき》であった。

白褥一色《しろしとねいっしょく》の美間《びま》に、諦聴《ていちょう》せずとも、辺りを取り巻く一切の生命《せいめい》が、物云《ものい》わぬ植物さえも身の保安全《ほあんぜん》に活動を途端《とたん》に静止させ仕舞《しま》うが如《ごと》き、黄泉《よみ》より尽未来際《じんみらいざい》まで繋《つな》がる、不明《ふめい》の音《ね》が了了了《おおお》と響き渡ったが、さやの細首《ほそくび》は、斬れ、とも、生《い》かせ、ともない無応《むおう》のざまであった。

細長《ほそなが》の枯草《かれくさ》いきれを穂波《ほなみ》と鳴らした風《かぜ》が、夏の畢《おわ》りを知らぬ翠瑞《すいずい》の遠山《えんざん》に達して、欝樹《うつき》を繁《しげ》く海《うみ》鳴《な》りに鳴らし、飄《ひるがえ》って、開け放たれた襖戸《ふすまど》から、白褥《しろしとね》の室《へや》を透通《とうつう》し、処刑姿《しょけいすがた》にうなだれ構《かま》える、二人の髪を一条攫《ひとすじさら》った。

生きてあるかの栗髪の流動《りゅうどう》を見留《みと》めた与太は、首斬りを達者《たっしゃ》とする己《おのれ》が、真《しん》に斬り捨てたいものを其《そ》の刻不図《ときふと》、見出《みいだ》した。其《そ》れと云うのは、鏤刻《るこく》に鉄鎖《てっさ》か黒縄《こくじょう》か、冥府影法師《めいふのかげぼうし》に結ばれた、さやの心鏡《こころかがみ》、其《そ》れであった。

昼《ひる》まづみ、然《さ》れど与太の心には、暁風《ぎょうふう》が一陣《いちじん》吹き荒れるまでに吹き晒《さら》し、不明《ふめい》の音《ね》が、燻《いぶ》した烟《けむり》を完塵《かんじん》と吹き飛ばした。

与太は、握った剣《けん》を両掌《て》持ちに変え、鎬《しのぎ》、棟《むね》、刃先《はさき》、切先《きっさき》或《ある》いは柄《え》や鍔《つば》までを遍《あまね》くと、さやの細《ほそ》首《くび》、実《みの》り胸、怒《いか》りとも撫《な》でとも無い右肩左肩、幽邃《ゆうすい》と伸び放《はな》たれた栗髪、其《そ》の毛先束《けさきたば》を、決して刃《やいば》は触《ふ》れぬよう、恰《あたか》も間抜《まぬ》けの凝《こ》らす料簡《りょうけん》の如《ごと》く球面彩《きゅうめんいろど》るかに、さやの全体塑像《ぜんたいそぞう》を撫《な》で斬《き》り舞《ま》わした。何処《いずこ》に在るや、彼女の女身《にょしん》を縛る糸《いと》や、何処《いずこ》に在るや、彼女の心鏡《こころかがみ》に映《うつ》る鬼《おに》やと、殺《ころ》す気《き》を益々と其《そ》の刃《やいば》に充塡《じゅうてん》させ巡《めぐ》り探《さぐ》る与太を胚《はい》にして、白洲《しらす》に起こる暗宮《あんきゅう》とよく似た球空間《きゅうくうかん》が、岑閑《しんかん》と立ち籠《こ》め甫《はじ》めた。

白洲《しらす》の暗宮《あんきゅう》にはよく似てあれど、然《しか》し此《こ》の室《へや》に起こった球空《きゅう》は巨厳《こげん》と優しく、盆提灯《ぼんぢょうちん》に意匠《いしょう》される青野草《あおやそう》や桃花々《ももはなばな》が、万燈《まんとう》に卑近《ひきん》して点綴《てんてい》と生《しょう》じては失《う》せ、観客見《かんきゃくみ》れば万華《まんげ》の鏡を覗《のぞ》くかのざまあであった。

稍《やや》と、多角《たかく》の水泡玉《すいほうだま》の如《ごと》く沸《わ》き生《しょう》じ消え失せる万華《まんげ》は然《しか》し、凍《い》てついた其《そ》れが氷晶《ひょうしょう》と成《な》りて、光《こう》焔《えん》浴びれて諸星《もろぼし》と瓦解《がかい》するかに、終《つい》と割《わ》れ落ちた。さやの一切何処《いずこ》にも、鎖《くさり》も縄《なわ》も与太は見附《みつ》け能《あた》わなかった。

右掌《て》握りに剣を持ち離し、雲《くも》に梯架《かけはしか》けるが如《ごと》き果結《かけつ》に軽々落胆《かるがるらくたん》した与太は、俯《うつむ》く己《おのれ》と、枝雪崩《しなだれ》るさやの二人姿を、心鏡《こころかがみ》に俯瞰《ふかん》観て、幼少嘗《かつ》ての己《おのれ》と佳一の、情《なさ》けない姿を暈《かさ》ね合わせた。

嘗《かつ》て、さやの位置には血《ち》みどろの親友が在り、己《おの》が位置には情《なさ》けざまあ無《な》くめそめそと、男子《おのこ》忘れて泣くばかりの血《ち》みどれの己《おのれ》が在った。

呉服屋《ごふくや》育ち故《ゆえ》の洒落《しゃれ》着姿《ぎすがた》を、六《むっ》つ年上の同輩《どうはい》に揶揄《やゆ》された佳一が、剣幕《けんまく》を荒《あら》げ体軀《たいく》のまるで比《ひ》にならぬ相手に摑《つか》み掛《か》かったを発端《ほったん》に、其《そ》の相手一派《いっぱ》連中に、加勢《かせい》に入った与太共々《ともども》しこたまに殴《なぐ》られ蹴《け》られ投げられ潰《つぶ》されて、痰唾《たんつば》吐《は》かれて大負《おおま》けに負《ま》けた少年時代、己《おのれ》の弱さ惨《みじ》めさとちっぽけな芥子諸星《けしもろぼし》の自身が腑甲斐《ふがい》無く、佳一は仰向《あおむ》きに天《てん》を見抜《みぬ》き涙を垂《た》らし、与太は俯《うつむ》き立ち地《ち》を見据《みす》え涙を零《こぼ》し、二人《ふたり》ガキバラは情け無く、血《ち》みどろみどれに弱味《よわみ》を腫《は》らした。越境《えっきょう》すべき世《よ》の理不尽《りふじん》もあるものよと、二人《ふたり》ガキバラ甫《はじめ》て覚えたは、此《こ》の刻《とき》であった。

現風景《げんふうけい》が彼《か》の刻《とき》と異《い》にするは、嘗《かつ》ての二人《ふたり》が其《そ》れを越えて強くあろうと決《けっ》した心が、此度《こたび》の二人《ふたり》似非夫婦《えせめおと》には、見附《みつけ》出し能《あた》わなかった点である。

不可思議《ふかしぎ》なもので、黒泥沼《くろどろぬま》に踠《もが》くかに、一方《いっぽう》は人形《にんぎょう》化粧《げしょう》に枝雪崩《しなだ》れ、一方は首斬り刀《かたな》を握りしめた侭俯《ままうつむ》く二人姿《ふたりすがた》は、観客《かんきゃく》観《み》れば高貴な柄《がら》の花押《かおう》とも観得《みえ》、羽衣天女《はごろもてんにょ》も羨涎《すいぜん》垂《た》らすかしらの美《び》中《ちゅう》の美《び》を発揮《はっき》してあり、其《そ》れと気附《きづ》かぬ間抜《まぬ》け二人《ふたり》に報《しら》せるかに、天《あめ》と土《つち》とを相通《あいつう》致す、秋雨《あきさめ》だれが降り出した。

与太は俯《うつむ》き、さやは黙った侭《まま》の絵巻姿《えまきすがた》であった。

十二　池田屋《いけだや》

とこしえに燃え灼《や》け明《あか》る光焔《こうえん》も、雲月《くもつき》に梯架《はしかけか》けるは千年能《せんねんあた》わぬ。

佳一《かいち》は、夜鳴屋《よなきや》の玄関両舗《りょうほ》に据《す》えられた燈色《とういろ》に閃《ひらめ》く篝火《かがりび》と、開《あ》け放《はな》ちの格子窓《こうしまど》の先《さき》に広がる無《む》間《げん》の闇《やみ》にぽとんと浮かばる満丸《まんまる》の秋月《しゅうげつ》を見遣《みや》りながら、斯様《かよう》な観相《かんそう》を独《ひと》り念《おも》った。

此《こ》の頃、東行《とうぎょう》は所属する藩《はん》より蟄居《ちっきょ》の命《めい》を受け、動乱繋《どうらんつな》がる京《きょう》より西帰《せいき》し、佳一とも時経過《ときけいか》を供《とも》連《づ》れとして不通《ふつう》となってあった。人斬《ひとき》りの正体《しょうたい》隠しと、東行《とうぎょう》の通名《とおりな》にあやかって、東《ひがし》へ行《い》く彼《かれ》の、己《おのれ》はへこたれ知らぬ其《そ》の馬《うま》と成《な》りて添《そ》う也《なり》と、鉄馬《てつま》と名乗ってあった佳一は、己《おのれ》の京《きょう》に在《あ》る理屈《りくつ》を見失い、稍《やや》と腑《ふ》抜《ぬ》けてあった。

満丸《まんまる》の月は、斯様《かよう》な佳一を嘲笑《あざわら》うかに怜悧《れいり》な狐《きつね》の雪化粧色《ゆきげしょういろ》を煌《きら》めかせ、空《そら》と云《い》えば空《そら》、海《うみ》と云えば海《うみ》と見ゆるかの黒間《くろま》に、独《ひと》つな在《あ》り様《さま》で浮かんでいた。

彼《か》の月は常《つね》に独《ひと》りよ、と生来《しゅったい》より幾星霜《いくせいそう》眺めては羨《うらや》み、慰《なぐさ》みとあった月が、一体何時《いつ》の頃より独《ひと》りであるのかを初めて想い、佳一は、凛然《りんぜん》と煌《きら》めくばかりの月に向け、手前《てまえ》は寂《さみ》しくはないか、と心《こころ》で問うた。

「寂《さみ》しいじゃない。」

置屋間取《おきやまど》りの襖奥《ふすまおく》から、心問《こころとい》したと同時に声が鳴り、佳一は幾分《いくぶん》、吃《ぎく》とした。襖戸《ふすまど》には、水色崩《みずいろくず》れの菫草花《すみれ》が意匠《いしょう》されてあった。

「そんな悲《かな》しげな貌《かお》で外《そと》眺めてたら、寂《さみ》しくなるわ。」

花散《はなちる》はそうと繋《つな》げて、乱《みだ》れた褥《しとね》と羽織物《はおりもの》を正《ただ》し了《お》えると、一旦《いったん》自室へと戻り、朝《あさ》げた早《はよ》うよりの買い出し使いに草臥《くたび》れたであろう菫売《すみれう》りの寝息を確かめた後、佳一の在る客間《きゃくま》へと、ぱたぱた裸足《はだかあし》を音鳴らし戻った。菫売《すみれう》りは、遊女見習《ゆうじょみなら》いである禿《かむろ》の更《さら》にその下《した》、世話使いとして、花散《はなちる》が、寝食確保が精一杯であったが、預かってあった。近頃の彼《か》の哀《あわ》れな少女は、幾分《いくぶん》少女らしく、人《ひと》らしく自然と笑う所があった。

「有須《ありす》も在《あ》ろうに、寂《さみ》しくあるかい。」

花散《はなちる》は、名を持たなかった菫売《すみれう》りに、有須《ありす》なぞと云う名を与え、与えられた際時《さいじ》の菫売《すみれう》りと云えば、上古由来伝来《じょうこゆらいでんらい》の宝珠銀杖《ほうじゅぎんじょう》でも得《え》たかに、嬉色《きしょく》ばむこと満面《まんめん》であった。

「あなたが寂《さみ》しそうなの。」

花散《はなちる》はそうと云うと、背那《せな》をそのまま佳一の胸腹《むなばら》へと重く預けた。月なぞより美しげに映《うつ》る白金《はっきん》のうなじに、外黒間《そとくろま》の兇《きょう》は一切の空隙《くうげき》の中へと吸い込まれるかに消失する心地を、佳一は覚えた。

雛罌粟《ひなげし》の花の意匠《いしょう》された桃色《ももいろ》の薄羽織《うすはおり》が、格子窓《こうしまど》から流れ込む秋夜風《あきよかぜ》に攫《さら》われて、一散《いっさん》ふゆると空《くう》球《きゅう》に捕《とら》われ元の位置位《いちい》に舞い戻り、月は厭魅《えんみ》にでも呪《のろ》われたか、九星《きゅうせい》の心をも喰らうかに妖《あや》しく輝《かがや》いてあった。

「月は独《ひと》りで寂《さみ》しかろうの。」

寄り掛かる花散《はなちる》の肩口から両の腕掌《うでて》を掛《か》けた佳一は、腕骨肉《うでほねにく》に伝わる花散《はなちる》の胸《むね》の柔触《にゅうしょく》の妙《みょう》に、独《ひと》り在る月の孤独《こどく》とは、真逆《まぎゃく》の百年《ひゃくねん》を覚えた。

「星《ほし》が在《あ》るから、平気《へいき》じゃない？」

襷掛《たすきが》けの恰好《かっこう》にある佳一の腕掌《うでて》を手遊《てあそ》び、見つめた儘《まま》、花散《はなちる》はそうと云った。

「そげかのう。月と星とは仲良《なかよ》しかや。」

「仲良《なかよ》しよ。同《おな》じ夜《よ》にしか現《あらわ》れないじゃない。」

「昼間《ひるま》にも月は見《み》ゆるよ。」

「昼間《ひるま》の月こそ寂《さみ》しそうだわ。」

手遊びの儘《まま》の花散《はなちる》は、振り向き直って佳一の胸へと貌《かお》を埋《うず》くめ、月なぞには微塵《みじん》も関心を持たぬかに観客《かんきゃく》観《み》えたが、薄々《うすうす》と昼間に在る月を、寂《さび》しそうなぞと形容《けいよう》する人が、此世《このよ》に如何《いか》ほど在ろうかと、そも昼間の月までに心を寄せる人が何《ど》れ程《ほど》あろうかと、佳一は其《そ》の小振《こぶ》りな頭越しに、稍《やや》と力《ちから》を籠《こ》めて花散《はなちる》を抱《だ》いた。

「月のお役目《やくめ》はなんじゃろうか。夜《よる》を照《て》らすことかの。」

「照《て》らさない夜《よる》もあるじゃない。こおんな細形《ほそがた》になっちゃってさ。」

花散《はなちる》は、白金《はっきん》うなじを鎌首擡《かまくびもた》げ、両の母指《はゆび》で己《おのれ》の眼《め》を耳方《じほう》へと引き伸ばし、白眼《しろめ》の薄青《うすあお》い瞳《ひとみ》で下《か》弦《げん》の月の真似事《まねごと》をした。

「慥《たし》かにそげじゃのう。ほな月にお役目《やくめ》なんざねえんか。」

「ないわよ。あなたにも。」

元造型《もとぞうけい》に戻った奥二重《おくぶたえ》の眼で、佳一の一重眼《ひとえめ》を見据《みす》えながら、花散《はなちる》はそうと云った。

東行《とうぎょう》と離れ、己《おの》が目的を見失ってある佳一は、心根《こころね》が通有《つうゆう》したか、或《あ》いは此《こ》の娘《むすめ》は他人の心根《こころね》を覗《のぞ》き能《あた》う魔境《まきょう》の夜叉《やしゃ》かと、遍《あまね》くを見透《みす》かされた心地《ここち》を覚えた。然《さ》れど、見透《みす》かされた佳一の心は、悪《あ》しからぬ揺《ゆ》すぶりを起こすのみで、夜叉《やしゃ》なら夜叉《やしゃ》で愛《う》いものと、佳一は素直にそうと想った。

見透《みす》かす夜叉姿《やしゃすがた》の花散《はなちる》は、心地良い揺すぶりに小笑《こえ》みを零《こぼ》す佳一の髪を撫《な》で上げながら、一心《いっしん》に瞳同士《ひとみどうし》を貫《つらぬ》いた侭《まま》、言葉を繋《つな》げた。

「混淆《こんこう》だわ。いのちが在《あ》って、いっぱい在《あ》って、みんな、混淆《こんこう》と在《あ》るばかりの世《よ》の中《なか》よ、お役目《やくめ》なんていらないわ。在《あ》るばかりで、いいの。有須《ありす》、あの娘《こ》にお役目なんて在ると思う？　腕《うで》なしだからなんにもできないわ。でも、一生懸命《いっしょうけんめい》、生《い》きて在《あ》るでしょ。健気《けなげ》で、哀《あわ》れで、すごく清烈《せいれつ》。さっき有須《ありす》に、また明日《あした》ねって言《い》ってきたの。また明日《あした》、おやすみねって。また明日《あした》って言《い》われるなんて、すごく嬉《うれ》しくて、わたしはそう思うわ。また明日《あした》、また明日《あした》って。素敵《すてき》な言《こと》の葉《は》。」

手遊びながらそうと断然《だんぜん》と云う花散《はなちる》の緩巻毛髪《ゆるまきげかみ》から、芍薬牡丹《しゃくやくぼたん》か姫百合《ひめゆり》か、或《ある》いは其《そ》れこそ其《そ》れ等《ら》の混淆《こんこう》かの晴香《はるか》が、秋夜風《あきよかぜ》に其《そ》の香《こう》の本《もと》なる芥子粒群《けしつぶぐん》を撒《ま》き掃《は》き散らし、其《そ》れ等《ら》に曝《さら》された佳一の全身は上手《うま》い具合に弛緩《しかん》して、武者震《むしゃぶる》いと良く似た電通《でんつう》が鞭打《むち》ち波の如《ごと》くに、腑臓《ふぞう》も含めた全軀《ぜんく》一切《いっさい》を貫いて、幽《かす》かに佳一は身を震《ふる》わせた。此《こ》の刻分《こくぶん》の佳一には気付き能《あた》うは鰾膠《にべ》も無く、世《よ》は彼《か》の感情を、愛《あい》どま呼ぶものであろう。

「良《い》い言《こと》の葉《は》じゃな。」

「でしょ。ふふふ。」

何《いず》れかと云えば仏頂態《ぶっちょうてい》な佳一の褒辞《ほめことば》に、花散《はなちる》は腹を撫《な》でられた猫《ねこ》の如《ごと》く、蕩《とろ》けた声をそうと鳴らした。

赤子《あかご》を抱《だ》くかに花散《はなちる》を抱く佳一と、赤子が抱《だ》かれるかに佳一に抱かれる花散《はなちる》の、その刻限《こくげん》の相貌《そうぼう》は、耳目口《みみめくち》は云うに及《およ》ばず、筋皺《すじしわ》なぞの緒余《しょよ》までも完同一《かんどういっ》に似通《にかよ》ってあり、それは、慈愛《じあい》の相《そう》そのものであった。

中秋《ちゅうしゅう》とも呼ぶ名月《めいげつ》が独《ひと》り京黒夜《きょうくろよ》に浮かばる中、何処《どこ》か遠くで釣瓶《つるべ》の落ちる音《おと》がして、闇《やみ》に鹿威《ししおど》しかの風情《ふぜい》を与え、其《そ》の音《おと》を合図《あいず》としてか、動乱《どうらん》続く乱麻《らんま》の京夜《きょうや》は、神代《かみよ》も聞かぬ程に一切の音を静寂《しじま》溶かし、抱《だ》き合う二人の心音《しんおん》ばかりが、孤独《こどく》に浮かぶ月への献曲《けんきょく》と化《ば》けてあった。

時流《じりゅう》は稍《やや》と経過して、洛陽動乱《らくようどうらん》と称《しょう》される大量刃傷沙汰《たいりょうにんしょうざた》事件の起こるおよそ二《ふた》ツ月《つき》前の五月晴《さつきば》れ、花散《はなちる》は一気《いっき》に生涯《しょうがい》を閉ざされた。二十一を数《かぞ》えた年齢は、短しと云《い》えば短く、世習《よなら》いと云えば世習いの、二十より若くして命《いのち》を投げ落とす者夥多《あまた》有りの、苛烈《かれつ》な時代の其《そ》れは贄《にえ》であったのやもしれぬ。然《さ》れど、花散《はなちる》の死は聊《いささ》か無惨《むざん》で、顚末《てんまつ》は情念《じょうねん》を発狂《はっきょう》させた阿片狂《あへんぐる》いの遊客男《ゆうきゃくおとこ》に、前触《まえぶ》れなぞ微塵《みじん》も無く拉致《らち》られて、手枷足枷《てかせあしかせ》咬《か》まされた侭、刺殺《しさつ》されてあった。腹部《ふくぶ》を主《おも》に、幾度《いくど》も幾度も短刀《たんとう》を突き込まれたらしく、遺骸《いがい》には三十六もの刺《さ》し傷《きず》があり、思慕《しぼ》からの変態蒐集《へんたいしゅうしゅう》にか、その緩巻毛髪《ゆるまきげがみ》の一部と左掌《て》の薬指、加えて左の乳房《ちぶさ》と舌《した》とが切り盗《と》られ持ち去られてあったと云う。

それは余《あま》りに遊女《ゆうじょ》らしい、然《さ》れど余《あま》りに惨《むご》たらしい死《し》に様《ざま》であった。

遺骸《いがい》と化《か》した花散《はなちる》と面見《めんけん》した佳一は、ずたぼろに陵辱《りょうじょく》された身体《からだ》と逆《さか》さにして、薄化粧《うすげしょう》を拵《こしら》えられ唇《くち》を閉じ、死体と化《か》して尚《なお》、雪《ゆき》を欺《あざむ》くかに手つかずの美しみを湛《たた》える顔面《がんめん》の綺麗《きれい》に、生来《しゅったい》より二度目の涙を零《こぼ》した。

哀《あわ》れな遊女《ゆうじょ》の遺骸《いがい》に化粧《けしょう》を施《ほどこ》したのは、彼《か》の夜を超えた絶亡《ぜつぼう》に霰降《あられふ》られた、哀《あわ》れな隻腕《せきわん》の少女であった。

慈眼《じげん》に伏《ふ》せられた瞳《ひとみ》には、既《すで》に精魂何処果《せいこんどこは》てと亡《な》く、其《そ》の瞳《ひとみ》と瞼《まぶた》の隙間《すきま》を見遣《みや》る佳一は、現《うつ》し世《よ》の無情《むじょう》、星も了《わか》らぬ滾転《こんてん》を、夕《ゆう》まみて鳴く油蟬《あぶらぜみ》の悲鳴と紛《まぎ》れて、静かに呪《のろ》った。

葬儀《そうぎ》は簡素《かんそ》な告別《こくべつ》を、僧正《そうじょう》一人に頼んで夜鳴屋《よなきや》が出した。斯様《かよう》な歪怨《いびつうら》み、或《ある》いは花柳病《かりゅうびょう》なぞでぽくと逝《い》く、身寄《みよ》り縁《えん》無い遊女《ゆうじょ》は花散《はなちる》の外《ほか》にも多少在《あ》り、苛烈《かれつ》な職《しょく》に倦《う》みも見せず莞爾《にこり》とよくも笑えたものよと、抹香《まっこう》の揺蕩《たゆた》う誦経《ずきょう》の裡《うら》で佳一は、糸竹《しちく》にも秀《ひい》でず舞い踊りなぞ不細工《ぶさいく》で、然《さ》れど何《い》時《つ》も何時《いつ》でも莞爾《にこり》とあった花散《はなちる》の想い姿を胸に起こした。

其《そ》の想い姿は、菫《すみれ》の花《はな》が一晩《ひとばん》の内《うち》に高倍速《こうばいそく》で咲くが如《ごと》くに沸《わ》き起こり、菫花《すみれ》は魔境《まきょう》に咲いたか、何故《なぜ》か色味《いろみ》をとりどりに、紫《むらさき》、青《あお》、橙《だいだい》、黄《き》、桃赤《ももあか》と咲き誇り、低野草《ていやそう》のはずの菫花《すみれ》だのに、青竹《あおたけ》十束重《じゅったば》ねた胴幅《どうはば》と比肩《ひけん》するほどに立派な樹木《じゅもく》の幹枝《みきえだ》に其《そ》の花肉《かにく》を実《みの》らせて、樹子《きこ》の真《まこと》に黄昏《たそがれ》待つかに莞爾《にこり》と在る花散《はなちる》は、きっと己《おれ》を待って在るのだと、突如《とつじょ》の渾沌《こんとん》に血迷《ちまよ》い窮《きわ》めた佳一には、然《そ》うと想えて仕方《しかた》なかった。

花散《はなちる》が死してより、佳一は寸劇《すんげき》も睡《ねむ》ること能《あた》わず、意識は繊弱《せんじゃく》と消耗し、九天《くてん》を見やげれば鈞蒼《きんそう》昊《こう》も諸々《もろもろ》一切が同容《どうよう》の脆弱色《ぜいじゃくいろ》に観えるばかり、水《みず》の綾《あや》には波紋《はもん》を永劫《えいごう》と繰り返すさざ波音《なみおん》が耳孔《じこう》に回響《かいきょう》するばかり、菫樹《すみれぎ》なぞと云う妖怪変化《ようかいへんげ》の樹子《きこ》に生《い》ける彼女の幻笑姿《すがた》を想うばかりで、脳髄介《のうずいかい》さぬ誦経《ずきょう》の単律《たんりつ》に、血迷《ちまよ》い窮《きわ》めた其《そ》の口元からは、涎《よだれ》が一筋《ひとすじ》しらしら流れた。

佳一と菫売りとの、相見《あいまみ》えたは其《そ》の葬儀《そうぎ》を最期にして、嘗《かつ》ての偽《にせ》幻の三人家族は、散《ち》り塵散《じんち》って畢生《ひっせい》、再び生《い》きて逢《あ》うことはなかった。

其《そ》の刻分《こくぶん》より、洛陽動乱事変《らくようどうらんじへん》の起こる二《ふた》ツ月《つき》の間由《あいだよし》、佳一は自先《じせん》して攘夷志士《じょういしし》達に加わって、兎《と》にも角《かく》にも人を斬った。

其《そ》れ迄《まで》、東行《とうぎょう》の頼みのみを使命として、何故《なにゆえ》斬る要《よう》のあるか、斬ることで得る全体益《ぜんたいえき》は如何也《いかなり》やなぞ、具《つぶさ》に理屈を掻《か》き集めて、自心《じしん》が人斬りを為《な》す業《ごう》を紺珠得心《かんじゅとくしん》致す迄実行能《じっこうあた》わなかった佳一であったが、血迷《ちまよ》い窮《きわ》めてしまっては、悪鬼羅刹《あっきらせつ》と変わり果て、まるで現《うつ》し世全遍《よぜんぺん》を讐《あだ》するかに、唯《ただ》斬り捲《まく》った。

志士《しし》仲間の一人が云うには、死屍累々《ししるいるい》、殺遺骸《さいいがい》の挨溜《はきだめ》を故意と佳一は山と積み、其《そ》の天頂《てんちょう》に座《ざ》す折《おり》は、わざわざ血《ち》の涙《なみだ》を、流す要《よう》も無く流してあるかの態《てい》であったと云う。

斯《か》くの如《ごと》く揣摩《しま》は、案外ほとほと的《まと》を射抜《いぬ》いてあって、遊女働《ゆうじょばたら》きを職と為《な》し、父母祖霊《ふぼそれい》より賜《たまわ》ったはずの清身《きよしみ》を、金《かね》が為《ため》に身春《みはる》を売り魂穢《たましいけが》して続けた花散《はなちる》は、きっと地獄《じごく》に在るだろうから、兎《と》に角己《かくおのれ》も地獄《じごく》に向かわねばと、佳一の致す所業《しょぎょう》なぞ、然《そ》う脅迫《きょうはく》めいた、或種気韻《あるしゅきいん》に煽《あお》られた、無闇《むやみ》な利己塗《りこまみ》れの、愚《おろ》かで惨《みじ》めな人殺《ひとごろ》しであった。

花散《はなちる》を甚振《いたぶ》り殺した畜生者《ちくしょうもの》の素性《すじょう》は直《す》ぐに識《し》れ、捕縛其《ほばくそ》の侭《まま》に牢屋敷《ろうやしき》へ拘置《こうち》されたとは、夜鳴《よなき》屋《や》店人の風聞《ふうぶん》に佳一は知った。

此《こ》の時代、犯罪を犯《おか》した者の行方《ゆくえ》は、巷《ちまた》の風聞《ふうぶん》と拷問《ごうもん》とに頼られるが最《もっと》もで、殊《とく》に風聞《ふうぶん》は、密告《みっこく》情報の買い取りや、娯楽《ごらく》の些末《さまつ》さも相《あい》まって楽しむべき愉快と扱われてあり、乱暴に云えば即《すなわ》ち、巷口《こうこう》に上《あが》る訝《いぶか》しき者をまず捕らえ、有冤罪《ゆうえんざい》を無考慮《むこうりょ》に拷問《ごうもん》し、其処《そこ》から種々《しゅしゅ》の有罪を吐《は》き出させるのであった。冤罪《えんざい》の侭に拷悶死《ごうもんし》する烈士《れっし》も中《なか》には在ったが、殆《ほとん》どが裏有《うらあ》る事全《まった》く吐《は》き散らし、其《そ》の罪根《ざいこん》は地下《ちか》脈《みゃく》通じて何処《どこ》かで繋がるもので、些末端《さまったん》の罪《つみ》もあれあれと強罪《ごうざい》へと導かれるが常《つね》であった。故《ゆえ》に人は、他人の風聞《ふうぶん》に上《のぼ》らぬよう、自らを律《りっ》して生活《いき》る要《よう》があり、管制側《かんせいがわ》にとっては、風聞《ふうぶん》は至《いた》って利便で健全《けんぜん》と云えば健全な、社会有機複合体《しゃかいゆうきふくごうたい》の産物《さんぶつ》であった。

　佳一の属《ぞく》する志士方《ししがた》に、桝屋《ますや》と屋号《やごう》を称《しょう》して商人装《よそお》いに、武器弾薬を密流《みつなが》す志士《しし》があった。佳一は其《そ》の桝屋《ますや》に頼み、牢屋敷《ろうやしき》へと押入《おしい》り花散《はなちる》を甚振《いたぶ》った畜生《ちくしょう》を殺す助力《じょりょく》を請《こ》うた。東行《とうぎょう》の鐘愛《しょうあい》する贔屓《ひいき》であり、剣働《けんばたら》き頼もしい若武者《わかむしゃ》の悲しき願いに、桝屋《ますや》は鮸膠《にべ》無く応《おう》と応《おう》じ、佳一と年近い志士《しし》達《ら》三名がそれに同調した。牢屋敷《ろうやしき》に押入るなぞの大事《おおごと》は、己《おのれ》独りではとても成就《じょうじゅ》能《あた》わぬとは、羅刹《らせつ》の脳《あたま》でも冷静と識《し》れ、云い換《か》えれば佳一は、冷静の狂気《きょうき》で人を斬り捲《ま》くっていたのである。

　丑満《うしみつ》過ぎの月無《つきな》しの、星に見《まみ》えぬ曇天夜《どんてんや》に、佳一ら五名は押入りを決行した。算段《さんだん》は先《ま》づ、桝屋《ますや》ら三名が牢屋敷門《ろうやしきもん》付近で焙烙玉《ほうろくだま》にて爆撃陽動《ばくげきようどう》を起こす内《うち》に、佳一ら二名が屋敷内《やしきない》に侵入すると云った、戦略としては非道《ひど》く御粗末《おそまつ》なものであったが、囚人《しゅうじん》を逃がすのではなく、唯一人《ただひとり》を殺すには十分で、鉄牢《てつろう》不足の時勢《じせい》も助《たす》けてか、難なく対象を見出《みいだ》した佳一は、与太と共《とも》に修練した嘗《かつ》ての死体《したい》膾《なます》斬りを練習するかに、幾度《いくど》も幾度も対象を斬《き》り斬《き》り続け、相伴《しょうばん》した志士《しし》の云うには、四句偈《しくげ》を念仏《ねんぶつ》しながらずぶずぶと事切《ことき》れた軀《むくろ》を斬り刻《きざ》み続ける佳一の姿は、余《あま》りにおぞましき狂気《きょうき》其《そ》の物《もの》に見《み》えたと云い、佳一の理屈には、対象に四句偈《しくげ》を念仏したは、此《こ》の畜生《ちくしょう》が花散《はなちる》と同じ地獄《じごく》に向かわぬようにと唱《とな》えたものであったと云う。浄土《じょうど》を念《ねん》じ屠殺《とさつ》するかに斬り刻《きざ》む佳一の剣姿《すがた》は牢燈《ろうあかり》に揺れ、権兵《ごんへい》に習ってあった四句偈《しくげ》の韻律《いんりつ》は、余《あま》りに揖斐《いび》しく、余《あま》りに悲しく牢獄内《ろうごくない》に響いてあった。牢屋《ろうや》敷中《しきじゅう》には、佳一の撃つ太刀《たち》の噴《ふ》げる血煙《ちけむり》が紅塵万丈《こうじんばんじょう》と立ち籠《こ》めて、血煙《ちけむり》が目眩《めくらま》しに手品《てじな》と成《な》りて、佳一ら五名は姿見曝《すがたみさら》すことなく目的を果たし、宛《あ》て無《な》き月《つき》へと逃散《ちょうさん》した。

其《そ》の夜から十五夜《じゅうごや》を更《た》けて後、不発《ふはつ》に残った焙烙玉《ほうろくだま》の滓《かす》からか、牢屋敷《ろうやしき》押入りへの桝屋《ますや》の関与を、極細《ごくぼそ》の尾《お》っぽであったが公儀方《こうぎがた》が手綱《たづな》かんで、公儀方《こうぎがた》に飼われた群狼共《おおかみども》に桝屋《ますや》は捕《と》らわれた。葡萄《えび》葛《かずら》に巣食《すく》う餌虫《えさむし》をつくじるかの凄惨極致《せいさんきょくち》の拷問《ごうもん》に耐えかねた桝屋《ますや》は、竟《つい》に志士《しし》らの秘中《ひちゅう》の機密《きみつ》を漏らし、其《そ》の情報は牢屋敷《ろうやしき》押入りなぞの些末《さまつ》に留《とど》まらず、現体制《げんたいせい》を転覆《てんぷく》させ、春水《しゅんすい》の沸《わ》くが如《ごと》き大《たい》義《ぎ》を成就《じょうじゅ》すべしといった、革命《かくめい》と云えば聞こえ麗《うら》らか、童子《わらべ》の無謀《むぼう》な戯《ざ》れ言《ごと》と云えば其《そ》れ迄の、然《しか》し時流《じりゅう》を照《て》らすに体制側を震撼《しんかん》させ心胆寒《しんたんさむ》からしめるには十二分《じゅうにぶん》の自供《じきょう》であった。

体制側の狼共《おおかみども》は直《ただ》ちに用兵《ようへい》を調《ととの》えて、桝屋《ますや》の吐《は》いた会合場《かいごうば》を天竺鼠《てんじくねずみ》一匹たりとも逃さぬようにと兵《へい》を配備《はいび》し、会合場とされた旅籠《はたご》を包囲した。此《こ》れが俗《ぞく》に云う洛陽動乱事変《らくようどうらんじへん》であり、呼称《こしょう》は様態《さまざま》在るには在って、取り囲《かこ》われた旅籠屋号《はたごやごう》を冠《かん》する呼び名が通意《つうい》ではあるが、勝者である体制側の狼共《おおかみども》が好んで使った、古代支那《こだいしな》の華都《かと》を引合《ひきあい》とした称名《しょうめい》が相応《ふさわ》しかれと此処《ここ》には記《しる》す。

音締《ねじめ》の高雅《こうが》な麒麟馬《きりんば》の、夜空を逍遥《しょうよう》と往《い》く影身《かげみ》でも重なれば、さぞ美しかろう満丸月夜《まんまるつきよ》の亥《い》の刻《こく》に、桝屋奪還《ますやだっかん》の協議《きょうぎ》を催《もよお》してあった佳一ら革命派志士《かくめいはしし》は、鮮血千本《せんけつせんぼん》と咲くかの襲撃《しゅうげき》を受けた。襲撃《しゅうげき》手《しゅ》の中《なか》には、浅葱《あさぎ》だんだらの羽織《はおり》を被布《ひふ》した目立《めだ》ち装《よそお》いの者らが散《ち》らりほらりと有り、暗《くら》がり闇《やみ》の内《うち》にも其《そ》のだんだらは淡《あわ》くと目立ち敵印《てきじるし》と一見《いっけん》で識《し》れ、浅葱《あさぎ》連中は恰好《かっこう》の敵目当《てきめあ》てとなり、志士《しし》らは一斉《いっせい》悉《ことごと》く斬り掛《か》かったが、浅葱《あさぎ》だんだら余《あま》りに手練《てだれ》で、呆気《あっけ》と宣《のたま》う間《ま》もなくて志士《しし》らは次《つぎ》に次にと血海《ちかい》に沈んだ。

怒号《どごう》混じりの押入り音《おん》が起こると同時に、燭灯《しょくとう》を殺《ころ》して夜闇《よるやみ》に紛《まぎ》れた佳一は、闇に眼慣《めな》れる迄《まで》、金屏風《きんびょうぶ》の暗々裡《あんあんり》に隠《こも》り凝《じ》いっと息を潜《ひそ》めていた。佳一には最早《もはや》、志士《しし》仲間の生《い》き死《し》にも、敵《てき》だんだらの生き死にも算術下《さんじゅつくだ》らぬ蚊帳《かや》の外《そと》で、息を潜め、彼《かれ》は唯《ただ》、地獄光《ひかり》の方向感《ほうこうかん》を乱闘《らんとう》の群《む》れの内《うち》に探《さぐ》った。肉裂《にくさ》け、骨断《ほねだ》ち、呻《うめ》き、皮破《かわやぶ》れ、腑転《ふころ》び、血流《ちなが》れ、断末《だんまつ》の魔《ま》、全《あら》ゆる人間の崩落《ほうらく》する音《おと》が旅籠中《はたごじゅう》に走り舞《ま》わる中で、視界の開《あ》けた佳一は、金屏風《きんびょうぶ》の裡《うら》からぬらっと立ち上がり、最も地《ひ》獄光《かり》の烈《れつ》な方向へと一目散《いちもくさん》に斬りつけた。浅葱《あさぎ》だんだらの地獄光《ひかり》は、其《そ》の身に野生《やせい》でも有《ゆう》するかに佳一の剣閃《けんせん》を一重《ひとえ》で躱《かわ》し、躱《かわ》し刀《かたな》で斬りつけ返した。其《そ》の剣閃《けんせん》の速度たるや、佳一の倍速《ばいそく》すらっと速くて、咄嗟《とっさ》と佳一は五尺《ごしゃく》は優《ゆう》と飛び退《の》いた。斬り合いに及んで後退するは、佳一には初めての経験であり、聊《いささ》か全身に冷たき汗《つめ》を覚えた彼《かれ》は、皮一枚《かわいちまい》斬られた腹に左掌《て》を充《あ》てがいながら、餓《え》えの狼《おおかみ》の如《ごと》く灯《ひか》る地獄光《ひかり》の眼《め》を見つめ、今更《いまさら》に及んで死なぞが恐ろしいか莫迦《ばか》めと、自嘲《じちょう》するかに薄《わら》く嗤《わら》って、無防《むぼう》の構《かま》えで再度斬りかかった。一閃二閃三閃四閃、孰《いず》れも急所一撃必殺を狙《ねら》う同士の鍔《つば》迫《ぜ》り合いは、然《さ》れどまるで皮剝競《かわはぎ》う技芸者《ぎげいしゃ》の戯《じゃ》れ合《あ》いとも観客観《かんきゃくみ》え、剣気凶気《けんききょうき》の最高潮《さいこうちょう》と渦巻く渦中《かちゅう》の二人は、殺し合うのに嗤《わら》ってあった。

美麗《びれい》とも観得《みえ》る斬り合いは、然《しか》し意外な形で帰結《きけつ》して、薄皮斬《うすかわぎ》れの外《ほか》に外撃傷《がいげきしょう》は絶無《ぜつむ》の筈《はず》の地獄光《ひかり》が突如《とつじょ》に吐血《とけつ》し、立つ事堪《こら》えきれず蹲《うずくま》った負《ま》け犬《いぬ》姿に油断した佳一が、鈍《のろ》りと両断《りょうだん》の構《かま》えを取った刹那《せつな》、其《そ》の背後から鈍牛《どんぎゅう》の撃鉄《げきてつ》ほどの重たい打撃《だげき》が後頭《こうとう》に加えられ、ちらり振り向きた佳一が其《そ》の剣鍔《けんつば》の特異《とくい》から其《そ》の刀《かたな》が虎徹《こてつ》であるかと認め卒倒《そっとう》した処《ところ》で、決着《けっちゃく》した。応援の加わった公《こう》儀軍《ぎぐん》は、襲撃方針《しゅうげきほうしん》を斬《き》り捨《す》てから捕縛《ほばく》へと切り替えてあり、佳一は気絶状態《きぜつじょうたい》の侭《まま》に捕縛された。打撃で人間大人《にんげんおとな》を昏倒《こんとう》させるなぞの妙技《みょうぎ》は、余程《よほど》の人体《じんたい》を実験分《じっけんぶん》した後に会得能《えとくあた》う綿蛮《めんばん》たる技術であり、夙《つと》に不殺《ころさず》に結《むす》ぶなぞは人を殺《あや》めた経験経《へ》ずして逢着能《ほうちゃくあた》わぬ絶技《ぜつぎ》である。即《すなわ》ち、浅葱《あさぎ》だんだら連中も、佳一と同じ、狂気《きょうき》の閨《ねや》の狢《むじな》に誘《いざな》い込まれた御子《みこ》ざまあの、憐憫《れんびん》たる時代の贄《にえ》であった。

佳一は昏倒《こんとう》から転瞬《てんしゅん》の間《ま》に意識を恢復《かいふく》させたが、其《そ》の諸手《もろて》には麻縄《あさなわ》が搦《から》められてあり、大方《おおかた》の戦《せん》況《きょう》は決着したようで、志士《しし》らがそもそぞろ、徒然《つれづれ》とお縄曳《なわひ》かれ或《あ》いは棺担架担《ひつぎたんかかつ》ぎに連行されて往《ゆ》くのを、枝垂《しだれ》前髪眼の奥に認めた。愈々無様《いよいよぶざま》な己《おのれ》も畢《おわ》りよと、旅籠《はたご》の玄関戸より屋外に曳《ひ》き出され、京《きょう》の夜風を浴《あ》びた刻《とき》、紫枝雀《むらさきしじゃく》に染まる一匹の光虫《ひかり》が、追憶《ついおく》を追い抜くかに左頬《ほほ》を掠《かす》め、満丸《まんまる》の月へと向かって怡怡《いい》と昇って往《ゆ》くのを佳一は見つけた。

途端《とたん》、佳一の瞼《まぶた》の裏側に、枝雪崩人形《しなだれにんぎょう》のさやと首斬り閻魔《えんま》の与太番《つが》いの面差《おもざ》しが浮かび、いざ、いざ、と誘《いざな》うかに紫の光虫《ひかり》一匹は、月へ月へと昇って往《い》った。

浅葱《あさぎ》だんだらの勝鬨《かちどき》と志士《しし》らの無念《むねん》が木霊《こだま》する中《なか》、摩訶《まか》な不思議《ふしぎ》と佳一に搦《から》められた麻縄《あさなわ》が解《ほど》け、腥《ちなまぐさ》い血場《ちば》に相反《あいはん》して、天《あま》つの川《かわ》から吹き曝《さら》したか、星空《ほしぞら》の流気《りゅうき》が爽《さわ》やかに一颯《いっさ》と駆け抜けて、釣《つ》られるかに佳一は、光虫《ひかり》の昇る方角へと歩みを甫《はじ》めた。

七夕愛《たなばため》でる天《あま》つの川《かわ》が、浅葱《あさぎ》だんだら掲《かか》げる篝火《かがりび》の明燈《みょうとう》を優《ゆう》と超え、大空《おおぞら》を別品《べっぴん》と九祭《くさい》に玉色《たまいろ》輝かし、手当連行保全報告の紛雑《いざ》に妙手《みょうしゅ》と紛《まぎ》れたか、光虫《ひかり》を見やげるや、流天《るてん》の川を見やげるや、空《から》手《て》の侭《まま》にふらりふらりと歩む佳一を、不可思議千万咎《せんばんとが》める者は、月《つき》も人《ひと》も星《ほし》も某《なにがし》も、とにかく何もそこには無かった。

前述のように変名《へんめい》を名乗ってあったが為《ため》に、此《こ》の歴史的大事《だいじ》の記録に佳一の名は一切が無く、唯《た》だ鉄馬《てつま》と呼ばれた者が一人、捕縛後《ほばくご》に逃走《とうそう》、とのみ記《しる》されてある。

十三　牢獄《ろうごく》

遠碌《えんろく》の山に日《ひ》の落ちて、散《ち》りばむ星の無意《むい》も有れば、一葉《いちよう》のそよめきに楽しき夢観る有意《ゆい》も或るもので、物《もの》の語《かた》りは佳境《かきょう》に至《いた》りて、終局《しゅうきょく》迎えて天晴《あっぱれ》なれば、拍手《はくしゅ》の一つも受ければをかしか。

剣振《けんぶ》りの日課と湯浴《ゆあ》みを了《お》えた与太《よた》は、七夕稍《たなばたやや》と過ぎた夕《ゆう》まづみの、影尖《かげとが》らす薄橙《はくとう》の中《なか》、裏庭で此《こ》の年も日々夜々《ひびやや》と立つ柿《かき》の木の一葉《いちよう》を見つめていた。柿の一葉《いちよう》は時風《じふう》に戦《そよ》ぎ、風采《ふうさい》をぱちつかせ、落陽《らくよう》の照らし射抜《いぬ》く来光《らいこう》に嫣然《えんぜん》と微笑《ほほえ》むかに与太には見《み》えた。

　雨《あま》だれ泥の細露路《ほそろじ》に両膝抱《りょうひざがか》えに座《すわ》り込み、厄種芽《やくだねめ》吹《ぶ》いた死花抱《しにばなかか》えて潸然《さめざめ》と、鬱伏《うっぷ》し繋《つな》げるさやの心に、此《こ》の如《ごと》き一葉《いちよう》の風《かぜ》でも吹けば又、彼女も嫣然《えんぜん》と笑《わろ》うてくれるだろうかと念《おも》った与太は、右掌《て》二指を剣《けん》と見立てて己《おの》が左胸先《むねさき》を一刀断《いっとうた》ち斬《き》る仕草《しぐさ》をした。さやの心鏡《こころかがみ》を縛《しば》る黒縄《こくじょう》は斬れねども、落陽《らくよう》の橙灯《とうひ》の温《あた》かみにか、幽《かす》かな心地《ここち》の気楽《きらく》を覚えた与太は、斯《か》くの無刀《むとう》の究極《きゅうきょく》がさやを救う道《みち》やも知れぬと、暗黒路途《あんこくろみち》に仄《ほの》かな開眼《かいがん》を見た気がした。その反面瞬刻《しゅんこく》と、左様《さよう》な名手《めいしゅ》のあるか血迷《ちまよ》うな莫迦《ばか》め、との大諦観《だいていかん》が寸隙《すんげき》首を擡《もた》げたが、其《そ》れには素知《そし》らぬ知らん貌《かお》を落陽《らくよう》の灯内《ひない》に預け、与太は無刀《むとう》の剣振《けんふ》りを稍《やや》と続けた。

　蝶鳥《ちょうどり》が呵呵《からから》と大空《おおぞら》を伐《き》って飛び、夕餉調《ゆうげとと》えの水仕業《みずしわざ》が織《お》る撥音《ばちおん》が夕暮れ中《じゅう》に木霊《こだま》す中《なか》に、与太は無刀《むとう》の剣振りを百曼荼羅《ひゃくまんだら》と繰り返し、其《そ》の指鋒《ゆびきっさき》から放《はな》たれる音《おと》は、真剣《しんけん》の奏《かな》づる其《そ》れと百分一《ひゃくぶんいち》も異背《いはい》は無かった。

　墨塗《すみぬ》り胡粉《ごふん》をまぶしたか、闇《やみ》は悉皆辺《しっかいあた》りをぐっぽり覆《おお》って仕舞《しま》い、朔弧望《さくこぼう》の月もさやかに点《とも》り甫《はじ》める昏侘《やみわび》し、与太は無刀《むとう》の剣振りを已《や》めにした。余《あま》りに磔《はりつけ》たる月のさやかのお出《い》での無ければ、何《ど》処果《こは》て迄《まで》も振り繋《つな》げたや知れぬ与太が摑《つか》んだは、物目《ものめ》に見《み》えぬ何《なに》かしら、其《そ》れとも只《ただ》のがらくたか、さやかの月のみ映《うつ》し能《あた》う淡竹《はちく》の宿命《しゅくめい》、其《そ》れやも知れぬ。

無刀《むとう》の剣振りを已《や》めた与太は、湯処《ゆどころ》の木綿《もめん》で汗を拭《ぬぐ》い、浴衣《ゆかた》の巻帯《まきおび》を一度解《ほど》き、ばさばさと中《なか》籠《こも》った熱気《ねっき》を塵芥《じんかい》放った。熱気は己《おのれ》の内《うち》より生《しょう》ぜし生命《いのち》だのに、眼に映《うつ》らぬ其《そ》れは一体何処《どこ》へ往《ゆ》くのかと、気配《けはい》も持たない無生《むせい》の生命《せいめい》に、与太はいのちの可憐《かれん》を念《おも》った。

夕餉《ゆうげ》を了えた与太は、燭光灯《しょくこうとも》ぶ坪庭臨《つぼにわのぞ》みの外廊《がいろう》を、薄袷《うすあわせ》の花喰鳥《はなくいどり》の落としへと両の腕を落としながらさやの室前《しつまえ》を素通《すどお》り、素蒻《そじゃく》な己《おのれ》の室《へや》へと向かった。夏来《き》たるらし頃合いは、与太の起床はこけこっこに早く、寝床《ねどこ》は一番星《いちばんぼし》と競うほどで、さてもさてもの健全暮らしは、我鳴《がな》り立てる涯《はて》なぞ微《み》塵《じん》の、温順《おんじゅん》たる風合《ふうあ》いに映《うつ》ったであろうか。

さやの室前を過ぐる刻《とき》、昂《こう》母のさやに夕餉《ゆうげ》の粥《かゆ》を掬《すく》う様《さま》が風通《かぜとお》しにか放《はな》たれた襖戸《ふすまど》から覗《のぞ》き見え、増々《ますます》と肌白《はだしろ》の無垢《むく》を気顕《きげん》させるさやの姿が、石楠花風《しゃくなげかぜ》の透《とう》明に降《ふ》られてか、吉野紙《よしのがみ》に包《くる》まれた衣《そ》通姫《とおりひめ》の如《ごと》くに映《うつ》り、儚《はかな》げ何処《どこ》か彫像《ちょうぞう》のまるでを与太に想わせた。其《そ》の様《さま》は物目《ものめ》に見《み》えぬ熱気に覚えた無生《むせい》の生命力《せいめいりょく》と暈《かさ》なりて、其《そ》の可憐《かれん》に、与太は世《よ》の合切《がっさい》などどうとでもあれの心地を起こし、一寸笑《いっすんえ》んで素通り過ぎた。

楼闇《ろうやみ》の室内には、細螺螺鈿《きしゃごらでん》の象嵌《ぞうがん》された刀掛台《とうかけだい》に黒塗《くろぬ》り鞘《さや》の太刀《たち》が一振《ひとふ》り飾《かざ》ってあり、中実《なかみ》は真《しん》剣《けん》ではあったが首斬り役人三代が揃《そろ》う屋敷《やしき》に押入《おしい》る強盗者《ごうとうもの》なぞ、荒《あら》くれ街道《かいどう》ひたりと走る恨人《うらみびと》にも、釈迦《しゃか》の三味弾《しゃみひ》く皆無《かいむ》であったが為《ため》に、与太は其《そ》の黒塗《くろぬ》りを、未《いま》だ嘗《かつ》て抜いた例《ためし》はなかった。

夏を迎えて花《はな》むしろの坪庭で、檜扇《ひおうぎ》の射干玉《ぬばたま》が夜に敵《かな》うと黒々《くろぐろ》光り、望《ぼう》の月が漫《そぞ》ろと欠けた赫奕《かぐや》姫《ひめ》、外廊燭《がいろうしょく》の余炎《ほとぼり》が夜の黒地《くろじ》に染まり甫《はじ》める頃合いに、与太は白面《はくめん》の褥《しとね》の寝夜床《ねやどこ》で、夢の泡雪睡《あわゆきねむ》りに落ちた。

夜叉鴉《やしゃがらす》が三千世界《さんぜんせかい》で、二十《にじゅう》の歌留多《かるた》を唄《うた》い越《こ》し、七十二《ななじゅうに》の箒目《ははきめ》乱《みだ》れしに、乱《みだ》るる箒目《ははきめ》青波《あおは》と成《な》りて、白地《しろじ》の衣《ころも》を紅《べに》に染《し》み、一つ残るは首膾《くびなます》、黄楊《つげ》の髪櫛《かんざし》散鈴《ちりん》と振《ふ》るる。

一つの愛《かな》しみ想わする、伽噺《とぎばなし》の如《ごと》き夢泡雪《ゆめあわゆき》は、滅多《めった》に今宵《こよい》は珍しく寝夜半《ねやはん》与太の睡《ねむ》りを覚ました。

天柱地維《てんちゅうちい》を揺すぶるか、夜狙《よねら》いの大風《たいふう》が飛来《ひらい》して、雨戸《あまど》が風受《かぜう》け、がらんがらんの音を屋敷中《やしきじゅう》に無端《そぞろ》と響かしていた。

実《じつ》の際《さい》、与太を目醒《めざ》めさせたものは、夢泡雪《ゆめあわゆき》や大風《たいふう》には実処《じつどころ》無く、三間《さんげん》離れた室《へや》から滲《にじ》む、腥《ちなまぐさ》く、然《さ》れど懐古《かいこ》な殺伐気《さつばつき》であった。

与太は気配察知《けはいさっち》と同時より疾風《はや》く、白面褥《はくめんしとね》は云《い》うに及ばず、細螺《きしゃご》の黒太刀《くろたち》を石火《せっか》と抓《つ》かみ、友仙《ゆうぜん》描《えが》いた襖戸《ふすまど》を斬り抜けるかに大袈裟《おおげさ》開き雷光《らいこう》と、さやの臥《ふ》す室内へと飛び込んだ。

寝《ね》ね人形《にんぎょう》を包《つつ》むべき白褥《しろしとね》は鼈甲《べっこう》剝《は》ぐかに一切《いっさい》がひっ剝《ぺ》がされて、熱《ねつ》を放《はな》つ黒塊《くろかたまり》が一つ、透綾《すきあや》の肌《はだ》を露《あら》わされ蚊細《かぼそ》く抗《あらが》うさやの上に覆《おお》いかぶってあって、其《そ》の透綾《すきあや》を淫《みだ》らと弄《まさぐ》ってあるを眼機《めき》が認める以前に与太は、既《すで》に鞘《さや》抜き払《はら》ってあった黒太刀《くろたち》を一閃《いっせん》、黒塊《くろかたまり》の首めがけに振ってあった。人《ひと》殺《ごろ》しに慣れたもので、さやに血噴《けっぷん》の浴《あ》びせるや厭也《いやなり》と、刃《やいば》は逆刃《さかば》で振ってあったが、与太の剣速《けんそく》と膂力《りょりょく》の加われば、一閃《いっせん》にて絶命必至《ぜつめいひっし》の一振《ひとふ》りであった。

予知《よち》してあったか承知《しょうち》であったか、黒塊《くろかたまり》は浮蜘蛛《うきぐも》の敏捷《びんしょう》で剣筋《けんすじ》流るる順方《じゅんぽう》へと跳《と》び起こった為《ため》に、首めがけの逆刃鋒《さかばきっさき》は黒塊《くろかたまり》の左足腱《けん》を切《き》っと掠《かす》めたのみであったが、人骨肉《じんこつにく》と金物《かなもの》の触《ふ》れ合い激《げき》ゆえか、楼闇《ろうやみ》の室内に火華《ひばな》の瞬《また》きの一火《いっか》が奔《はし》った。其《そ》の侭黒塊《ままくろかたまり》は、与太の大袈裟《おおげさ》開《あ》け放《はな》した襖戸《ふすまど》の番《つが》い戸から、煙《けむ》り光《ひかり》に灼《や》けるかに飛び出《い》でた。一瞬奔《はし》った火華《ひばな》と、放《はな》たれた襖戸《ふすまど》に挿《さ》す弧月光《げっこう》に、寸間黒塊《すんかんくろかたまり》の影絵《かげえ》が闇間《やみま》に浮かび、襖戸《ふすまど》抜けるや一瞥《いちべつ》振り返った黒塊《くろかたまり》の、其《そ》の天魔《てんま》の如《ごと》き形粧《ぎょうそう》に、与太は追うを喪《わす》れて戦慄《せんりつ》とした。

剝《は》がされた白褥《しろしとね》の敷布《しきふ》の上で、屠処《としょ》に曳《ひ》かれた羊《ひつじ》の如《ごと》く蟄伏《ちっぷく》したまま破落《はらく》とあるさやを、黒太刀《くろたち》ぶん投げて脇《わき》持ち起こしに抱《かか》えた与太は、其《そ》の小さき頭を両の腕《かいな》で強く包《くる》んで言《げん》を発《はっ》した。

「大丈夫《だいじょうぶ》じゃ、さや、俺《おれ》がおる、大丈夫《だいじょうぶ》、大丈夫《だいじょうぶ》じゃ、じゃきもう泣くな。」

断空刻《だんくうきざ》みに震《ふる》える小頭《こあたま》を撫《な》で繋《つな》げる与太は、同言《どうげん》を繰り返し自身も反芻《はんすう》しながら、黙《だま》り人形《にんぎょう》と化《か》してあっただのに、声を放《はな》ち涙を流して震《ふる》えるさやの、体温感《かん》ずる異質《いしつ》に気付いた。其《そ》れは、蛹籃《ようらん》を打ち破《やぶ》る声で、さやが発《はっ》した言《こと》の葉《は》であった。

「与太《よた》あ、助《たす》けてくれたんじゃね、来《き》てくれたんじゃねえ。」

与太の両腕の輪内《わない》から、涙あふるる火照顔《ほてりがお》を擡《もた》げ上げ、さやは只管《ひたすら》に与太の眼《め》を見つめて言《げん》を発《はっ》した。其《そ》の瞳《ひとみ》は、観音笑《かんのんえ》みに眦《まなじり》を下《さ》げ、凍《い》てつき能《あた》わぬ氷柱涙《つららなみだ》に濡《ぬ》れ続き、其《そ》の唇《くちびる》は心臓《しんぞう》打ちの激《げき》ゆえか、春爛漫盛《はるらんまんさか》りの桃桜《ももざくら》よりも緋桃《ひもも》に嫋《たお》やかとあり、瀑《ばく》する涙で照《て》らめいてあった。

「そうじゃ、俺《おれ》が来《き》たき、もう安穏《あんのん》じゃ、さや、さや、安穏《あんのん》じゃ。」

「与太《よた》あ、あたしねえ、ちゃんと抗《あら》ごうたんよ、怖《こわ》あてねえ、言《こと》の葉《は》はなんもだせれんかったけどね、ちゃんと抗《あら》ごうたんよ。」

「ああ、えれえぞ、たいしたもんじゃ。」

「きっと、与太《よた》が来てくれるっち思《おも》うたけん、与太《よた》、来てくれたんじゃねえ。」

彼《か》の憶刻《おくこく》も、さやは己《おれ》を呼び続けたかと、与太は両肩背《りょうかたせ》に包《くる》み下《さ》げた両腕に力《ちから》を籠《こ》め、只管見繋《ひたすらみつな》げるさやの瞳《ひとみ》と、唯《た》だ只管《ひたすら》に見つめ合った。

「吾《わ》れがん為《ため》なら、無間《むげん》の涯《は》てじゃ。さや、ようがんばったな。」

慈《いつく》しみと悔恨《かいこん》と、優《やさ》しみと回復《かいふく》の内蔵《こも》った与太の言《げん》に安心得《え》たか、糸切《いとき》れた繰《く》り人形《にんぎょう》の如《ごと》くにさやはぷつんと脱力《だつりょく》し、与太へ全《すべ》てを預け睡落《すいらく》した。睡落《すいらく》直前の、見つめ合う二人の瞳《め》の内《うち》にあるものを、永遠《えいえん》を数《かぞ》えた闇間《やみま》にも、愛《あい》と呼ぶには相応《ふさわ》しかった。

「ああ寝《ね》れ。特別《とくべつ》じゃ、今宵《こよい》は俺《おれ》も一緒《いっしょ》に寝添《ねそ》うちゃるき。」

白妙《しろたえ》の、子鶴《こづる》を扱うかに白褥《しろしとね》の敷布《しきふ》へとさやを横たえた与太は、放《はな》たれた襖戸《ふすまど》を閉め、蹂躙《じゅうりん》された掛布《かけふ》を清浄《せいじょう》するかに三度《さんど》暗宙《ちゅう》へとばさばさと仰《あお》ぎ上げ、幼蚕《ようさん》の扱いでさやへと打ち掛《か》けて、己《おのれ》もその内《うち》へと潜《もぐ》り入《い》った。透綾《すきあや》の肌《はだ》より伝わる体温が、与太には唯《た》だ、只管《ひたすら》に嬉《うれ》しかった。

気冴《きさえ》の能《あた》わぬ闇内《やみない》に、大風《たいふう》は霞《かすみ》か露《つゆ》かと失《う》せ去りて、二人を包《つつ》む寝褥《ねしとね》上空《じょうくう》、胡蝶《こちょう》が二匹《にひき》廻舞《まわ》ってあった。

遠山巴峡《えんざんはきょう》に鶏鳴《けいめい》の靡《なび》き、朝露《あさつゆ》の開闢《かいびゃく》が常綺羅《とこきら》と凋《しぼ》れし花を立ち漲《みなぎ》らす朝、与太は目を覚ました。二人《ふたり》包《つつ》みの褥《しとね》には、夏朝《なつあさ》の狂冷涼《くるいれいりょう》に程良《ほどよ》い温《ぬく》みが籠《こも》ってあって、一刻其《いっこくそ》の温《ぬく》みとさやの肌滑《はだすべ》りを満《まん》喫《きつ》とした与太は、すやすやと上質《じょうしつ》の睡《ねむ》りを貪《むさぼ》ってあるさやを起こさぬよう、しどけなき小隠《こがく》れの体《たい》操《そう》で余烟恋《よえんこい》しき褥《しとね》を脱《ぬ》けた。

朝に修練致《しゅうれんいた》そうと、振剣用《ふりけんよう》の重《じゅう》なまくらを道場へと取りに往《い》く廊《ろう》すがら、黄八丈鮮《きはちじょうあざ》やかな昴《こう》母とすれ違い、乙女《おとめ》のようじゃな母上《ははうえ》、と態《わざ》との軽口叩《かるくちたた》きに昨夜夜盗《ゆうべやとう》の痕跡《こんせき》を与太は探《さぐ》ってみたが、お馬鹿《ばか》云《い》うない朝《あさ》ご飯《はん》は食《た》べるの、と問い返されて、食《く》うわいさやは未《ま》だ寝《ね》ちょるぞ、と応返《おうへん》しつつ、尋常《じんじょう》変わらぬ家中《かちゅう》の女衆《おんなしゅう》に与太は少しと安堵《あんど》した。

重《じゅう》なまくらを従《したが》えて、朝日臨《のぞ》みに前庭へと出《い》で遣《や》ると、抹無垢《まつむく》の着流《きなが》しを蘭奢《らんしゃ》な紅銀《べにぎん》の角帯《かくおび》で留《と》めた久郎衛《くろうえ》が、朱羅宇《しゅらう》の煙管《きせる》燻《くゆ》らせてあるのを与太は見留《みと》めた。

「祖父《じじ》、お早《はよ》う。」

「応《おう》。お早《はよ》うさん。」

黒白《あやめ》無く明透《あけす》けに応答《おうとう》した久郎衛にも与太は、昨夜夜盗《ゆうべやとう》の残滓《ざんし》の微塵芥《みじんかい》も見出《みいだ》し能《あた》わず、然《さ》れど昴《こう》母から得たものとは此度《こたび》は翻《ひるがえ》って、与太は得心《とくしん》の嘆息《たんそく》を一息吐《ひといきつ》いた。

「祖父《じじ》、昨夜《ゆうべ》の、さやが襲《おそ》われたんちゃ。」

前触《まえぶ》れ気色《けしき》の一分《いちぶ》も見せずに然《そ》うと突吐《とつは》く与太の、起《お》きすけの乱れ髪《みだがみ》に朝日の起こした暁風《ぎょうふう》が遊び、毛隙《けのすき》に千歳《ちとせ》と籠《こも》ったさやの温《ぬく》みが、久方振《ひさかたぶ》りの空《そら》にむず痒《がゆ》しげに跳《と》んで往《い》った。

「無事《ぶじ》かえや？」

久郎衛は、背項《せうなじ》ぽりぽり、大きく間隙空《かんげきあ》けて然《そ》うと云った。

「此度《こたび》は無事《ぶじ》じゃ。」

与太が然《そ》うと応《こた》えると、久郎衛は煙管《きせる》の烟《けむり》を一息朝空《あさぞら》に吐《は》き撒《ま》いて、彼方《かなた》の朝日を憎《にく》しげと見遣《や》った。与太は、重《じゅう》なまくらを一振《ひとふ》り構《かま》え、羽曳《はび》きの軽さで暈《かさ》ねて尋《たず》ねた。

「父上《ちちうえ》は？」

「尋常《じんじょう》じゃ。」

尋常《じんじょう》とは詰《つ》まる処《ところ》、久郎衛にも権兵《ごんへい》にも寝夜半《ねやはん》には、押入りに察知能《さっちあた》わなかった証左《しょうさ》であった。大風《たいふう》の轟々《ごうごう》とは云《い》えども、大廈《たいか》とはとても云えぬ屋敷内《やしきない》で、生死《せいし》の断壁《だんぺき》を生業《なりわい》と年技《ねんぎ》を嵩《かさ》ねた、早《は》や頂上《ちょうじょう》の二人達人《ふたりたつじん》に気取《けど》られず、瞑《めい》する侭《まま》に火遊《ひあそ》びを遂《な》す者なぞは、久郎衛にも与太にも、只《ただ》の一《いち》人物《じんぶつ》より外《ほか》は、念《おも》い至《いた》らなかった。

「与太《よた》よ、どげえする気《き》じゃ。」

抹無垢《まつむく》の袖《そで》に右掌《て》をおとし、麝香棚引《じゃこうたなび》く朱羅宇《しゅらう》を左掌《て》に携《たずさ》えた久郎衛は、与太ではなく、朝日に眼合わせ云った。

「どげしようもねえじゃろ。」

寝間着《ねまき》ふらんねるの花喰鳥《はなくいどり》に左掌《て》を落とし、重《じゅう》なまくらを右掌《て》に摑《つか》んだ与太は、果報《かほう》の蓬萊《ほうらい》願うかに、朝日を見つめ眩《まばゆ》く顰《ひそ》めた。

祖孫《そまご》の二人《ふたり》背姿《せすがた》は、朝日の陽嵐《ひあらし》に輪郭《りんかく》のぼやけて、ひどく良く似通《にかよ》ってあった。

「なしかのう、与太《よた》。」

「知《し》らん。じゃき問《と》い質《ただ》してくっわえ。」

「どきにや？」

「奉行所《ぶぎょうしょ》じゃ。」

「おるか？」

「おるはずじゃ。」

「歯《は》がゆいのう。」

飛白《かすり》な声調《こえ》で気不精《きぶしょう》に云う久郎衛を横《よこ》にして、与太は重《じゅう》なまくらを一振《ひとふ》り、朝空《あさぞら》を斬った。朝《あさ》な朝《あさ》なの雀鳴《じゃくめい》が、一断《いちだん》斬れた音《おと》がした。

剣振《けんふ》りを已《や》め、庭井戸《にわいど》の底冷水《そこひえみず》に火照《ほてっ》た身《み》を涼《すず》めた与太は、朝餉《あさげ》を食《は》まんと勝手場《かってば》へ向かった。

勝手場《かってば》では昴《こう》母と祖母《そぼ》、女中《じょちゅう》の三人が艀渡《はしけわた》りに朝餉《あさげ》の仕度《したく》を調《ととの》えてあり、慌《あわ》ただしく映《うつ》るのに、凝《じ》っと観察をすると一切の無駄のなく流体動《りゅうたいどう》する三女衆《さんじょしゅう》の連携仕業《れんけいしわざ》は、年季《ねんき》の為《な》せる術《わざ》かと与太は念《おも》った。

上《あ》がり口《ぐち》となる床框《ゆかかまち》には、土間《どま》に足撞《つ》け、三人の働きを楽しそうに眺めるさやの白無垢姿《しろむくすがた》があり、昴《こう》母、祖母、女中《じょちゅう》の順に目合図《めあいず》を送った与太は、さやの真横《まよこ》に腰を下《お》ろした。昴《こう》母も祖母も女中《じょちゅう》も三人一容《いちよう》、与太の目合図には微笑《ほほえ》み無言《むごん》で頷《うなず》いていた。

「さや、お早《はよ》う。」

「お早《はよ》う、与太《よた》。」

「母上《ははうえ》らあにも挨拶《あいさつ》したかや。」

「うん。したよ。」

与太が小頭《こあたま》撫《な》でにぽふと左掌《て》をさやの頭頂《とうちょう》に置くと、さやは真白《ましろ》の歯を見せ嘩泣《むずが》るように笑った。粥《かゆ》しか食《は》まぬ侭《まま》に年月を経《へ》たさやの歯は、沁《し》み一点も無い真白《ましろ》のままに身体共《しんたいとも》に成長し、大理《だいり》の肌と緋桃《ひもも》の唇《くち》の中《なか》に浮かぶ真白《ましろ》は、高品《こうひん》振《ふ》る舞《ま》う姫沙羅《ひめしゃら》の花模様《はなもよう》で、初夏《しょか》の朝に洒然《しゃぜん》とあった。

「そげかい。」

「さやちゃん、明日《あした》から手伝《てつど》うてくれるんよ、与太《よた》。ねえ、さやちゃん。」

昴《こう》母が味噌《みそ》溶きながらそうと云うと、さやは、うん、と稍大仰《ややおおぎょう》に破顔《はがん》の返答をした。霞《かすみ》に千鳥《ちどり》かと念《おも》えた回復は、一気呵成《いっきかせい》に訪れて、目眩《めくらめ》く浮世《うきよ》は、変幻可在《へんげんかざい》の温《ぬく》みに満ちているものよ、と念《おも》った与太は、珍しくこそりと胸の内《うち》に高次神仏《こうじしんぶつ》に感謝を込めた。朝餉《あさげ》の佳肴《かこう》の良い匂《にお》いが土間中《どまじゅう》に張《は》り巡《めぐ》り、血《ち》に塗《まみ》れた首斬《くびき》りの、一つしあわせが呱々《ここ》と萌《も》えた。

朝餉《あさげ》を終えた与太は、奉行所《ぶぎょうしょ》へと赴《おもむ》き、馴染《なじ》みの同心《どうしん》に異変《いへん》の無きかを粗直《そちょく》に尋《たず》ねた。極悪人《ごくあくにん》が一人曙《あけぼの》昇らぬ早朝に、左足を曳《ひ》き摺《ず》りながら絶《た》え絶《だ》えと己《おのれ》から首を差し出しに参《まい》ったが与太殿は何故既知《なにゆえきち》か、沙汰《さた》決まる迄報《までしら》せるか報《しら》せぬか思案《しあん》致しておった処《ところ》、と逆問《ぎゃくど》い返しを受けた与太は、一《ひと》つ悪《わる》い夢《ゆめ》をみたのよ、と夜強《やごう》押入りの件は黙隠《もくいん》し云った。夢占《ゆめうらな》いなぞ信《しん》ずる其方《そなた》でなかろう、と馴染《なじ》み同心《どうしん》は稍《やや》と揶揄《やゆ》して云ったが、与太の眼《め》炎の苛烈《かれつ》に、沙汰決《さたけっ》すれば追《お》って連絡《れんらく》を致《いた》す恐《おそ》らく与太殿に御任《おまか》せするに決着《けっちゃく》つくと念《おも》うが、と慇懃《いんぎん》と処刑執行人《しょけいしっこうにん》に対して私見《しけん》を述べた。面会《めんかい》はできないか、と与太が苛烈《かれつ》眼《め》の侭《まま》に願申《がんしん》すると、沙汰決《さたき》まれば差配《さはい》致そう今夕半《こんゆうはん》には牢屋敷内《ろうやしきない》にて能《あた》うはず、と丁重《ていちょう》に取《と》り沙汰《ざた》を見繕《みつくろ》ってくれた。有耶不耶《あやふや》なる未明《みめい》の正義《せいぎ》の天秤《てんびん》の上《うえ》で、強制執行《きょうせいしっこう》を生業《なりわい》とする同心《どうしん》の内《うち》に、正邪《せいじゃ》の怯《おび》え無く只管《ひたすら》に生命《いのち》を穿断《た》つ与太の剣技《けんぎ》には、圧倒魅了《あっとうみりょう》されておらぬ者はほとほと無くて、与太の嘆願《たんがん》は殆《ほとん》どが叶《かな》うものであったが、仕事に及んで与太の嘆願《たんがん》するは、此《こ》れが初めての事由《じゆう》であった。為《ため》に、馴染《なじ》み同心《どうしん》は此《こ》の願《ねが》い出《で》を何としても押し通そうと、密《みっ》に決意を堅《けん》にした。

夕時《ゆうどき》の約定《やくじょう》をして、与太が家屋敷《いえやしき》へと戻ると、さやは実家の蜆屋《しじみや》に久郎衛と吉助翁《きちすけおう》とを曳《ひ》き連れて、回復貌《かお》の見世《みせ》に出ていた。白磁《はくじ》の肌《はだ》を桃《もも》にして嬉色《うれし》がるお乱《らん》母の容子《ようす》がちょこなん易《やさ》しく念想《ねんそう》され、昂《こう》母に然《そ》うと聞いた与太はやにわに笑《え》んだ。昂《こう》母の言《げん》に拠《よ》ると、今晩は蜆屋《しじみや》に泊まって、明《あ》け午前《ごぜん》に戻るとの由《よし》であった。

独《ひと》り、道場で剣振りを繋《つな》げる与太の元《もと》に、馴染《なじ》み同心《どうしん》の部下使《ぶかづか》いが息切って、約定成《やくじょうな》りました今夕半《こんゆうはん》より何時《いつ》でも、と伝えてくれたは既《すで》に日《ひ》の黄昏《たそがれ》暮れ甫《はじ》まる頃であった。湯を一浴《ひとあ》みし、剣振りの汗を流した与太は、風通《かぜとおし》の花喰鳥《はなくいどり》を纏《まと》って、牢屋敷《ろうやしき》へと帯刀《たいとう》向かった。道中《どうちゅう》に芒《すすき》の緑《みどり》が風波《かざなみ》立ちて、玉鉾挿《たまぼこさ》した弧月《こげつ》が早《は》やと、落陽共《らくようとも》に空《そら》に磔《はりつ》いてあった。

馴染《なじ》み同心《どうしん》に通《とお》された牢屋敷内《ろうやしきない》は、燈燭《とうしょく》に桜炭《おうたん》を用いてあるのか、青《あお》き火《ひ》が狐格子《きつねごうし》の牢柵《ろうさく》並びに灯《とも》ってあり、槙《まき》の格子《こうし》を照らす炭火《すみび》に与太は、罪人鎖《ざいにんとざ》す紅蓮《ぐれん》の結界《けっかい》を念起《ねんき》した。

狐格子《きつねごうし》の牢柵並《ろうさくなら》び、其《そ》の深奥《しんおう》向かって右腕側を案内された与太は、其《そ》の二牢《にろう》手前で案内人《あんないにん》に下座《げざ》を請《こ》い、申し付け通り案内人は、一声《ひとこえ》も発せず青闇路《あおやみじ》へと戻り消えた。外《ほか》の牢内《ろうない》からは、皮膚擦《ひふず》れと黒鉄《くろてつ》鎖《さ》の砂利音《じゃりおん》が、羽搏《はばた》き忘れた星無垢鳥《ほしむくどり》の愚《おろ》か音《ね》とばかりに撃《う》ち臥《ふ》してあった。

与太は一息大呼吸《だいこきゅう》を吐《は》き、牢主《ろうぬし》に向かい、声を掛《か》けた。

「なしかや、佳一《かいち》。」

「与太《よた》か。久方振《ひさかたぶ》りじゃのう。」

桜炭《おうたん》の青火《あおび》にぼげれと浮かぶ牢内《ろうない》に、餓狼《がろう》の白睨《にら》み眼《め》をうつせ貝《がい》の如《ごと》くに鈍《にぶ》らせた佳一の姿を与太は認めた。髪は伸び前貌《かお》に打ち掛かり、襤褸《ぼろ》襤褸《ぼろ》の飛燕崩《ひえんくずし》は、もう短夜《みじかよ》も飛べぬかに与太には映《うつ》った。

「ゆうべ会《お》うちょろうがや、なんが久方振《ひさかたぶ》りかや。」

「かっか。識《し》れちょったか。流石《さすが》じゃのう。」

「振《ふ》り向《む》かなわからんかったがの。」

「しくったのう。」

鎖《とざ》された黒鉄《くろがね》の手枷《てかせ》を一寸《いっすん》持ち上げ、罪人《ざいにん》風情《ふぜい》の佳一は、死灰《しはい》を観るかに窪《くぼ》んで云《い》った。

「なしかや、佳一。」

風通《かぜとおし》の花喰鳥《はなくいどり》の袖《そで》に両の掌《て》を落とした立《た》ち姿の与太は、忍《しのぶ》が原《はら》に踉《よろ》めくかの友を凝《じ》っと見据《みす》え、改《あらた》め問うた。

「黙《だま》り人形《にんぎょう》のはずじゃき、簡単《かんたん》思うちょったが。」

「叩《たた》っ斬《き》るぞこんがきゃあ。」

「はっは。変《か》わらず恐《おそ》ろしげじゃのう。自狂《じぐるい》じゃ、ち云《い》やあ、納得《なっとく》すっかや。」

「でくっかや。」

「清浄無垢《せいじょうむく》じゃおれんよ、与太。」

「識《し》っちょるわ。」

桜炭《おうたん》の緩燃《ゆるも》える内《うち》一つの熾《おき》が、一つの撥音《ばちおん》を放《はな》ち、熾崩《おきくず》れに炭木《すみき》の転《まろ》ぶ音《ね》が幾《いく》らか鳴った。

「京《きょう》は臭《くせ》えぞ、与太。」

何《いず》れの闇路《やみじ》を歩んだか、雨夜《あまよ》の星を見遣《みや》げるかに、牢天井《ろうてんじょう》を見据《みす》えた佳一は、透通《とうつう》の星を観るかに然《そ》うと吐《は》いた。雨夜《あまよ》に星もあるまいに。

「そげか。」

「ああ。腐《くさ》れ縮緬《ちりめん》、貸《か》し赤子《あかご》、人間面《にんげんづら》した現世《うつしょ》ん糞《くそ》に塗《まみ》れちょる。」

「じゃき斬《き》り捲《まく》ったかや。」

佳一の評判は、瀬戸《せと》の海を越え、与太の耳にも届いてあった。

「耳年増《みみどしま》じゃの。云《い》うた通《とお》り評判《ひょうばん》になったろうが。」

「良《い》んか悪《わり》んかわからんけどの。」

「吾《わ》れが云《い》うかや。」

「そうじゃの。」

戯《たわむ》れるかに人斬《ひとき》り噺《ばなし》を斯《あざむ》き為《な》す二人は、互《たが》いを見遣《みや》らぬ侭《まま》に嗤《わら》い合った。

「さやはどげじゃ。」

「息災《そくさい》じゃ。吾《わ》れんおかげで回復《かいふく》してくれた。」

「そげか。」

「なしわかったかや、佳一。」

「なにをじゃ。」

「さやん治《なお》す法《ほう》ちゃ。」

佳一は、水面《みなも》の光《ひかり》を羨《うらや》む水屑《みずくず》の相貌《そうぼう》で、少し黙って応《こた》えた。

「臭《くせ》えもんに蓋《ふた》ばかりしてもよお、与太、見《み》た目《め》にゃ守《まも》られち見《み》ゆっけんがそん中実《なかみ》はよ、暗《くれ》え暗《くれ》えもんじゃろうがや。」

青《あお》き火《ひ》の燈照《あかりてらす》に焙《あた》る与太の相貌《かお》は、佳一の次言《じげん》を待つ眼《め》が黙った侭《まま》に、友を見据《みす》える。

「暗《くれ》え中《なか》にゃ黴菌《ばいきん》ばかりが涌《わ》くぞ。死体膾《したいなます》に涌《わ》いた蛆虫《うじむし》どまよう見《み》よったろう、あれじゃわ。さやん心《こころ》が寸断々々《ずたずた》んまんま、吾《わ》れどお無《ね》かったことんしようと直《す》ぐ蓋《ふた》したろ。傍見《はたみ》た目《め》は守《まも》られち見《み》ゆるよ。でんが蓋《ふた》んなかはどろどろじゃ。蓋《ふた》は取《と》っちゃらないかん。蓋取《ふたと》って連飛《つらと》ぶ寸断々《ずたずた》ん心《こころ》を誰《だれ》かが助《たす》けちゃらないけん。助《たす》けるんは吾《わ》れじゃ、与太。なら外《ほか》ん誰《だれ》かが蓋取《ふたと》っちゃらな悪《わり》いわや。」

星の妹背《いもせ》と月は咲き、北斗《ほくと》が冴《さ》えて示顕《じげん》と在るのか、佳一は暗昏《くらやみ》のはずの牢天井《ろうてんじょう》を見つめた侭《まま》に、然《そ》うと繋《つな》げた。

自狂《じぐるい》どころか、自犠牲《じぎせい》の友の襤褸《ぼろ》吐白姿《とはくすがた》に与太は、沸騰《ふっとう》湧《わ》いた流涕《なみだ》を、落とすものか、と身内《みうち》に焦《こ》がし、甫《はじ》めの問いを改《あらた》め尋《たず》ねた。

「なしかや、佳一。なし自訴《じそ》なんぞしたかや。朝一番《あさいちばん》、俺《おれ》かた姿現《すがたあらわ》してくれちかどげでんなったわや。俺《おら》あ吾《わ》れに有《あ》り難《がと》うを云《い》わないけんのによ、俺《おら》あ吾《わ》れん首《くび》、斬《き》らないけんじゃねえか。」

「そげして欲《ほ》しいんちゃ。」

牢天井《ろうてんじょう》から眼《め》を下《お》ろした佳一は、土《つち》に喰いつき死ぬかの見姿《みすがた》とは異背《いはい》して、恋風《こいかぜ》吹くかの洒然面《さっぱりづら》でそうと云った。

「じゃきなしかや、吾《わ》れ、いのち諦《あきら》むっような奴《やつ》じゃねえじゃねえか。」

息杖《いきづえ》突くかの嘆息交《たんそくまじ》えて怒気籠《どきごも》りの声《こえ》調で与太は、其《そ》れでも冷静頭《れいせいあたま》を保《たも》とうと、落《お》とした風通《かぜとおし》の袖《そで》の裡内《うらうち》で己《おの》が左腕を右掌《て》で爪立《つめだ》てた。袖《そで》に縫箔《ぬいはく》された花喰鳥《はなくいどり》が、羽《は》抜《ぬ》けたように縮《ちぢ》こまった。

「与太よお、人《ひと》っちゃ凄《すげ》えの。」

「なにがじゃ。」

「唯《た》った一人《ひとり》ん相手《あいて》に、有頂天撞《うちょうてんつ》いたり、寸断々々《ずたずた》んなったりよ。共《とも》に在《あ》るだけで、嚙《か》みつくごたんどしゃ降《ぶ》りでも、晴《は》れやかで心地《ここち》いかったのお。」

鋼格子《はがねごうし》の牢窓《ろうまど》に月が光《ひかり》を刺《さ》し込んで、青《あお》き火《ひ》に揺らめく月光《つきあか》りが、白舟《しらふね》の漕《こ》ぎ出《い》でを幻惑《げんわく》とさせ、佳一は既《すで》に鬼籍《きせき》に在るかに与太には覚《おぼ》え、立《た》て爪《づめ》に与太は更《さら》と力《ちから》を込めた。破《やぶ》れ出《いで》た鮮血《せんけつ》が、佳一の青貌面《あおざめづら》と号合《ごごう》して、狐格子《きつねこうし》の牢柵《ろうさく》が彼岸《ひがん》の川と相見《あいみ》えた。

「惚《ほ》れた相手《あいて》かや。」

「ああ。」

「もう、おらんかや。」

「ああ。殺《ころ》されっしもうた。」

月の光《ひかり》は青《あお》の水面《みなも》と強く揺れ、浮かぶ佳一の瞳《め》は、灰色《はいいろ》も持ち能《あた》わぬ色で落ち窪《くぼ》み、然《さ》れど正銘《しょうめい》、彼《かれ》の声色《こえ》で佳一は言《げん》を繫《つな》げた。

「もうおらんのかち思《おも》うたらの、つまらんわ。躰《からだ》が軽《か》りんか重《お》めんかわからんでの、魂《たましい》が無《ね》えんに心《こころ》が痛《いて》えんちゃ。」

「そげえ惚《ほ》れたかや。」

「ああ、惚《ほ》れた。吾《わ》れがさやに想《おも》うぐれえかの。」

嘗《かつ》てには、さやを喪《うしな》うやもと化外《けがい》の喪失観《そうしつかん》に暫時囚《ざんじとら》われた自心《じしん》を振り向いて、眼前《がんぜん》の友は、其《そ》の虚無《きょむ》にどぷりと呑《の》まれてあるのを与太は慥《たし》かに認め、しおれ蛇《へび》とある佳一に、何《なん》の言葉《ことば》を出《いだ》せず、只《ただ》だ悔《くや》しみに腕鮮血《うでせんけつ》を垂《た》らすばかりであった。暫《しば》くの黙沈《もくちん》を挟《はさ》み、与太は尋《たず》ねた。

「どげな人《ひと》じゃったかや。」

「妙《みょう》なやつじゃったわ。」

「なんかやそりゃ。」

「妙《みょう》なやつじゃったよ。己《おのれ》んこつ売女《ばいた》じゃちはっきり云《い》うくせに、浮世小路《うきよこうじ》は美事《みごと》に美《う》っくしいなんちも云《い》うて。己《おのれ》ん境涯《きょうがい》がいちばん不遇《ふぐう》なくせに、人《ひと》に優しくての、また明日《あした》、っち云《い》うんが好きでの、身《み》い売った銭《ぜに》で孤娘《こむすめ》ひとり食《く》わせてやっての、そん孤娘《こむすめ》は腕《うで》なしでの、でんが健常《けんじょう》と変わらずえらしがっての、あん娘《こ》がいちばんむげねえのお、花散《はなちる》母の喪《うしの》うて、どげえしよるかのう、与太よ、俺《おら》あさ、そん孤娘《こむすめ》と花散《はなちる》との、一夜《いちや》じゃが家族《かぞく》んなったんちゃ。仮初《かりそめ》じゃけどの。仮初《かりそめ》じゃけんが、あらあ心地《ここち》良《よ》かったなあ、外《ほか》にゃなんもいらんかったなあ、俺《おれ》ん魂《たましい》は、あん御堂《おどう》に磔《はりつ》いたまんまんごたるわ。こん身《み》は虚《から》っぽじゃ。じゃきさ、与太。斬《き》ってもらいてんちゃ、吾《わ》れに。」

「斬《き》っちゃるわ、安心《あんしん》せい、吾《わ》れんごたる弱虫《よわむし》もんなんざのお、俺《おれ》がぶった斬《ぎ》っちゃるき。」

与太は、最早《もはや》佳一を生《せい》に曳《ひ》き釣《づ》る由《よし》は皆無《かいむ》と理解し、然《さ》れど、出処《でどころ》わからぬ悔《くや》しみのみに中《あ》てられて、語気《ごき》を強く然《そ》うと云《い》った。其《そ》の声は、低《ひく》く高《たか》くわなないて、震《ふる》えて、震《ふる》えていた。そも最《さい》の初《しょ》から、脱藩官人斬《だっぱんかんにんぎ》りの大罪人《たいざいにん》を助命《じょめい》するなぞは、与太にも持ち能《あた》わぬ極天佑《ごくてんゆう》であった。

「応《おう》、任《まか》せたわ。すまんの。」

逆鏡《さかさかがみ》を見遣《みや》るかに、佳一は洒然《さっぱり》と然《そ》う応《こた》え、詫《わ》びた。

「詫《わ》びんでいい。詫《わ》びるんは俺《おれ》じゃ。」

深紅《しんく》の袖雫《そでしずく》が、衣沁《ころもじ》みを乗り越えて、一滴《いってき》、牢廊座《ろうろうざ》に垂《た》れ落ちた。無言《むごん》の佳一を只管《ひたすら》見つめ、与太は言《げん》を繋《つな》げた。

「佳一やあ、俺《おら》あ、さやが無限《むげん》にこんまんまなんかち考《かんが》えたらよ、いつも嫌《いや》じゃった、嫌《いや》でしょうがねかった、じゃき昨夜《ゆうべ》、吾《わ》れを追《お》っかくっことせんかった。振り返った吾《わ》れん面《つら》見てよ、京《きょう》で評《ひょう》判《ばん》っちゃ只《た》だん外聞《がいぶん》じゃ、心央《こころんなか》は鬼《おに》ん化《か》してしもうて人斬《ひとき》ったんじゃち直《す》ぐと識《し》れたわ。人斬《ひとき》りん業苦《ごうく》なら、俺《おれ》が一番《いちばん》わかっちゃれるはずなんに、吾《わ》れんこつ追いかけて人間道《にんげんどう》に曳《ひ》き釣《づ》り戻しちゃらないけんかったんに、さやがよう、かたかた震《ふる》えながら喋《しゃべ》るんちゃ、与太与太ち俺《おれ》ん名《な》を呼んでくれてのお、抱《かか》える身《み》いが温《あ》ったかけくてのお、離《はな》しきらんかった。」

「あげなこつが有《あ》ったんじゃ、吾《わ》れは喪《うしな》う怖《こわ》いなんざ承知《しょうち》じゃろ。俺《おら》あ喪《うしな》う迄《まで》わからんかった。それでいいちゃ。離《はな》すなや、与太《よた》。離《はな》すな。」

洒然面《しゃぜんづら》で然《そ》うと云《い》う佳一の貌面《かお》に、月光芒《つきこうぼう》が一間真白《ひとまましろ》く架《か》かり、明転《めいてん》した舞台《ぶたい》かに、牢内《ろうない》が燦々《さんさん》とした。

「すまんの、佳一《かいち》。」

「要《い》らんわ。」

牢内《ろうない》を明転《めいてん》させた月光芒《つきこうぼう》は、空《そら》を薫《た》く雲《くも》だに帳《とばり》を幕《まく》されて、牢内白舟《ろうないしらふね》は、黄泉《よみ》への出帆《しゅっぱん》を甫《はじ》めるかにぼやけて渡《わた》り、号令《ごうれい》かの声が牢内《ろうない》から続いた。

「吾《わ》れ、そげ乱《みだ》れて俺《おれ》ん首《くび》は大丈夫《だいじょぶ》かや。」

「吾《わ》れにゃ能《あた》わん極致《きょくち》見せちゃるわ。」

「かっ、首斬《くびき》りしか能《のう》が無《ね》えきの。」

「吾《わ》れもじゃろうが。」

砕《くだ》けて遊《あそ》ぶ流《なが》れ石《いし》のように、罵《ののし》り合いながら笑う、幼馴染《おさななじみ》の平時《へいじ》を走馬《そうま》する会話に紛《まぎ》れて、衣沁《ころもじ》み越《ご》えの袖雫《そでしずく》が、眼《め》からの代わりに、ぼたぼたぼたと落ち続けてあった。

十四　花散《はなち》る

佳一《かいち》の処刑執行《しょけいしっこう》は、二日後に早《は》や沙汰《さた》決まったと、面会《めんかい》の翌昼《よくひる》に馴染《なじ》みの同心《どうしん》が正式の要請《ようせい》に訪《たず》ねてきた。さやは未《ま》だ実家《じっか》より戻らず、無念払《むねんばら》いの剣振《けんふ》りに世鎖《よとざ》されてあった与太《よた》は、余《あま》り日を置かない段取《だんど》りに、少し有《あ》り難《がた》く、相《あい》わかった、と返事をした。

二日間は剣振りと、沙汰通知《さたつうち》の一刻《いっこく》後に久郎衛《くろうえ》、吉助翁《きちすけおう》を曳《ひ》き連れ戻ってきたさやの介抱《かいほう》の内《うち》に与太は過ごし、努《つと》めて佳一の事件《じけん》は、さやに気取《けど》られぬよう振《ふ》る舞《ま》った。回復《かいふく》したばかりのさやは、身体使《しんたいづか》いに違和《いわ》があるらしく、能《よ》く蹌踉《よろめ》めいては処構《ところかま》わず膝突《ひざつ》きに崩《くず》れ、誰かが起こしてやらねば、べちゃりと不埒《ふらち》に間転《まころ》ぶざまであった。そういう由《よし》でさやは、此《こ》れ迄《まで》と同じく与太の家で面倒《めんどう》を執《と》ることとなり、其《そ》の状態のさやに、佳一の顛末《てんまつ》を告げる勇敢《ゆうかん》は、与太を甫《はじ》め、権兵《ごんへい》、久郎衛、昴《こう》母も誰一人と持ち得《え》なかった。

処刑執行《しょけいしっこう》の朝、与太はいつもと同じ時刻に起き、いつもと同じ剣振りを修《おさ》め、いつもと同じ湯を浴《あ》んで、いつもと同じ朝餉《あさげ》を食った。唯《た》だ纏《まと》い衣《ころも》だけが、前代《ぜんだい》の黒白併《くろしろあわ》せ、当代《とうだい》の黒一色《くろいっしょく》のいつもと異《こと》なり、与太は、白一色《しろいっしょく》の白装束《しろしょうぞく》を身に纏《まと》い、刀《かたな》を白柄白鞘白面《しろづかしろさやはくめん》に揃《そろ》え、白縮緬《しろちりめん》に白金糸《しろきんし》で縫《ぬい》箔《はく》された花喰鳥《はなくいどり》を意匠《いしょう》した巻《ま》き帯《おび》締めで、土壇場《どたんば》に臨《のぞ》んだ。白縮緬《しろちりめん》に花喰鳥《はなくいどり》の巻《ま》き帯《おび》は、佳一の両親が餞《はなむけ》と着用《ちゃくよう》を懇願《こんがん》したもので、脱藩時分《だっぱんじぶん》より覚悟《かくご》は整《ととの》えてあったか、両親の相貌面《かおひょうじょう》は、遥《はる》か毅《き》然《ぜん》としたものであった。

白洲《しらす》の白砂利《しろじゃり》の上で、白装束《しろしょうぞく》の平光沢《ひらこうたく》と白帯縮緬《しろおびちりめん》の紗波立《さわだ》ちは、異様《いよう》な幽美《ゆうび》を土壇場《どたんば》に振《ふ》り撒《ま》いて、白洲《しらす》を巡《めぐ》る観物人《かんぶつにん》は須《すべから》く、与太の佇《たたず》まいに大きな息を呑《の》んだ。

朝猟《あさかり》を了《お》えた鵺子鳥《ぬえこどり》が、落下腐《らっかくさ》れの天神様《てんじんさま》ちら覗《のぞ》く白梅枝《はくばいし》で、まどろみ夢見《ゆめみ》の刻時分《ときじぶん》、一人目の咎人《とがにん》が抑《おさ》え役《やく》に曳《ひ》かれ土壇場筵《どたんばむしろ》へと着座《ちゃくざ》した。抑《おさ》え役《やく》の二名と試《ため》し役《やく》の一名は、普段の黒裃《くろかみしも》で揃《そろ》えてあり、それが一層《いっそう》、与太の白一色《しろいっしょく》を極目立《きわめだ》たせた。

一人目の咎人《とがにん》が着座《ちゃくざ》した二間《ふたま》の後、白洲中《しらすじゅう》に低音怨嗟《ていおんえんさ》の死神吐《しにがみは》いたか、どよめき声が一気に沸《わ》いた。与太と同じく白面揃《はくめんぞろ》えに、飾絹羽鳥《かざりきぬばねどり》を意匠《いしょう》した白縮緬《しろちりめん》の巻《ま》き帯《おび》を締め、白面刀《はくめんかたな》を帯刀《たいとう》した久郎衛が、隠居《いんきょ》以来初めて、土壇場《どたんば》へと姿を現《あらわ》した。どよめき声は、佩刀姿《はいとうすがた》の久郎衛に対するものであり、与太は清《きよ》め水《みず》を執《と》る為《ため》に、片膝突《かたひざつ》きで久郎衛の登壇《とうだん》を待った。登壇《とうだん》した久郎衛は、作法《さほう》に則《のっと》り白鞘《しらさや》から白柄刀《しらえがたな》をぬらっと抜いて、清め役《きよやく》である与太の眼前切先一尺《がんぜんきっさきいっしゃく》へと差《さ》し延《の》べた。抜身《ぬきみ》の際《さい》の鞘滑《さやすべ》りの音《おと》が不気味《ぶきみ》に無音《むおん》で、与太は檜柄杓《ひのきひしゃく》に、兼六《けんろく》の氷室《ひむろ》より届けられた夏氷《なつごおり》で冷《ひ》やした冷水《れいすい》を一杯《いっぱい》に汲《く》み、刀身皆紋《とうしんかいもん》へと打ち掛《か》けて、低頭《ていとう》のまま久郎衛の次所作《じしょさ》を待った。久郎衛は、試し紙《ためがみ》を拡げて待つ門高弟《もんこうてい》の、射《い》る的方《まとかた》へと向き直り、下段《げだん》に構《かま》え、一閃《いっせん》、刀《かたな》を下空《げくう》から上空《じょうくう》へと一気に振った。羽搏《はばた》きを許《ゆる》された清《きよ》めの水礫《みずつぶて》が、試《ため》し紙《がみ》中央稍《やや》上寄りからを水灰色《みずはいいろ》に矢庭《やにわ》と染《そ》め、其《そ》の色《いろ》筋目《すじめ》は、完璧《かんぺき》な真直線《まちょくせん》を築《きず》いてあった。加えて夏だのに、試《ため》し紙《がみ》の枠《わく》を越えた水礫《みずつぶて》が、夏午前《なつごぜん》の極陽《ごくよう》に烈貴《れっき》と反光《はんこう》して、金剛石《こんごうせき》の禁樹《きんじゅ》かに静寂《しじま》、白洲央空《しらすおうくう》に氷凝《ひこご》り、瞬劇《しゅんげき》の開花《かいか》を魅《み》せた。白洲《しらす》中《じゅう》は、玉藻《たまも》と咲いた可視《かし》の氷華《ひばな》に、皆同感嘆《かいどうかんたん》の嘆息《たんそく》を声《こえ》無く吐《は》いて、雪《ゆき》の砕《くだ》けるが如《ごと》く氷華《ひばな》は、白《しら》洲砂利《すじゃり》に音無《おとな》く散った。

　久郎衛は、冷《つめ》たさの残った侭《まま》に咎人《とがにん》右側へと不断《ふだん》に歩み、居合《いあ》い構《がま》えで抜身《ぬきみ》を左腰元《こしもと》に下《さ》げ構《かま》え、律《りつ》を取るかに刀《かたな》を揺らした。此《こ》れは久郎衛に独特の斬《き》り作法《さほう》で、己《おの》が呼吸が斬《き》り対象《たいしょう》の其《そ》れと和合《わごう》暈《かさ》なる迄律取《までりつど》りに遊び、最潮《さいちょう》の汀《みぎわ》にて一閃放《いっせんはな》つ、云《い》うなれば非道《ひど》く手前勝手《てまえがって》の作法《さほう》であった。此《こ》の刻《とき》も、六《むっ》の調律了《ちょうりつお》えるや一閃《いっせん》、勾《まが》りの池《いけ》の放《はな》ち鳥《どり》と放《はな》たれた刃《やいば》が、久郎衛の左腰元から胸前《むねまえ》に弧円《こえん》を描《えが》き、馬酔木《あせび》の垂花《しでばな》か枝垂《しだ》れ桜《ざくら》かに、玉垂《たまた》れるように咎人《とがにん》の首に到《いた》り、其《そ》の侭《まま》の火勢《かせい》で首を過通《かつう》した。首は、其《そ》の重みを喪《うしの》うたかに瞬間《しゅんかん》ぴたりと浮遊《ふゆう》して、即《す》ぐ様《さま》覚え出したかに、ずどんと土壇《どたん》場筵《ばむしろ》の内《うち》に落ち、転《まろ》ぶこと無く腐《くさ》れ梅《うめ》と果《は》て化《か》した。与太は、低頭《ていとう》のまま久郎衛の刀《かたな》を二重二乗《ふたえじじょう》の白紙《はくし》で丹念《たんねん》と拭《ぬぐ》い、拡げた白紙《はくし》を其《そ》の侭《まま》に、落ちた首へと打ち掛け隠した。白紙《はくし》には、纔《わず》かばかりの血《ち》の赤《あか》が、畝火《うねび》の如《ごと》く滲《にじ》んであった。

久郎衛は、門弟子《もんていし》らが一人目の死体を片付けるのを、悪人魂《あくにんだま》の黄泉返《よみがえ》りの防波《ぼうは》にか、抜身刀《ぬきみかたな》を右掌《て》に下《さ》げ緒《お》ろしの立ち姿で睨《にら》み繋《つな》げた。此《こ》れも久郎衛に独特の斬り作法《さほう》で、其《そ》の睨《にら》み姿は白面一《はくめんいっ》色《しょく》に長白髪《ながはくはつ》の靡《なび》く為《ため》にか、不尽山《ふじさん》三諸《みもろ》も凍《い》て尽《つ》かす処刑人《しょけいにん》の冷酷《れいこく》を、観る者悉《ことごと》くに改《あらた》め知《し》らした。一人目の死体が片付け畢《おわ》ると、久郎衛は一旦後衛《いったんこうえい》へと退陣《たいじん》し、観客装《かんきゃくよそお》いで二人目を待った。

二人目の咎人《とがにん》が曳《ひ》き連《つ》られ、土壇場筵《どたんばむしろ》に着座《ちゃくざ》すると、一人目と同じく二間《ふたま》の間空《まあ》いて、権兵《ごんへい》が土壇場《どたんば》に姿を現《あらわ》した。権兵の着衣装《ちゃくいそう》も、与太、久郎衛と同容白一色《どうようしろいっしょく》の白装束《しろしょうぞく》に、焔待鳥《ほむらまちどり》を意匠《いしょう》した白縮緬《しろちりめん》に白面揃《はくめんぞろ》えの処刑刀《しょけいとう》を佩《は》いてあり、三代の中《なか》で最も巨軀《きょく》の権兵の身を包《つつ》む白装束《しろしょうぞく》は、白《しろ》ながらも、象徴鳥《しょうちょうどり》が顕《あらわ》す如《ごと》く、剛力《ごうりき》の赫烈気《あかれっき》を迸《ほとばし》らせてあった。二代続いての先代名人《せんだいめいじん》の登壇《とうだん》に、白洲《しらす》中《じゅう》は処刑場《しょけいじょう》と云《い》うのに、奇妙《きみょう》な昂奮千万《こうふんせんばん》に中《あ》てられて、剣《けん》を覚《おぼ》ゆる全《あら》ゆる観客男《かんきゃくおとこ》は、世《よ》の建《けん》造《ぞう》にでも携《たずさ》わるかに、其《そ》の貌面一切《かおいっさい》を心躍《こころおど》りの紅《あか》に潮満《しおみ》たしてあった。

権兵は、己当代《おのれとうだい》時分より随分《ずいぶん》と増えた観客者らを振《ふ》り放《さ》け眺め、此《こ》の群衆《ぐんしゅう》は、低頭《ていとう》の侭清《ままきよ》め役《やく》を執《と》る倅《せがれ》の、剣士《けんし》としての紛《まぎ》れ無き功績《こうせき》と称《しょう》して可《べ》き也《なり》と嬉《うれ》しみを覚え、貌面《かお》には顕《あらわ》さぬまま幽《かす》かに頷《うなず》き、作法《さほう》に入《はい》った。

片膝低頭《かたひざていとう》で待つ与太は、切先一尺《きっさきいっしゃく》差し出された白刃《しらは》に、柄杓《ひしゃく》一杯の清《きよ》め水《みず》を打ち掛け、久郎衛の刻《とき》と同容《どうよう》、権兵の次所作《じしょさ》を静かに待った。

清《きよ》め水《みず》の、刀身皆紋《とうしんかいもん》に漲《みなぎ》ったを認めた権兵は、試《ため》し役《やく》の正面へと真弓《まゆみ》に向かい、久郎衛と同じく下段《げだん》に構《かま》え、気合《きあ》い発声一閃《はっせいいっせん》、風八《かぜや》つ裂《ざ》きの剣閃《けんせん》を、真澄《ますみ》の空《そら》へ幔幕《まんまく》斬るかに、一本振《いっぽんふ》るった。振《ふ》るいと同時に白紙《はくし》を弾《はじ》く撥音《ばちおん》が、天離《あまさか》るかに巨大《こだい》と響いて、白紙《はくし》の枠《わく》を越えた水玉《みずたま》が、此度《こたび》はどよめき鎮《しず》める大砲玉《たいほうだま》かに、呻吟《しんぎん》呑《の》み尽《つ》くす雪消色《ゆきげしょく》に重く輝《かがや》き、流体《りゅうたい》だのに塊《かたま》りと化《ば》け、白洲砂利《しらすじゃり》に重たく落ちた。水玉《みずたま》落ちた蚊程《かほど》に及《およ》ばぬはずの衝撃《しょうげき》は、白洲一体《しらすいったい》に地鳴《じな》りか雷電《らいでん》かの惑乱《わくらん》を誘起《ゆうき》し、観客者らは不様《ぶざま》にも、悉皆《しっかい》が肩背《かたせ》を猫《ねこ》と縮《ちぢ》ませた。

花《はな》を根引《ねび》くかの足運びで、二人目の咎人《とがにん》の脇《わき》へと寄った権兵は、一刀両断《いっとうりょうだん》の火上段《ひじょうだん》に構《かま》え、抑《おさ》え役《やく》の足曳《あしび》きを待った。斬首《ざんしゅ》に及んで罪人《ざいにん》は、恐怖律《きょうふりつ》から亀首《かめくび》と首を窄《すぼ》ませ、斬られまいと本能自《ほんのうじ》律《りつ》する者も多く有り、其《そ》の場合、抑《おさ》え役《やく》二名が足親指《あしおやゆび》を一気に曳《ひ》き、反動《はんどう》で突き出た首を両断《りょうだん》するのが方法であった。二人目の咎人《とがにん》も、肩首《かたくび》を悲緒垂《ひおた》らすかに窄《すぼ》ませて、初夏の午前の風早《かざはや》に、消《しょう》極極《きょくきわ》めて震《ふる》えてあった。

火上段《ひじょうだん》に構《かま》える権兵からは、闘気《とうき》と云うべし白栲表面《しろたえおもて》を立ち昇る、湯気《ゆげ》の如《ごと》きが薄紅《うすあか》と沸《わ》いて幻視《み》え、其《そ》の湯気は、山《やま》を柄《か》らし、川《かわ》を柄《か》らす血煙《ちけむり》とも観客《かんきゃく》観《み》えたが、低頭《ていとう》の侭《まま》、上目《うわめ》で見遣《みや》る与太独《ひと》りには、此《こ》れより染《そ》まるだろう黄葉《もみじ》の紅《あか》と、不図《ふと》見えた。

抑《おさ》え役《やく》の二名が、息合わせの合致《がっち》を得《え》て足曳《あしび》きをぐいと為《な》し、亀《かめ》と籠《こも》った首が伸びきる其《そ》の寸《すん》で前《まえ》、権兵の一閃《いっせん》は剛《ごう》と首を両断《りょうだん》して、前伸びの勢《いきお》いを保《たも》った侭の首は、断空《だんくう》無しに筵《むしろ》へ落ち、己《おの》が血潮《ちしお》を三潮《さんちょう》、項目《うなじめ》がけに穢《きたな》く浴《あ》びた。与太の幽血《ゆうけつ》とも、久郎衛の氷凝《ひこご》りとも千遍違《せんぺんたが》う権兵の処刑《しょけい》様《ざま》は、余《あま》りに現世実《うつしよじつ》の真鏡《まかがみ》を映《うつ》し、罪《ざい》の障《しょう》、死《し》の久遠《くおん》を白洲合切《しらすがっさい》に千《せん》の鼓《つづみ》と打ち鳴らし、与太は、久郎衛一人目と同じく、二重二乗《ふたえじじょう》の白折紙《しろおりがみ》で血刀《けっとう》を拭《ぬぐ》い、拭《ぬぐ》った其《そ》の侭を、転《まろ》ぶばかりの首膾《くびなます》へと打ち掛けた。白紙《はくし》には、どす黝《あおぐろ》の血がべったりと、生《い》きてあるかに沁《し》みてあった。

　刀《かたな》を白鞘《しろさや》に納《おさ》めた権兵は、其《そ》の侭《まま》、与太と立位《たちい》を逆様《さかさま》にし、後衛退《こうえいの》いてあった久郎衛は、試《ため》し役《やく》の門弟《もんてい》より白紙《はくし》を受け取り、三代当主《さんだいとうしゅ》が各々《おのおの》、次咎人《とがにん》処刑の役目位置に就《つ》いた。三代が同時に処刑《しょけい》執行《しっこう》に及ぶなぞは、此《こ》の刻《とき》が全《まった》くの初めてであり、白洲中《しらすじゅう》がまた、固唾《かたず》も呑《の》めず身震《みぶる》いした。

　三代当主の仕度《したく》が調《ととの》うて四間《しま》の間《ま》を空《あ》けて、佳一《かいち》が土壇場《どたんば》へと、外《ほか》の二咎人《にとがにん》と同容《どうよう》に、抑《おさ》え役《やく》二名に曳《ひ》かれてきた。然《さ》れど外《ほか》の二咎人《にとがにん》とは異違《いい》として、曳《ひ》かれてきた佳一の相貌《そうぼう》は、覚悟《かくご》が顕証《けんそう》とした、瘴気《しょうき》も壊相《えそう》も屠《ほふ》り落とした、此《こ》れが処刑《しょけい》であることを、天上《てんじょう》の一瞬《ひとまたたき》にも忘失《ぼうしつ》とさせるはっきりであった。

　更《さら》に外《ほか》の二咎人《にとがにん》と異《い》にしたは、佳一を包《くる》む衣装《ころもよそお》いで、佳一は与太ら三代《さんだい》と同じく、白一面《しろいちめん》の死《し》装束《しょうぞく》を纏《まと》ってあった。通常《つうじょう》、切腹《せっぷく》でもない咎人斬首《とがにんざんしゅ》に及んでは、捕縛時《ほばくじ》の着《き》の身《み》の侭に執《と》り行うものであったが、首斬《くびき》り役目《やくめ》三代当主が連名《れんめい》で、特殊計《とくしゅはか》らいを奏《そう》じ上《あ》げたが故《ゆえ》、自首《じしゅ》の恩赦《おんしゃ》の名目《めいもく》で、お上《かみ》は此《こ》れを了承《よし》とした。白一色《しろいっしょく》に彩《いろど》られた佳一の腰元では、父母《ふぼ》より餞《はなむけ》られた白縮緬《しろちりめん》の飛燕《ひえん》崩《くずし》が、今《いま》より巣《す》み処《か》を異世《いよ》とする、候鳥《こうちょう》の閑雅《かんが》で羽搏《はばた》きを待ってあった。

土壇場《どたんば》に着《つ》くと佳一は、役目《やくめ》を待つ三代各々《さんだいおのおの》に、一度《いちど》ずつ頭《こうべ》を下《さ》げ、最期に与太と眼合《めあ》わせに、筵《むしろ》中央へと着座《ちゃくざ》した。花野《かや》に向かうかの佳一の眼色《がんしょく》に与太は、たまゆら其《そ》の眼《め》を閉ざし伏《ふ》し、心《しん》眼開《がんひら》けたか一間《ひとま》に開眼《かいがん》し、清《きよ》め水《みず》を汲《く》んで待つ先代《せんだい》の、切先一尺《きっさきいっしゃく》へと白刀《はくとう》を打ち下《さ》げた。先代は、丹念《たんねん》に檜柄杓《ひのきひしゃく》三杯分の清《きよ》め水《みず》を刀身《とうしん》へと打ち掛けて、其《そ》の所作《しょさ》は、嘗《かつ》ての弟子《でし》の幽世安穏《かくりよあんのん》を只管《ひたすら》願う、師父《しふ》の優しき姿であった。

刀身皆紋《とうしんかいもん》に、清《きよ》め水《みず》の全交錯《ぜんこうさく》を認めた与太は、先々代《せんせんだい》の方《ほう》へと向き直り、其《そ》れを合図《あいず》に久郎衛は、巻物《まきもの》丸めた白紙《はくし》を留《と》める翡翠《ひすい》の帯《おび》を紐解《ひもと》いて、真新白《まっさら》の紙一枚を、縦長《たてなが》に拡げ構《かま》えた。

与太は、先二代《さきにだい》とは異《こと》にして、氷水滴《ひみずしたた》る白刀《はくとう》を、午前のお天道貫《てんとつらぬ》く真上段《まじょうだん》に構《かま》え、時《とき》の水中《すいちゅう》に浸《ひた》るかに、暫刻《ざんこく》秘《ひ》めやかに瞑想《めいそう》し、転瞬《てんしゅん》、先二代と同じ方位《ほうい》を目がけて、円葉《まろは》を象《かたど》る剣閃《けんせん》を、閨《ねや》の真闇《まやみ》に翠帳《すいちょう》祝唄《ほぎうた》浮かぶにか、白銀光《しらがねひか》る真円《しんえん》の筋《すじ》で一閃《いっせん》振《ふ》るった。鍔《つば》に溜《た》まった清《きよ》め水《みず》が、刀身伝《とうしんづた》いに流露玻璃《るろはり》と解《と》き放《はな》たれ、玻璃《はり》らは途端《とたん》に上空《じょうくう》に、逆《さか》さ天雷《てんらい》と化《ば》け昇っていった。天途《あめみち》の途中の一枚白紙《はくし》は、素知《そし》らぬ間《ま》に二枚に両断《りょうだん》されてあり、其《そ》の斬れ口は、二枚を付ければ再び一枚と繋《つな》がりそうで、二枚となった白紙《はくし》を持つ久郎衛にも、斬水玻璃《ざんすいはり》の通過を官能能《かんのうあた》わさなかった。然《さ》れど、散分《さんぶん》した水玻璃《みずはり》の微塵子《みじんこ》が、後追《あとお》いに久郎衛の枯肌《かれはだ》に霧芥《きりあくた》と触《ふ》れ、其《そ》の静謐《せいひつ》の烈《はげ》しさに、久郎衛は久方振《ひさかたぶ》りに老体身《ろうたいみ》を奮《ふる》わせ、縦並びに並ぶ、近景《きんけい》の与太と、遠景《えんけい》の佳一の二人姿を、何処《いずこ》で交喙《いすか》の嘴《くちばし》と違《たが》えたかと、只《た》だ切《せつ》なくて見守った。
光《ひか》ったものは光《ひか》ったままにある由《よし》か、放《はな》たれた水玻璃《みずはり》達は、不思議と何処《どこ》にも、其《そ》の落下破音《らっかはおん》を響かせなかった。

　麻縄《あさなわ》の後《うし》ろ手搦《てから》めに頭《こうべ》を垂《た》れ待つ佳一の方《ほう》へと、右掌《て》に握った抜身《ぬきみ》と共《とも》に歩み寄る与太は、白洲《しらす》砂利《じゃり》の、足踏《あしぶ》みに爆《は》ぜる音《おと》よりも、落ちてこない放水《はなちみず》の行方《ゆくえ》不思議を念《おも》い、歩みながらも不図《ふと》、上空へと貌面《かお》を向けた。初夏の午前のお天道白銀《てんとしろがね》と光る青空《あおぞら》の、上空《じょうくう》と表《ひょう》すよりは、地上と空《そら》との狭《はざ》間《ま》の中空《ちゅうくう》に、赤《あか》で包《くる》まれた薄靄《うすもや》の何《なに》かが浮かんであるのを与太は見留《みと》め、顰《ひそ》め眼《め》に見詰《みつ》める内《うち》に薄《うす》靄《もや》は、稍《やや》と明瞭《めいりょう》姿《すがた》を現《あらわ》し、其《そ》れは、猩猩《しょうじょう》緋《ひ》の衣《ころも》を纏《まと》い、与太の放《はな》った清《きよ》め水《みず》を、大切そうに両掌《て》を掬《すく》いの形で保《たも》ち持つ、遊女装《ゆうじょよそお》い一見識《ひとみし》れる、一人の女性の姿であった。不知《しらず》の内《うち》に歩みを已《や》めていた与太は、直感《ちょっかん》其《そ》れが佳一の語った想《おも》い人《びと》であると理乎《りこ》し、土壇場《どたんば》筵《むしろ》に頭《こうべ》を垂《た》れ、ぴたりとも動かない佳一の脇《わき》に進んで、抜身《ぬきみ》を右掌《て》一本《いっぽん》に真上空《まじょうくう》へと形而下《けいじか》断乎《だんこ》と真直《ます》ぐに掲《かか》げ、上空《じょうくう》見詰《みつ》めながら言葉を吐《は》いた。

「佳一、上見《うえみ》ろちゃ。」

予期《よき》せぬ言《げん》にぴくりと電感《でんかん》した佳一は、覚悟《かくご》に及《およ》んでは云《い》われるが侭《まま》、垂頭《たれこうべ》をおもむろと上げた。

「こげな処《ところ》まで。やっぱ妙《みょう》な人《し》じゃ。」

土壇場《どたんば》に及んで猶《なお》、慈眼《じげん》の眼差《まなざ》しで空中花散《くうちゅうはなちる》を見つけた佳一の目尻《めじり》からは、文色擾《あいろみだ》れぬ涙がしらしら一筋《ひとすじ》、滴《したた》り零《こぼ》れること無しに、首筋伝《くびすじづた》いに心《しん》の臓《ぞう》まで流れてあった。見つけられたが嬉《うれ》しくてか、中空《ちゅうくう》の猩猩緋《しょうじょうひ》は莞爾《にこり》と笑い、水保《みずたも》ち故《ゆえ》に振《ふ》れぬ掌《て》のもどかしさにか、困ったような嬉しいような、生《い》きてある人《ひと》そのままの、艶冶《えんや》で美しい表情を作った。莞爾《にこり》と笑って上《あ》がった天鵞絨《びろーど》のような唇《くちびる》の赤《あか》と、猩猩緋《しょうじょうひ》の綸子《りんず》の緋《あか》が、水《みず》と空色《そらいろ》の中空《ちゅうくう》を、いっぱいの福音《ふくいん》で真染《まぞ》めてあった。

「あれ、合図《あいず》にいくぞ。」

「たのむわ。」

与太は、白刀《はくとう》を真上《まうえ》に右掌《て》一本で掲《かか》げた侭《まま》、佳一と同じ度角《どかく》で中空《ちゅうくう》を見つめ、猩猩緋《しょうじょうひ》の挙動《きょどう》を待った。猩猩緋《しょうじょうひ》を視認知能《しにんちあた》わぬ観客共《ども》には、わけのわからぬ所作《しょさ》であったが、然《さ》れど観客観《かんきゃくみ》には、白刀《はくとう》を掲《かか》げ、太陽貫《たいようつらぬ》くかに構《かま》える与太と、其《そ》の剣との一本暈《いっぽんかさ》なりの端麗《たんれい》は、美《び》そのものに観《み》え、其《そ》の一本体《いっぽんたい》は、太陽から降《ふ》り刺《さ》す、金紗《きんしゃ》を巻いた黄金《きん》の針《はり》かに咲き映《うつ》った。其《そ》れは、死血場《しけつば》である反《はん》逆《ぎゃく》の神秘《しんぴ》か、究極《きゅうきょく》の完成を白洲中《しらすじゅう》に連想《おも》わせた。

猩猩緋《しょうじょうひ》は、佳一を見つめ繋《つな》げる莞爾《にこり》面の侭《まま》、やおらに腰《こし》を屈《くぐ》ませて、反動加《はんどうくわ》えに両《りょう》の掌《て》を、蒔《まき》絵蒔《えま》くかに空《そら》に仰《あお》いだ。噴水《ふんすい》と蒔《ま》かれた清《きよ》め水《みず》は、猩猩緋《しょうじょうひ》の緋《あか》、空《そら》の青《あお》、太陽《たいよう》の銀《しろがね》に照《て》らされて、正《まさ》に玻璃玻璃《はりはり》、煌《きら》めいてあった。

其《そ》れを合図に、佳一は頭《こうべ》を垂《た》れ直《なお》し、与太は左掌《て》を白柄《しらづか》に添《そ》え加え、平時《へいじ》の剣振り稽古《けいこ》と何《なん》ら変わらぬ、嘗《かつ》ての竹馬《ちくば》時分の其《そ》の侭に、一閃《いっせん》を振り下ろした。佳一の首と胴体《どうたい》とが、音無《おとな》しの断絶《だんぜつ》を喰《く》らって直《す》ぐ、中空《ちゅうくう》に居た筈《はず》の猩猩緋《しょうじょうひ》が、幽体免除宜《ゆうたいめんじょよろし》しくに間遠隔《かんえんへだ》てを通り抜け、其《そ》の落《お》ち首《くび》をふゆりと抱《いだ》き、己《おのれ》の幽体《ゆうたい》は佳一の首無《くびな》し胴体と暈《かさ》なりて、膝《ひざ》の枕《まくら》に寝転《ねまろ》ぶ童子《わらべ》の其《そ》の様《さま》で、慇懃丁《いんぎんてい》重《ちょう》と彼女の膝《ひざ》の枕《まくら》へと、落ち首を優《やさ》しくと置いた。猩猩緋《しょうじょうひ》を視認能《しにんあた》わぬ観客共《ども》には、首は一旦空《いったんくう》中《ちゅう》で慥《たし》かに静止《せいし》し、重《おも》みを忘れてゆっくりと、抑《おさ》え役《やく》無しに正坐《せいざ》を保《たも》つ胴膾《どうなます》の膝《ひざ》へと、降《お》りていったかの摩訶《まか》を映《うつ》した。

膝枕《ひざまくら》に置いた佳一の髪《かみ》を、一《ひと》つ櫛《くし》流した猩猩緋《しょうじょうひ》は、斬り抜きの体勢《たいせい》から動けぬ与太の方《ほう》へと眼《め》を向けて、伏《ふ》し眼《め》に一瞥礼拝《いちべつれいはい》をした。其《そ》の礼拝《れいはい》の可憐《かれん》は、与太の硬直《こうちょく》を解《と》きほぐし、籠《こも》った意思は、有難《ありがた》なのか、御免《ごめん》なのか、きっと両方であろうと与太は想った。

猩猩緋《しょうじょうひ》の暈《かさ》なる佳一の胴首膾《どうくびなます》から、血潮《ちしお》が一噴《いっぷん》飛び出《いで》ようとする刹那《せつな》、猩猩緋《しょうじょうひ》の蒔《ま》き上げた清《きよ》め水《みず》が降《お》りてきて、一散《いっさん》に佳一へと降《ふ》り注《そそ》いだ。本来、黝《あおぐろ》くて然《しか》りの人間の血が、空《そら》に漉《こ》された清《きよ》め水《みず》と相《あい》まって、緋透明《ひとうめい》に艶《つや》めく宝玉《ほうぎょく》の権現《ごんげん》と果《は》て、噴《ふ》き出《で》ること無くしらしら流れた。其《そ》の流途《ながれみち》は、先寸《せんすん》佳一の流した水透明《みずとうめい》の涙途《なみだみち》と、全《まった》く同《おな》じに心《しん》の臓《ぞう》へと続いてあった。

同時に、童子《わらべ》と寝転《ねまろ》ぶ佳一の首から、猩猩緋《しょうじょうひ》と似た透綾《すきあや》の幽体《ゆうたい》が沸《わ》き出《い》でて、二人幽体《ふたりゆうたい》は、与太を散《ち》ら眼《め》で見遣《みや》って直《す》ぐ、寄《よ》り添《そ》い合って空《そら》へ、昇っていった。昇ってゆく二人《ふたり》の四方《よも》を、辛夷《こぶ》樹《し》、木蓮《もくれん》、朴木《ほおのき》、曼珠沙華《まんじゅしゃげ》の白華花圃《はくかかほ》の幻影《げんえい》が、花道《はなみち》を繋《つな》ぎ、月世界《つきせかい》に届く迄《まで》もなく、二人《ふたり》は、猩《しょう》猩緋《じょうひ》の浮かんであった中空辺《ちゅうくうあた》りで、初夏午前《しょかごぜん》の風《かぜ》と空《そら》に、鏤《ちりば》めるかに溶《と》けていった。

唇《くち》を固く閉ざした侭《まま》、黙然《もくねん》と二人を見送《みおく》り上《あ》げる与太の左頬《ほほ》に、目標違《たが》えたかの清《きよ》め水《みず》が、一滴《いってき》ぼとりと滴《しず》く落ち、涙紛《なみだまが》いに頬《ほほ》を伝《つた》った。此《こ》の水《みず》は、猩猩《しょうじょう》緋《ひ》の蒔《ま》いた清《きよ》め水《みず》か、或《ある》いは己《おの》が心泉《しんせん》より湧《わ》いた涙水《なみだみず》か、白《しろ》と緋《あか》の二人《ふたり》が、青《あお》に溶《と》けていく至景《しけい》の先《さき》に、血塗《ちみど》れの刀《かたな》を握る与太には、とても判別能《はんべつあた》わなかった。白刀《はくとう》には、一切《いっさい》の血《ち》も屑《くず》も、煙《けぶ》り付いても無かったが、白洲《しらす》は、己《おの》が斬った首を余所《よそ》に空《そら》を眺め繋《つな》げる与太が、涙《なみだ》を堪《こら》えてあると理解して、与太の涙《なみだ》に、時《とき》が死《し》んだかと静《せい》寂《じゃく》とした。

＊

佳一《かいち》の遺体《いたい》は、首と胴を合わせ、綾織《あやお》りの白綿布《しろめんぷ》で繋《つな》ぎ、特別に差配《さはい》してあった鈴懸《すずかけ》の木担架《もくたんか》で、与太《よた》を前衛《ぜんえい》に、権兵《ごんべい》と久郎衛《くろうえ》を後衛《こうえい》に担《かつ》ぎ帰った。首は、胴と付けるだけで其《そ》の侭繋《ままつな》がりそうに華《か》麗《れい》な斬《き》れ口《くち》を為《な》してあり、白綿布《しろめんぷ》で首を縛《しば》る際《さい》、白布《はくふ》同士《どうし》の綺《いら》い合う音《おと》が、始末仕度《しまつじたく》の夾雑《きょうざつ》の中《なか》に、一際清謐《ひときわせいひつ》に締《し》め銅鑼《どら》と熾《おこ》った。

帰途《きと》は、誰もが無言《むごん》終止《しゅうし》で、馴《な》れ親しんだ途景《とけい》を澄明金色《ちょうめいきんいろ》に染め降《ふ》る南天《なんてん》越えのきらきらしい陽《ひ》の光《ひかり》に、一度《いちど》与太は、最期《さいご》の景色見《けしきみ》せにと頭陀袋《ずだぶくろ》を被布《ひふ》されていない佳一の不瞠面《ふどうづら》を見遣《みや》り、直《す》ぐに前を向いた。

家屋敷《いえやしき》が見え掛《か》かると、門戸《もんこ》には昴《こう》母と祖母とさやとが、三女白無垢姿《しろむくすがた》で与太らの帰りを待ってあった。

行儀《ぎょうぎ》良く両掌《て》を下腹《したばら》に織《お》り畳《たた》み、与太を待つさやの表情は、与太を元気づけようと細《こま》やかに笑《わら》ってあり、郷愁《きょうしゅう》と息吹《いぶき》を運ぶ風《かぜ》の先《さき》にそれを見つけた与太は、さやの細《こま》やかな微笑《ほほえ》みに、命《いのち》が救《すく》われた気《き》がした。

罪人故《ざいにんゆえ》に密葬《みっそう》に弔《とむら》った佳一の喪《も》が明《あ》けて一月《ひとつき》の後《のち》、与太とさやとは祝言《しゅうげん》を挙《あ》げ、二人は正式《せいしき》に夫婦《めおと》となった。

其《そ》の三年後、時流《じりゅう》は巨《おお》きく変貌《へんぼう》を遂《と》げ、首斬《くびき》り役目《やくめ》なぞの野蛮《やばん》は、開花《かいか》した文明《ぶんめい》には不用物《ふようぶつ》となり、首斬り役としての職位《しょくい》は、皮肉《ひにく》にも究極《きゅうきょく》を体現《たいげん》した与太の代《だい》で御払《おはら》い箱《ばこ》となった。乱暴《らんぼう》の後遺《こうい》にか、畢生《ひっせい》さやは子《こ》を宿《やど》し能《あた》わず、役目の呪《のろ》いに釣《つ》られてか、家督《かとく》も与太を最期に断絶《だんぜつ》した。然《さ》れど、与太とさやとは、蓄《たくわ》えた貯蓄《ちょちく》と剣道場《けんどうじょう》の運営で、生活は稍《やや》と裕福の内《うち》に過ごし、天寿《てんじゅ》と云《い》って構《かま》わぬ生《せい》を、寄り添う番《つが》いさながらに、互《たが》いを離《はな》すことなく、全《まっと》うした。

佳一の死して七年《しちねん》の後《のち》、維新《いしん》を迎《むか》えて尚盛《なおさか》んな京《きょう》の花街界隈《はなまちかいわい》で、げに珍《めずら》しき、されも見事《みごと》に美《うつく》しい、隻腕《せきわん》の遊女《ゆうじょ》が一人《ひとり》、巷口《こうこう》の評判《ひょうばん》に上《のぼ》ったと云《い》う。

ガキバラ　了

著者プロフィール
安藤 圭助（あんどう けいすけ）
1981年大分県生まれ。
横浜国立大学卒。大分県在住。

イラスト協力会社／株式会社コヨミイ

ガキバラ

2018年 8 月15日　初版第 1 刷発行

著　者　安藤 圭助
発行者　瓜谷 綱延
発行所　株式会社文芸社
〒160-0022 東京都新宿区新宿1－10－1
電話 03-5369-3060（代表）
03-5369-2299（販売）

印刷所　図書印刷株式会社

Ⓒ Keisuke Ando 2018 Printed in Japan
乱丁本・落丁本はお手数ですが小社販売部宛にお送りください。

送料小社負担にてお取り替えいたします。

本書の一部、あるいは全部を無断で複写・複製・転載・放映、データ配信することは、法律で認められた場合を除き、著作権の侵害となります。

ISBN978-4-286-19620-6